重走长征路笔记

CHONGZOU CHANGZHENGLU BIJI

◎ 魏永刚 著

·西安·

西北大学出版社

图书在版编目(CIP)数据

重走长征路笔记 / 魏永刚著. —西安:西北大学出版社,2023.2
ISBN 978-7-5604-5095-7

Ⅰ.①重… Ⅱ.①魏… Ⅲ.①散文集—中国—当代②中国工农红军长征—史料 Ⅳ.①I267②K264.406

中国版本图书馆 CIP 数据核字(2023)第 023903 号

重走长征路笔记
CHONGZOU CHANGZHENGLU BIJI　　　魏永刚　著

出版发行	西北大学出版社
地　　址	西安市太白北路 229 号
邮　　编	710069
网　　址	http://nwupress.nwu.edu.cn
E - mail	xdpress@nwu.edu.cn
电　　话	029-88303593　88302590
经　　销	全国新华书店
印　　装	西安华新彩印有限责任公司
开　　本	889 毫米×1194 毫米　1/32
印　　张	10.375　彩插 8
字　　数	191 千字
版　　次	2023 年 2 月第 1 版　2023 年 2 月第 1 次印刷
书　　号	ISBN 978-7-5604-5095-7
定　　价	38.00 元

如有印装质量问题,请与本社联系调换,电话 029-88302966。

广东省南雄市新田村祠堂的墙上至今还保存着红军当年写的歌词

四川省松潘县川主寺镇红军长征纪念馆收藏的写在木板上的借据。红军过草地时在阿坝地区留下许多这样的"借据"

四川省石棉县安顺场大渡河边的纪念碑

甘肃省宕昌县哈达铺的邮政代办所旧址。红军长征走到这里，毛泽东等在报纸上看到了陕北红军的消息，报纸就是从这个邮政代办所得到的

贵州省遵义市郊外的桑木垭。红军医生龙思泉的坟已经迁走,老百姓依然保留了旧址和墓碑

湖南省通道县纪念馆的两只皮箩。这是红军战士邱显达送给流源村杨昌彬一家的礼物

江西于都河边的长征渡口。当年中央红军就是从这里出发,开始长征的

贵州省遵义市播州区苟坝村外的马灯雕塑

位于贵州省习水县土城镇的土城渡口。1935年1月29日夜,中央红军从土城渡口和元厚场(又名猿猴场)西渡赤水河,向川南古蔺、叙永方向前进。这就是一渡赤水

位于贵州省仁怀县茅台镇的茅台渡口。1935年3月16日至18日,中央红军依次从茅台渡口架起浮桥渡过赤水河。这就是三渡赤水

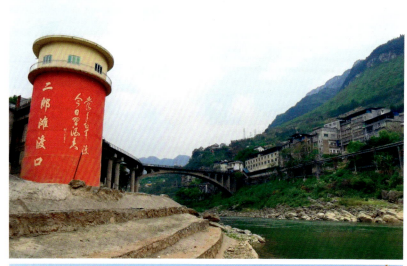

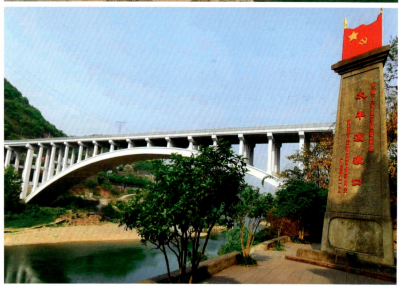

　　位于贵州省习水县的二郎滩渡口和位于四川省古蔺县的太平渡。1935年2月18日至21日,中央红军从太平渡、二郎滩和九溪口渡过赤水河,这是二渡赤水。3月20日,中央红军又从这三个渡口再渡赤水河,是为四渡赤水

前　言

　　这是一本有关长征的书。它关乎长征历史,又不仅仅是历史;它从长征路上写起,又不仅仅来自长征路上;它表达了对长征的感悟,又不仅仅是个人情感的抒发。

　　说它不仅是长征的历史,是因为我在书中记写了很多充满情感温度的往事,这些感动了我的故事,有些是从红军的回忆文章中看到的,更多的则是重走长征路时,从当地老百姓口中听来的。隔着八十多年时光,我们无法找到确切的文字记载,然而这些故事却被几代人口口相传,鲜活地留在人们心中。这些没有被时间磨灭的往事,也许比写出来的文字更值得珍惜。

　　说它不仅来自长征路上,是因为这本书的内容有我重走长征路中收获的,还有更多内容是我在阅读中所得的。从20世纪80年代以来,"再走长征路"成为很多人的选择。《经济日报》记者罗开富在长征胜利50周年之际,徒步按原路走了368天,是严格意义上的"重走";美国记者哈里森·索尔兹伯里用了70多天时间,重走了长征路;党史专家石仲泉断断续续到长征经过的地方实地考察,是另一种"重走"。后来,在长征的重要纪念节点,都有各种形式的"重走"。说实话,能利用一段集中的时间,按照当年的路途"重走",哪怕是乘车走,也是令人羡慕的。我没有机会像我的前辈那样利用一年多的时间,沿途重走长征路。我只是断断续续走了中央红军长征所过的主要路途。从长征所过之处回来,就难以放下对这段征途的牵挂。所以,我有一年多时间,始终在寻找和阅读有关长征的资料。这种阅读让我的情感和思绪一直萦绕在那条路上,让我情不自禁地记下一些感悟和体会。它们构成了这本书的大部分内容。

说它不仅仅是对长征历史的感悟,是想告诉读者,这些文字不是对长征历史的复述,也不是对红军漫漫征程所到之处的介绍。这些年来,红军老前辈的传记回忆,各地发掘整理的红军长征资料,还有诸多专家学者的研究成果,形成了许多有关长征的书籍。这都是我们了解那段历史难得的向导和路标。对这些文字的阅读,常常让我浮想联翩。我没有复述这些资料中的长征事件和过程,也没有能力去考证史料。我在本书中记录的仅仅是个人学习阅读时的情感和思索。某种意义上说,书中表达的是带有个人体验的情感,但我又感到它不属于我个人。这份情感应该是那场伟大征途留给后人的心灵触动和思想启迪。因此,我鼓足勇气把它写了下来,贡献给看得到这些文字的读者。

我特别想告诉读者的是,书中记录了许多普通战士的事迹。他们都曾经是鲜活的生命,但因为有着八十多年时间间隔,今天所能找到的只有这些普通红军战士行走的片段。他们或者牺牲在某一次战役中,或者仅仅被当地人记住了一个面孔,或者只是留下了一段往事。尽管如此,哪怕只是一个片段,也显得格外珍贵。我们常常喜欢说,一滴水可以映照太阳的光辉。这些历史"碎片"更能给我们启示。因为普通战士的作为从一个侧面更真实地体现了红军队伍的本色。所以,我花了一点笔墨来叙述这些捡拾来的"碎片"。我坚信,这些片段往事一定能带给我们不亚于鸿篇巨制的情感冲击和思想启迪。

长征,已经不是一个简单的历史事件,也不是一段可以丈量地理距离的路途。经过历史沉淀,长征已经成为一个充满精神内涵和思想价值的符号。我对于长征的认识、理解和思考还远远不够。

2019年6月,因为工作关系,我得以有机会参加"重走长征路"活动,用了十多天时间走过江西、湖南等地。后来,我利用各种机会,沿着这条路不断前行,时断时续,用一年多时间走访了粤北、贵州、四川、甘肃、陕西等地,了解红军故事,感悟长征精神。

有一位军旅作家曾经说过,今天沿长征路走来,看到的都是大好河山。确实,红军走过的这条路,已经"换了人间"。交通基础设施的改善,让行走变得不再艰难;脱贫攻坚和乡村振兴,改变了那些山山岭岭。没有战事纷扰,没有衣食之忧,我们在路上看到的都是秀美风景。历史和现实的对比,更让我们体会到长征的意义。因为有红军走过,今天的长征路上依然充满了思想和情感含量。只要走过这条路,只要曾经走上这条路,无论走出多远,走过多少次,就很难再放下长征这个主题。

感谢选题策划人和西北大学出版社的支持,使得这些文字能够结集成书,与更多读者分享。

魏永刚
2022 年春天

目 录

前言 ……………………………………………… （1）

于都河的水声 …………………………………… （1）
红军坟 …………………………………………… （10）
不熄的马灯 ……………………………………… （31）
坚韧的草鞋 ……………………………………… （42）
青杠坡的思索 …………………………………… （53）
红军的歌声 ……………………………………… （66）
银元的温度 ……………………………………… （82）
大渡河的思念 …………………………………… （94）
红军的向导 ……………………………………… （105）
草地上的理想 …………………………………… （119）
草地之问 ………………………………………… （132）

哈达铺读诗	（144）
红军战士	（157）
藏起来的信念	（178）
回不去的故乡	（189）
江西日记	（209）
粤北日记	（220）
湖南日记	（231）
贵州日记	（251）
四川日记	（271）
甘肃日记	（305）
参考书目	（324）

于都河的水声

中央红军长征三百六十多天,跨过了许多河流。湘江、乌江、金沙江、赤水河、大渡河,还有翻过雪山在草地上遇到的嘎曲河,在甘肃跨过的渭河,等等。每一条留下红军足迹的河流,都吟唱着不同的旋律,而于都河是这个征途中最富感情的名字。

在江西地图上,于都河并不显眼。流过于都县之后,人们就叫它贡江。在长征的历史记忆中,这条不算太大的河,写满了依依别绪。1934年那个秋天,四面八方集结到这里的中央红军,就从于都河边开始了后来被称为长征的那次艰辛远行。

我到访的季节正是盛夏。那年于都多雨,我们抵达的时候天色已晚,只见两岸灯光旖旎,闪闪烁烁。车驶过一座桥,同行的人指着桥下说,这就是于都河。哦,于都河!也许是因为第一眼没有看清它的样子之故吧,第二天早晨,天刚刚亮我就信步走过那长长的大桥,去看于都河。

河水滚滚向前,轻轻拍打着河岸,发出有节奏的"哗哗"声,一声和一声间隔不远。"长征渡口"四个大字刻写在一块竖立的石头上,红色而苍凉。这是杨成武将军的手迹,落款显示题写于 1983 年。长征路上,他率领的红一军团二师四团一直是先头部队。1934 年秋天,他也许是作为第一批过河的红军,从这里踏上浮桥,告别于都、告别苏区的。

那个秋天,于都河在每一位红军将士心中都写满了离愁。踏着浮桥,走过于都河,即将告别苏区,他们回望这片土地,看到的最后一抹风景就是这条静静流淌的于都河。

过于都河,正当夕阳西下,我像许多红军指战员一样,心情非常激动,不断地回头,凝望中央根据地的山山水水,告别在河边送别的战友和乡亲们。……依依惜别,使我放慢了脚步,但"紧跟上!紧跟上!"由前面传来的这些低声呼唤,又使我迅速地走上新征程。

这是聂荣臻元帅在 20 世纪 80 年代写作的回忆录中留下的文字。那时,他告别于都河已经快半个世纪了,但夕阳下的于都河在他心中还是那样清晰。

杨成武将军的《忆长征》也是从这条于都河起笔的。他说,"部队要撤离苏区了,一夜没睡好","清晨,早操活动的时候,我爬上了高高的山坡,只见群峰连绵……那蜿蜒千里的于都河,发出'哗哗'的水声;河两岸,满山遍野的矮草和庄稼沙沙作响,仿佛都在低声叮咛,向我们道别"。他许多年之后都记得:

这是一个永远也不能忘怀的场面。红旗猎猎,战马嘶鸣,整齐的队伍站在河对面的草坪上。源源不断的人流,从四面八方汇拢来。他们扶老携幼,来到于都河畔。乡亲们有的把煮熟了的鸡蛋塞到我们手里,有的把一把把炒熟的豆子放到我们的口袋里。有的拉住我们战士的手问:"什么时候回来?"有的止不住地"呜呜"哭了起来。

杨得志将军曾经率领红一军团第一师第一团,在贵州的大山里夜渡乌江,在四川的峡谷里强渡大渡河,一路留下英勇的足迹。在他的回忆录中,于都河流淌的却是款款深情。他写道:

坐落在于都城门外的于都河,河面并不很宽,深秋季节,没有咆哮的浪涛,只有缓缓的微波,显得肃穆庄重,像一个沉思的巨人。

这位身经百战的将军,说到于都河,用的也是抒情的语调:

赶到于都河边为我们送行的群众中,除了满脸稚气、不懂事的小孩子跑来跑去,大人们的脸上都挂着愁容,有的还在暗暗地流泪。老表们拉着我们的手,重复着一句极简单的话:"盼着你们早回来,盼着你们早回来呀!"连我们十分熟悉的高亢奔放的江西山歌,此时此地也好像变得苍凉低沉了。我难以忘怀的是,那些被安排在老乡家里治疗的重伤员和重病号也来了。他们步履艰难地行走在人群之间,看来是想寻找自己的部队和战友,诉诉自己的衷肠。……

深夜,秋风吹动着残枝败叶,吹动着一泻千里的于都河,吹动着身着单衣的指战员们。寒气很重了,我们回首眺望对岸举着灯笼、火把为红军送行的群众,心里不禁有暖融融的感觉。

今天的于都河上架起了三座桥梁,人们可以轻松地走到对岸。盛夏季节,河面宽阔,但流水并不湍急。宽阔的河水,悠悠地流淌着,不紧不慢,仿佛过去多少年的时光都无法打动它。

于都河边有当年红军离别的各种历史标识。中央红军长征出发纪念碑耸立在河边,遥望着对岸林立的楼宇。碑体为双帆造型,当地人告诉我们,这寓意着中央红军由此扬帆出征。不远处,是红军长征出发纪念馆。那里能看到先辈们留下的草鞋。展板上的每一个名字背后,都有着曲折动人的历史故事。紧挨着纪念馆的一所小学,当地人取名"红军源小学",红军歌曲时常从不大的校园里飘出,引发人们无边的想象。

位于江西于都河边的中央红军长征出发地纪念碑

我来的时候,时间尚早,河边只有零星几位晨练者。我走到"红军渡口"的石碑前,抬眼遥望,想要寻找当年的一份记忆。一些听来的和看来的故事,不由得浮现在心头。

1934年于都河边的那份依依惜别,留在将士们回忆的文字中,也留在百姓的记忆里。一个流传很广的故事是,当年红军过河是从八个渡口用木板架设浮桥通过的。架桥最缺的是木板,苏区人民倾其所有帮助红军,于都县城百姓几乎把家中所有的门板、木料捐献了出来。有位年逾古稀的曾大爷,在将家中全部材料捐献完之后,又亲自把自己的寿材搬到了架桥工地。周恩来得知此事后,曾感慨道:"于都人民真好,苏区人民真亲。"他的这句话今天被刻写在石头上,那石头就耸立在于都河边的纪念馆外。红色字体依然在诉说着红军对这片土地的深情。

重走长征路

　　如果有时间在乡间走走，我们今天还能听到百姓传颂的"新故事"。中央红军长征出发地纪念馆的一位同志告诉我们，他参加工作32年来走访了上百位红军战士和红军战士家属，收集了很多故事，但依然"遗漏很多"。纪念馆建成之后，有一位老太太经常到院子里来散步乘凉。闲聊的时候，他得知，红军长征出发时，老太太只有十岁。就这么一聊，竟然聊出一段散落的故事：

　　老人的父亲早年参加红军，在兴国的战斗中牺牲了，家里人并不知道。长征出发时，听说红军要从于都走，她妈妈早几天就赶着做了干粮和草鞋，准备送给她父亲。那几天，母亲带着只有十岁的她沿河寻找，也没有找到父亲。后来见到同去参加红军的人，才知道父亲牺牲了。她们母女哭了一个晚上，母亲第三天依然带着女儿到于都河边来，把准备送给亲人的干粮和草鞋都送给了红军战士。

　　我们已经无法想象那是怎样的一个个夜晚，又是怎样的一个个早晨！当那些失去亲人的人们又坚定地站起来，把干粮和草鞋送给那些正准备跨过于都河的红军战士时，那是怎样一种军民之情？如果没有这样一份军民情谊，红军如何能够走过于都河，而且走得更远？

　　循着现实的繁荣，我们很难找到历史的苍凉。今天的于都是一座充满现代气息的新城。倒是那些藏在各个角落、被精心保护下来的故居老屋，才显出一丝"旧"的意味。于都河边铺设着长长的步道，绿荫护佑，早已成为人们晨练的好去处。我们在这河边追思"星夜渡过于都河"的紧促,更感受着人们今天的平静。

正当我站在写着"长征渡口"的石碑前怀想的时候,一艘小船缓缓靠岸,一对夫妻忙碌着把刚刚捕捞的鱼从船上搬运下来。他们在渡口边的地上摆起几个盆子,船舱里的鱼很快就在这几个盆子里跳跃起来。正在附近健身的人们走过来打问价格,挑选活鱼。宁静的渡口顿时热闹起来。

打量着他们不高的身材,听着那些不熟悉的方言,我不由得想,他们的先辈就算没有参加过红军,至少也是帮助过红军的。我看到过这样一组数字:1933 年于都人口是34 万;1936 年是 17 万;到 1949 年新中国成立时,也才 22万。"家家有红军"在当年的于都绝不是一句夸张的话。

无论如何,我们都难以跨越岁月,把眼前的景象和红军渡河的情景联系起来。看着眼前缓缓而下、奔流不息的河水,我不由得想起了血战湘江,想起了大渡桥寒,想起了崇山峻岭中的娄山关……也许,每一场激烈的战斗中都有这些于都人的先辈瘦弱而顽强的身影。

我们听到过这样一个故事:1935 年 5 月,红军强渡大渡河的战役中,有著名的十七勇士,就是最先渡河的那十七位战士。其中一名战士叫萧汉尧。2020 年,于都县组织人员沿长征路途寻访烈士,他们在大渡河边的纪念馆看到这个名字,联想到了于都县一对兄弟的经历。银坑镇汾坑村有肖汗尧和肖怀清兄弟二人。当年,他们小小年纪,就加入了红军队伍。肖汗尧带着弟弟肖怀清一起参加了长征。后来,他们爬雪山过草地,一直走到了陕北。兄弟二人在刘邓大军千里跃进大别山时,还曾经见过面,但那是最后一面,从此再无音讯。革命胜利后,肖怀清回到了于都,他常常讲起大哥肖汗尧的战斗经历,也曾经讲过他强渡大渡河的英勇。

肖汗尧的侄儿是听着这些故事长大的,但也一直不知道大伯的下落。1983年,他们还按照当地农村的旧俗,在祖坟里给肖汗尧打了银牌,立了坟。肖汗尧列入了于都的烈士名册,但没有人知道他到底牺牲在哪里。

当于都党史部门的人们寻访到大渡河纪念馆,看到"萧汉尧"三个字时,心头一惊。他们在当地纪念馆工作人员的帮助下,找到最早刊登十七勇士名单的报纸《战士》。这张油印小报上,有手刻写的名字是"肖汗尧"!于都党史部门的同志"顺藤摸瓜",进一步找寻求证,最后认定这个肖汗尧就是于都人。

肖汗尧1914年4月25日出生在于都县银坑镇汾坑村富板塘组。他于1930年参加中国工农红军,开始在红三军七师二十一团十九连三班;1933年8月部队改编后,成为第一方面军第一军团一师一团一营二连二排三班战斗员,1934年10月参加长征。红一师一团一营正是当年强渡大渡河的部队。这样,不经意之间,让我们在强渡大渡河的英勇身影中,又看到一位于都的先烈。在长征漫漫两万五千里征程上,在中央红军走过的山山水水之间,一定还有很多于都儿女的故事隐没其中,散失在时间的长河里。但是,无论散落哪里,他们一定没有忘记于都河,于都河也会永远记住这些英雄儿女。

当我们今天谈论长征时,也许,有一个背景不能忽视:苏区当年的许多红军都是客家人。客家人是一个在历史上经历了迁徙之苦而格外留恋家乡的群体。他们的祖先已经在这片红土地上落脚安家上千年。但是,党一声令下,这些当了红军的客家子弟背起行囊就出发了。尽管他们频频回首遥望过于都河,但还是坚定地朝着远离家乡的方向行进了!

渡口不远处就是桥。渡口大桥、长征大桥、红军大桥……一座座飞虹一般的桥梁淹没了1934年的那些浮桥。于都小城已经"漫"过于都河,在对面也铺展出林立的高楼和整洁的社区。赶早的人们开始涌上桥头,自行车、汽车嘈杂起来。又一个普通的日子开始了。

涨水的于都河滚滚向前,我耳边依然回响着河水拍岸的声音,"哗"——"哗"——,一下一下,间隔不远却非常有力。于都河就这样不舍昼夜地奔流着,两岸的人们也在一个又一个普通的日子里,走过一个一个时代,走进新的历史。我们在时间上,与1934年秋天的于都河距离越来越远,而在情感上,似乎从未离去!

重走长征路

红军坟

长征途中充满了牺牲。中央红军出发时的八万多人,走到陕北已不足一万。这段英勇的征途上,有走过去的英雄,更有许多倒下去的先烈。今天重走长征路,很多地方都能看到红军先烈的坟茔,它们都有一个共同的名字:红军坟。

在简体汉字里,坟是由"土"和"文"组成的。坟墓是埋在土里的文化。一次次走近那些墓碑,一次次走到那些坟前,我们思考红军坟,思考这"土"里埋藏的"文",也能更好地理解红军,理解长征,理解中国共产党的历史。

一、坟里的将军

重走长征路,我们看到的第一座坟茔,在江西信丰县。这是一个距离红军出发地于都并不遥远的地方。今天,汽车在高速路上走两个多小时就可以到达,而红军走到这里用了五天。

坟茔位于县城外一个很远的村子,村名叫百石村。正是炎夏季节，刚刚下过一场雨，有些路段在重修，布满了烂泥。我们奔走了一个多小时，才到村里。村干部领着我们拾级而上，走到村后山坡间，那里埋葬着长征途中牺牲的第一位师长，他叫洪超。

洪超牺牲的确切时间是1934年10月21日。今天，我们对这位红军师长的信息知道很少，连一张照片也找不到。流传下来的仅有一张根据战友们回忆而画成的画像。尽管如此，当我们去了解他粗略的生平信息时，总有一个词跃动在眼前，那就是"英勇"。

这是一位从湖北黄梅县走出来的红军。他在家乡投身农民运动，18岁参加南昌起义，19岁跟随朱德、陈毅上井冈山。1928年10月，洪超被调到彭德怀领导的红四军第三十团（原红五军主力），从此成为彭德怀麾下的一员战将，先后参加了井冈山革命根据地和湘赣、湘鄂赣根据地的斗争。在中央苏区第一、第二、第三次反"围剿"战争中，他都是一位英勇的指挥员。

1933年3月，他在第四次反"围剿"战争中投入草台岗战斗。这是在江西宜黄县草台岗地区展开的一场诱敌深入的作战。洪超冲锋陷阵，英勇负伤，失去左臂。一条胳膊并没有"伤残"他的坚强意志，两个月后，他被任命为红三军团第四师师长。

在第五次反"围剿"中，红军攻克的第一座县城是福建的沙县。1934年1月，洪超率部参加了这次战斗，而且担任攻打沙县县城的主攻。他率领部队，率先攻入城内。

就是这样一员勇敢的战将。1934年10月,来到信丰的百石村。时间在10月21日,洪超所部红十团在向百石村摸索前进时被敌人发现,战斗打响。红军很快占领百石村附近的制高点。驻守在不远处金鸡圩的粤军一个营向百石村猛扑过来,但遭到红军迎头痛击,慌忙逃走。驻守村里的200余名守敌逃进一座坚固的"万人祠"围屋里。红军包围了围屋,随即展开政治攻势。躲在围屋里的敌人负隅顽抗,朝外边打枪。

这个围屋久攻不下,洪超赶到前沿来观察敌情,他命令用迫击炮消灭敌人。他话音刚落,围屋内射出一颗流弹,正好击中他的头部。洪超将军顿时血流不止,壮烈牺牲。红军战士抱着为师长报仇的决心,打赢了战斗,却永远失去了师长。这位只有25岁的师长倒在了刚刚启程离开苏区的征途上。

彭德怀得到洪超牺牲的消息,痛心疾首。他亲自赶到百石村,在紧张的战事间隙,和战士们一起掩埋了这位跟随他征战的师长。令人感动的是,四十多年之后,饱受沧桑的彭德怀元帅在临终时,还念念不忘嘱咐身边人:"不要忘记洪超,他是我们中央红军长征路上牺牲的第一位师长。"

八十多年过去了,我们在当地人带领下,来到洪超墓前。张震将军手书的"洪超将军之墓"几个大字,刻在高高的墓碑上!墓旁不远处的山坡上杂草丛生,但当年挖下的战壕依然可见。

洪超师长的家乡就在紧邻江西省九江市的湖北省黄梅县。但是，一去数十年，家乡亲人再没有找到他的消息。一直到2006年前后，故乡的亲人才得知他安葬在信丰的消息。当家乡的晚辈沿着新修的公路来到这个小山村时，看到的只能是山坡间这一座高高的坟茔！

一位作家说，长征不是浪漫曲。细数那散落各地的将军墓，我们能更深刻地理解这句话的深沉内涵。在长征路上，每一座坟的背后都有一段英勇的故事，每一个故事都充溢着情感含量和思想价值。

洪超将军倒在了长征穿越敌人第一道封锁线的时候，罗南辉则留在了会宁城外的那一座叫华家岭的山上。站在华家岭，已经可以遥望到三大主力红军会师的"会师之城"会宁。

那是在遥远的甘肃。我们跟着红军足迹，沿着长征路线走出腊子口，访问哈达铺，在通渭县城听了毛泽东主席《七律·长征》的朗诵，心情就像满眼梯田一样，越来越开阔。然而，在走出通渭县、即将看到会宁县城的时候，我们被带上一座叫华家岭的缓缓的高山。来到山头一座坟前，"罗南辉"三个字刻写在墓碑上。极目远眺，会宁城的高楼依稀可辨。当年只有28岁的副军长罗南辉却没有走下山坡，缺席了那场激动人心的会师。

正如"英勇"是对洪超师长的形容一样，罗南辉28年生命中体现出的可贵品质可以用"身先士卒"来表达。这位1908年出生在四川成都的年轻人，早年当过水烟铺工人,1927年秘密加入共产党,曾经率领一部分川军起义,加入川东红军游击队。1933年,他带领部队加入红四方面军,在川东一带作战,参加了川陕苏区反"六路围攻"的战斗。川东游击队改编为红三十三军,他担任副军长。

我在通渭县得到一本有关长征的资料,其中收录了曾经在罗南辉部下工作过的孙继争的一篇回忆文章。他说,"罗南辉同志中等身材,满口四川腔,讲话善于用手势,语言生动幽默,常逗得战士们捧腹大笑。"这样一位年轻的副军长,在作战中不仅有智慧,而且总是冲在前面。

孙继争的回忆文章是在罗南辉牺牲五十多年后写的,岁月并没有磨蚀他的记忆,他清晰地记录了罗南辉作战的往事。今天,潜心阅读那些文字,我们的情感仍然会被触动。

红三十三军随红四方面军穿越中坝川西平原后,直到岷江东岸的威州,在这里打响一场著名的威州战役。罗南辉率部去抢占一座叫北山的山峰。到达沟口,罗南辉用望远镜看到敌人在慌忙破坏索桥,于是命令九十九师火速抢夺索桥。这个师直扑桥头,但刚刚到达,敌人就放火烧了索桥。九十九师隐蔽绕道沿河而上,准备绕到敌人背后打一个歼灭战。

罗南辉用望远镜观察战场,命令一个团破竹篾拧索绳,火速搭索桥。这时,他接到总指挥部的敌情通报,说敌人有三个旅扑上来,要与派过去的九十九师背水决战。获悉这个情报,罗南辉决定让部队立即撤出战斗。但是,九十九师没有电台,旗语联络看不见,吹号联络对面听不清,骑兵送信需要绕道渡口怕来不及。一条河犹如万重山!

罗南辉心急如焚,在河上才架起五根竹篾索的情况下,一招手,把交通部队和学生连集合起来,大喊一声:"敢从这五根篾索上爬过河的,跟我来!"孙继争回忆说,军政治部主任着急地一把抓住他,说:"南辉同志,党是让你当副军长,不是叫你当通讯员!"罗南辉这才被制止,但他立即挑选出三个人,过河去传达撤退命令。

长征过草地前,罗南辉率领部队到理藩,经杂谷垴、马塘过草地。当时,最缺的是粮食。孙继争说,"粒粒苞米贵似金"。那一带人烟稀少,前面部队已走过几趟,留给后卫部队的粮食很少了。罗南辉知道当时正是蘑菇收获季节,于是带着军直属部队战士钻进山里采蘑菇。但是,什么蘑菇能吃,什么蘑菇有毒,大家并不清楚。罗南辉告诉大家,用水多煮些时候,可以去掉一些毒性。他把采来的蘑菇煮了一脸盆,煮好后,自己先吃,试试是否有毒。部队挑拣出无毒可食的蘑菇,晒干代替粮食。

罗南辉跟随部队两次过草地、三次爬雪山,在长征途中走得十分艰难。1935年11月,三十三军与红五军团在四川丹巴正式合编为红五军,罗南辉任副军长。当时最缺的依然是粮食。罗南辉带着大家沿大渡河西岸翻山越岭到各个村寨找粮。他"亲自坐小牛皮船,带部队来回横渡在波涛汹涌的大渡河上,到高耸入云的山顶和深不见底的峡谷各村寨去筹买粮食"。据说,徐向前看见筹粮报告后,在电报纸上写下一行大字:多么好的部队,多么好的战士,南辉同志样样都是带头起模范作用。

1936年10月,又经过一年多的漫漫征途,红二、四方面军即将与红一方面军在甘肃会宁胜利会师。敌人也从不同方向赶来,准备南北夹击红军。南路敌人沿西安到兰州的西兰公路蜂拥而来。红五军奉命向西兰公路抢占险要的华家岭。

位于甘肃省通渭县和会宁县交界处华家岭上的红军无名战士墓

今天的华家岭,层层梯田从山脚蔓延而上。我们到达的时候,虽已是夏天,油菜花却还盛开在这西部高原上。当年,这里"缺木少草,山上光秃秃的"。部队利用战壕和自然地形巧妙隐蔽。战斗是在1936年10月23日上午打响的。红军依托华家岭打了一个胜利的埋伏战,击毙了敌人一个团长。

中午时分,几架敌机由南而北飞过华家岭,朝着我方的前沿阵地扔下炸弹。我方设在大敦梁的指挥所也被炮火湮没,正在战壕里指挥作战的罗南辉副军长被炮弹击中,把他年仅28岁的生命留在这高高的华家岭上。徐向前接到罗南辉副军长壮烈牺牲的电报时,哀伤得久久说不出话来。他沉痛地对大家说:"罗南辉同志为党献身的精神比华家岭高,南辉同志的英名将与华家岭共存。"

刚刚出发时的牺牲和即将看见胜利时的牺牲一样,都让我们这些后辈心底涌起一阵阵惋惜。重走长征路,当我们在一座座红军将领的坟茔前鞠躬拜谒的时候,听着他们年轻时的往事,一股股英雄气息依然令我们振奋。长征走过的每一段路上,都不缺这样的音符。

贵州遵义是红军长征的转折点。在这座英雄的城市里,直到今天人们还络绎不绝地到一个叫凤凰山的地方,去拜谒红三军团参谋长邓萍将军的坟。

1935年1月,红军从湖南转战贵州,两渡乌江,四渡赤水,写下了一段辉煌历史。2月,上级命令红三军团务必在2月底前占领遵义。邓萍主动要求随担任前卫任务的红11团行动。2月27日下午,邓萍亲自指挥战斗。

据时任团政委的张爱萍回忆,当日傍晚,邓萍率11团来到遵义老城湘江河东岸的土埂边侦察老城敌情。经过侦察,邓萍命令张爱萍指挥一个营先摸过河,爬过小坡靠近城墙,潜伏在城墙下。邓萍所处位置,比一线步兵班的冲击发起阵地还要靠前。为了看得更清楚一点,邓萍把腰挺直一些,头往前倾了点,但一句话还没有说完,就被敌人的子弹打中,直接倒在张爱萍身边。一年之后,张爱萍挥笔写下"遵义城下洒热血,三军征途哭奇男"的诗句,怀念这位牺牲时只有27岁的军团参谋长。

在甘肃省泾川县王村镇一个叫四坡的村里,一座长满青草的坟墓里,埋葬着吴焕先烈士的遗骨。这位优秀指挥员率领红二十五军从鄂豫皖的大别山一路走来。他们仅仅从国民党的报纸上看到中央红军的消息,便主动封锁西安到兰州的西兰公路18天,期待着中央红军到来,在无望的坚守中,与敌人殊死战斗。吴焕先勇敢冲锋,身中七弹,把自己28岁的生命永远留在了西北黄土高原上。

长征过去八十多年了,我们一次次回味这段艰难的征途,一次次体会那份精神力量。忠诚、勇敢、担当等等今天为人们称道的所有优良传统,透过这一座座红军将领的墓碑,我们都能找到丰富的内容,都能看到生动的诠释。

二、坟里的战士

长征是充满牺牲精神的漫漫征途。在二万五千里的山水间,平均每300米就有一名红军战士牺牲。长征这条红飘带,是用无数红军战士的鲜血染成的。"寸土千滴红军血,一步一尊英雄躯。"

红军坟

今天重走长征路,那一座座坟茔有的有名字,更多的连名字也没有留下。人们在那些不同时期竖立的墓碑上,总是恭敬地写下三个字:"红军坟"。最著名的红军坟在遵义。

今天,这座坟茔已经属于遵义红军烈士陵园的一个组成部分。很长时间里,它一直是遵义郊外的一座"孤坟",却被四乡八里的老百姓赋予很多意义。这是一个普通红军战士的坟,从1935年以来的几十年里,人们络绎不绝地到这个坟头来祭拜,寄托美好的愿望。

坟的主人是一位年轻的红军女战士。她牺牲的具体时间在1935年一二月间。当时,中央红军经过近四个月奔波,从江西于都走过湖南、广东、广西,连续行军数千里,终于有了一段休整的时间。我们都知道,党中央在遵义召开了有伟大转折意义的遵义会议。同时,红军官兵还在这里广泛动员,进行"扩红"工作。而作为医疗队员和宣传队员,很多红军女战士在这段难得的休整时间里十分活跃。为老百姓看病,就是很多医疗队员的任务之一。

"红军坟"里的这位女战士住在当时遵义城外几十里的一个叫桑木垭的地方。1935年的贵州十分贫困,穷人身无分文,自称"干人",许多人都是贫病交加。所以,找红军看病的人很多。这位女战士因为给人们看病耽误了行程,在返回宿营地的路上,敌人看到她穿着红军服装,便射出一颗罪恶的子弹。子弹打中了这位可爱的女红军,这个普通战士再没有赶上前行的队伍,永远留在了那面山坡上。

重走长征路

得知女红军牺牲的消息后,附近老百姓都赶来了。大家把她安葬在通往桐梓的路边。后来战事不断,敌人曾经三番两次来挖坟,当地群众以各种方式阻挡住了。而且,坟越垒越高,人们还在坟前竖起一块墓碑。碑上写什么呢?这时,老百姓才发现,其实谁也不知道她叫什么名字。于是,人们在那块石头上写下"红军坟"三个字。

新中国成立以后,遵义建起了红军烈士陵园。人们把这座红军女战士的坟迁移到烈士陵园安葬。今天,这座坟茔前塑起一座雕像,一位红军女战士在为一位"干人"的孩子喂药。细心的人们还在她脖子上系上了红领巾,手臂上也挂着一条条寄托人们祝愿的红丝带。铜像的边缘被游客们摸得铮亮。站在这里,总有一股温馨的暖流充盈心间。

几十年后,经多方证实,卫生员名叫龙思泉,是红三军团五师十三团二营的一名优秀卫生员,广西人,从白色起义时就参加了红军。我们也许不知道哪一个村落是她的故乡,但人们从此记住了这样一个美丽的名字:龙思泉!

龙思泉的墓在20世纪50年代就从桑木垭迁到了遵义烈士陵园。然而,六七十年来,那座坟茔的原址上仍然"香火不断"。坟原来在桑木垭村后一面山坡脚下,那也是她牺牲的地方。前些年修公路要从这里通过,当地老百姓就把坟头原来留下的石头又搬到村后的山坡上,重新立起一座坟。还有人在坟的旁边给她塑了像。

我们在2021年清明节前夕造访桑木垭。新坟后面的一块石头,已经被香火熏烤成了黑色。72岁的王兴会老人就住在坡下一座简易的房子里。她说,19岁嫁到这里时,就知道了这位女红军的故事。她的公公姓尚,是20世纪30年代主持掩埋龙思泉的人。从那时起,他们家就一直照看着这座坟茔。她的婆婆雷天新老人40多年前去世时,还嘱咐她"要看好小红的墓"。他们亲切地称女红军是"小红"。

龙思泉是为了给当地人看病而牺牲的,但究竟为什么没有赶上队伍,却有几种说法。一种说法是,她为了给当地老百姓看病,走出宿营区很远,而村里老百姓找她的人多,她没有赶回来。而在桑木垭村,有另外一种更具体的说法。当时,龙思泉在桑木垭看病,天色已晚,一个12岁的孩子跑来,找到她,说自己的父亲病了,请红军医生去看看。这个小孩的家在十五里之外的赵家坝,步行要走一个多小时。龙思泉便跟着小孩去赵家坝给小孩的父亲看病,在回来的路上,走到桑木垭村的时候,她被远处的敌人发现。敌人朝着正在紧张赶路的她开枪,这位红军女战士就牺牲在这片山坡上。王兴会老人反复强调,她的上一辈人说过,"小红"牺牲时,身上还背着那只给老百姓看病的药箱!

尽管岁月流逝,这些细节已经无从深究,但是,桑木垭附近的人们始终没有忘记"小红"。她的坟迁走了,她的故事却从未散去,一直流传在百姓中间。附近十里八乡的老百姓甚至把她想象成正义和善良的化身,纯朴地把她称为"红军菩萨"。据说,坟前的香灰也曾经被人拿去当"药引

子"。

　　站在桑木垭那个简单的坟堆前,看着不同时期人们在这里竖起的一块一块样式各异的碑,我不禁思绪万千。红军长征所过之处,每一个故事都充满着精神力量。我们感受了英勇拼搏,感受着顽强奋斗,而在这座"红军坟"前,我们体会到的却是漫漫征途中那一份宝贵的温暖。红军正是怀着这样一份对人民的炙热情感,走完那艰难的二万五千里的。岁月流逝,却从未带走女红军可爱的身影。几代人过去了,人们依然会到这坟前来怀念她,因为她以自己的牺牲温暖了群众。

　　长征路途上的牺牲精神标注在红军走过的每一个地方。红军的脚步走过了多高的山脉,我们就能看到多高的红军坟。如今,在海拔4700米高的雅克夏山口,依然埋葬着12位红军先烈。这座坟茔被称为"海拔最高的红军坟"。

　　这是一座无名墓。1952年,解放军剿匪巡逻走过这里,看到12具遗骸整齐地排列在雪地上,间距几乎相等,都是头北脚南。他们是谁?从哪里来的?根据他们身边的皮带环、铜扣之类的军用品,又经过几番求证,推断他们应该是1936年从这里走过的红二、四方面军某一个班的战士。也许是路过这里,停下来宿营时再没有起来。除了这些基于常识的简单推断,更具体的信息已经无法查证了。

　　1936年7月,红二、六军团与红四方面军在甘孜会师,最后一次翻越雅克夏雪山。雅克夏雪山是红军继夹金山、

红军坟

梦笔山之后翻越的第三座大雪山,它也是红军翻越次数最多的雪山,红四方面军先后五次从这里翻过。这是一座海拔4700多米的雪山,山下不远处就是郁郁葱葱的原始森林。为了进行长征精神主题教育,当地人在山下又为这些红军战士修了一座坟,高高的墓碑上刻写着"工农红军烈士之墓"几个大字。

每年9月到次年5月,雅克夏雪山戴着雪白的帽子,雪线延伸到原始森林的顶部。6月至8月,雅克夏雪山气候最为多变,经常倾盆大雨,或者雷电冰雹。站在这森林的边缘,遥望雪山,我们无论如何也想象不出几十年前的艰辛。不知道这些年轻的战士停下来宿营时,有没有遥望过山下?也想象不出他们心中还留存着怎样的向往?我们所知道的是,当他们再次被人们发现的时候,已经是16年以后了!

他们是来自湘西还是鄂豫皖?他们是不是征战过乌江,有没有走过泸定桥?这都成了我们心头永远找不到答案的问题。人们现在所能记得的是,他们翻过了高高的雪山,长眠在这即将到达胜利的地方。没有人能够再写出他们的名字,但是人们记住了:他们始终保持着军人的"队列",一直到生命最后时刻。他们用那排列整齐、间距相当的枯骨告诉我们:什么是红军队伍的纪律性,为什么这支军队能走过千山万水一直到达陕北高原!

红军从江西一路走来,留下很多没有名字的坟。并不是每一座坟茔都有高高的墓碑和工整的碑文,但是,几乎每一座坟茔都寄托着当地老百姓的情感。有些坟墓简单地竖着一块青石作墓碑，当地人甚至说不出这是哪支部队、哪个战役牺牲的战士，但人们无一例外都记得那是"红军坟"。

四川省红原县的雅克夏红军坟墓碑

长征路上，还有更多我们看不到的坟，那也应该是"红军坟"。在与湖南道县相邻的江华瑶族自治县，有一条牯子江静静流淌。1934年12月初，陈树湘就是过这条江时受伤的。当地老百姓说,一番激战,有多位红军战士牺牲。但是,当地民团不让老百姓掩埋红军遗体,这些战士的遗体只能顺水漂流。漂流过红军遗体的何止牯子江!不远处的湘江上游,在1934年12月的那场恶战中也曾"流血漂橹"。九天时间,三万多红军将士牺牲,当地人"三年不饮湘江水,十年不食湘江鱼"。站在江边,我们看到的是滚滚的水流,听到的是不息的水声,找不到墓,也看不到碑,但我们无法忘记这河水中曾经涌动的英勇牺牲。长征经过的山川河流,处处留下红军牺牲的印迹,山河大地都是无字的碑、无墓的坟!

今天,无论是旅行者还是新闻记者,无论是长征寻访者还是当地老百姓,人们都愿意走过荒草萋萋的小道,到这不知道名字的坟前来拜谒。也许没有庄严的仪式,没有成束的鲜花,但是每一个到来的人,都愿意在这坟前站一站,想一想。有一句歌词说得好:

"我不知道你是谁,我却知道你为了谁!"

三、"孤坟"不"孤"

2020年春节前夕,我冒着蒙蒙细雨,到了粤赣交界处的广东乐昌市。位于九峰山的九峰镇是乐昌市最北的一个乡镇,翻过山就是湖南。红军长征时,红一军团就从这里路过,还发生了著名的茶料山阻击战。我们沿着当年红军行走的路线寻访,在浆源村后的一条山路旁,看到两个正在清除杂草的农民。

他们说,不远处那个亭子旁边有三座坟,那是红军坟。我们走上那条小路,看到三座修缮一新的坟茔。坟墓的主人是1934年10月走过这里的三位红军。当地老人回忆,三位红军因为伤病,没有随部队前行,留在这里。敌人知道后,找到村里来。老百姓把他们转移到村口废弃的牛棚里。村里一位九十九岁的老人记得,当时还悄悄给村外的红军送过饭。后来,当地民团找到三位红军,将他们活埋在这山沟里。尽管是白色恐怖中,村民还是悄悄地在那里做了标记。

十多年之后,1950年,人们才在这里为烈士立起坟头。前几年,他们修葺了坟头,还在旁边盖起一个亭子。每年春节和清明都会有村里人来给他们上坟。正在路边清理杂草的两位农民说,又到春节了,清理一下杂草,好让来上坟的人方便些。

红军坟面对一片河谷。南方的冬天并不寒冷,河谷里种了很多树,而梅花已有点点红色,就要吐蕊了。看着山谷里的梅花,我们不由感慨。

在民间意识里,坟是另外一个世界。村落里的坟总是一片一片,仿佛是在土地上重新堆砌出村庄里的"家族"。红军坟不属于这个范围,似乎都是"孤坟"。然而,再走长征路,我们见到的却是"孤坟不孤"。

也许,没有人能说得清长征途中有多少红军坟。八十

红军坟

多年过去了,红军牺牲时大都是青年。我们纪念他们的时间,已经远远超过了他们战斗在这个世界上的时间。无论过去多久,依然有一批又一批的人来到他们墓前鞠躬致敬。不管你是不是认识他们,来到这些坟茔前,我们都能感受到一种力量。

闽西是中央苏区的一部分,很多红军战士都是从这里出发走向长征路的。在著名革命家瞿秋白牺牲的那个叫长汀的县里,东南部是松毛岭。红军长征出发前夕的1934年9月,这里发生了一场著名的松毛岭保卫战,红军死伤惨重。今天,这里依然流传着很多英雄故事。一位叫钟鸣的红军后代,这几年专门给人们讲述这些英雄故事,是中复村的义务讲解员。而他当上讲解员缘起于一次红军坟的找寻。

20世纪80年代,江西兴国籍的一位老红军,年岁已高,专程到松毛岭来寻找战友。钟鸣当时在一所中学当教师,被安排陪同这位老红军。他清楚地记得,他们一行人进到山里,老人便按照他自己的记忆,请随行来的农民向下挖。挖了一会儿还没有找到烈士遗骸,老人不顾随行警卫人员阻拦,跪地硬是自己徒手刨挖。大家找了半天也没有结果,老人泪水横流。这一幕深深地震撼了年岁尚轻的钟鸣。

后来他到外地做生意,又回到村里当村干部,多少年过去了,他从来没有忘记那时的场景,也一直不忘收集红军的故事,直到2012年,当起了义务讲解员。他说,自己这样做,就是为了让人们不要忘记这段历史,让长征精神代代相传。

长征途中有多少座坟茔,大概就有多少守墓的故事。一座座坟茔就是红军战士英勇战斗的一则则故事,守墓人则在漫长岁月里谱写成另一曲感人的歌。

1935年和1936年,红军三大主力都曾经从四川西部的那片茫茫草地上走过。20世纪60年代,这一片地方成立了一个县,周恩来总理亲自命名"红原",就是红军走过的草原。茫茫草地,铭记着红军烈士的英名。在这个县的邛溪镇烈士陵园,有七位过草地时牺牲的无名战士,他们的事迹已经无法知晓了,但另一位同样留在草地上的老红军战士却让我们久久难忘。

这位老战士叫罗大学,1918年出生于四川巴中,在巴中参加了红四方面军,一路随军长征。1935年,在红四方面军再次过草地时,他因为脚上受伤又加上过草地的沼泽浸泡,腿都肿了,无法继续随部队行进,只好留在这片草原上。

从1980年开始,老人义务守护起位于县城外的陵园。他的儿子罗建国记得,每天早晨父亲都会早早地到陵园里,去清理坟墓之间的杂草。在他的记忆里,父亲从来没有睡过懒觉。我们到访时,陵园耸立着高高的纪念碑,四周挡起了围墙。但是,在三十多年前,这里就是一片荒地,只有孤零零的几座坟茔。

烈日当空,草原的天显出宁静而空旷的美。我们已经无法想象那位老人躬身清理坟头的杂草时,心里想着什么?他有没有喃喃自语?他是不是还没有忘记过草地的那份艰辛?今天,我们听到的是他的儿子罗建国对父亲的片段回忆:说起过草地,他泣不成声;看到儿子掉了饭粒,他动手打起孩子来,不允许他浪费粮食;对于生活的艰难,他总是和过去比,告诉孩子们生活已经很好。

还有一件事,罗建国过去不理解,现在才渐渐理解起来——看护这座陵园。

1995年,罗大学老人身体渐渐不好了。在病中的时候,他把最小的儿子罗建国叫到身边,嘱咐他一件事——今后替父亲守护陵园。当时不满二十岁的罗建国,已经在一个修理厂上班。他对父亲这个决定怎么也想不通,随口就问:"凭什么让我干这件事?"

父亲严厉地反问他:"你说你凭什么?那这些躺在陵园里的只有十八九岁的烈士们,为什么牺牲?"父亲还给罗建国提了一个要求:不能要政府的钱,自己在附近打工养活自己。

我们不知道父子这场对话是如何了结的,但我们知道,从此罗建国接过了父亲的接力棒,守护起这座陵园,守护着那七座无名红军墓。罗建国的家如今就在陵园不远处。像父亲一样,他每天早晨也会早早地到陵园来清理一番。他把电话号码写在陵园门口显眼处,只要有人打来电话,他都会赶来开门。

如今,罗建国在那里也守护了25年。站在我们面前的罗建国,个头不高,脸色黝黑,言语也不是太多。他说,又过了这么多年,他已经理解了父亲,理解了父亲的愿望。"人还是应该做点有意义的事情"。

在红军走过的日干乔草地上,今天耸立着一座为纪念红军过草地而立的高高的纪念碑。碑的底座上镌刻着这样的一段话:

任何民族都需要自己的英雄。真正的英雄具有那种深刻的悲剧意味:播种,但不参加收获。这就是民族脊梁。他们历尽苦难,我们获得辉煌。

无论我们走过多远的路,也不要忘记红军坟。今天,我们依然需要重新走到这些或高或低的石碑前,一次次面向"红军坟"这个共同的名字,表达我们的思念。这是一种哀思的寄托,更是在聆听一种精神的呼唤。长征是一次充满牺牲精神的伟大远征。每一代人都有一代人的长征,而走在长征路上的人,需要记住那些曾经做出牺牲的先烈,更不能忘记那感天动地的牺牲精神。

不熄的马灯

马灯是红军时代普通的照明工具。今天,我们在许多影视剧中都能看到或挂在高处,或立在桌上的马灯。

一个高高玻璃罩为主体、中间是一根灯芯,摇晃的灯芯发出闪烁的光芒。马灯用的燃料大多是煤油。点燃之后,灯芯会冒出一股黑烟,从灯罩的顶部蹿走。

这种灯一直到20世纪七八十年代,一些农村还在使用。红军点着的马灯与后来的马灯是不是有不同,我没有考证,但在湖南城步县确实有一盏红军留下来的马灯,让我们真切地看到了那个时候马灯的样子。

灯的主人是一位苗族同胞,叫杨光清。马灯是她奶奶留下来的。虽然锈迹斑斑,但保存较为完整。玻璃罩正面凸印马灯商标图案,图案下方有"美最时"3个字。底座镌刻着汉字"大茂行"和英文大写"MADE IN CHINA"(中国制造);玻璃罩上方的金属盖镌刻有英文字母"DAHMOW"。因年代久远,玻璃罩有2条裂痕。

据说,"美最时"马灯是当年德国制造商在我国青岛制造的,民国时期普遍配备于军队。有人查找到记载,当时这种制造精美的马灯,售价相当于一个劳动力一个月的

收入。

红军把这样一盏价格不菲的马灯送给老百姓,是因为他们曾受到老百姓的照顾。杨光清从他奶奶口中听来的故事,是这样的:

1934年深秋,红六军团西进,从广西进入湖南城步县。当时,担任后卫的部队在城步县丹口的下团村莲花桥一带,与国民党保安部队发生激战。第二天,红军途经杨光清家。他奶奶看到几位红军伤员,就用苗药给他们医治。一位叫周仁杰的营长在临行时拿出银元表示感谢。但老人家没有接受,于是他就把一盏马灯留下来。

这盏马灯在杨家一直传承了近八十年,直到2013年,杨光清才把马灯拿出来交给当地政府。他说,这是家里贵重的宝贝。

长征路上,留下一串串马灯的故事。其实,在20世纪30年代,红军长征走过的许多地方,都还没有现代照明工具,人们依然生活在油灯的光焰中。黑暗中可以提着照明的马灯,在许多普通农民眼里,是一件近乎奢侈的物件。红军沿途走来,给百姓留下了很多马灯,也留下很多深情的往事。

一、留在苏区的马灯

我们今天已经无法想象红军将士对马灯的记忆,但马灯那闪烁的橘黄色灯光,一定给许多红军的记忆增添了温暖的亮色。这微弱的光芒,也寄托着苏区人民对红军的思念。

中央苏区瑞金,有一位叫黄检娣的老人,生前最后的嘱咐是把家里的旧马灯点亮。那是一盏伴随着老人六十多年人生的马灯,也是一盏照亮亲人万里征途的马灯。

黄检娣住在叶坪洋溪村。她的丈夫叫刘石生,很早就是赤卫队队员。1934年,刘石生带着弟弟刘新庆和堂弟刘善沐一起参加了红军。1934年10月10日,红军长征出发前夕,部队来到洋溪村,集中在洋溪宗祠。为了躲过敌人的飞机侦察和轰炸,红军选择晚上出发。

那个秋天的夜晚,兄弟三人从村里出发时,黄检娣和刘新庆刚刚结婚的妻子曾检子执意送送他们。身怀六甲的黄检娣和新婚不久的弟媳提着家里唯一的马灯,把他们送出很远。

没有想到,这一别就是几十年。中华人民共和国成立之后,不断有参加红军的人回来。黄检娣只要一听说有人回来,就赶忙去打听,但是,她再也没有得到丈夫和两个弟弟的音讯。她一个人拉扯大孩子,在艰难的生活中度过了六十多年,那盏马灯成为她对丈夫唯一的精神寄托。

1998年,走到生命尽头的黄检娣,在弥留之际,要孙子们点亮那盏马灯,她盼着这盏马灯依然能照亮丈夫回家的路。这盏马灯一直留在了红都瑞金,成为刘石生后人珍藏的传家宝。

福建长汀也是苏区。今天,长汀县博物馆里也陈列着一盏残缺的"美最时"牌马灯。虽然只剩下金属骨架,但这盏马灯却散发出一束不息的光焰,闪亮在后人心中。

马灯的主人是党的一大代表何叔衡。中央红军长征离开之后,中央分局决定让一些留守的身患疾病、年老体弱的领导撤离苏区。1935年2月,福建苏维埃政治保卫局抽调人员护送何叔衡、瞿秋白和邓子恢等同志从江西会昌出发,来到福建长汀。由于白色恐怖笼罩,他们只能白天躲在密林里,夜晚摸黑行军。

在漫长而艰难的行进中,马灯是这支队伍里最不可或缺的。何叔衡年老又近视,就由他提着这盏全队唯一的马灯,走在前面。2月24日,经过四个通宵行军,他们来到水口区梅迳村,正准备休息时,被国民党保安团包围。

红军伤亡过半,决定分散突围。何叔衡在邓子恢带领下突围后,由警卫员或扶或背,走了七八里路,确实走不动了。敌人越来越近,情况十分危急。两个保卫队员架着他艰难行走。当走到一个山崖时,老人乘保卫员不备,猛然推开保卫员,纵身跳了下去,一阵树枝响动,引得团丁朝悬崖冲去,这位老共产党员用自己的身躯掩护同志们脱离了危险。

何叔衡老人跳崖之后,昏迷在一片稻田附近。敌人后来发现了他,将两颗罪恶的子弹射进他的胸膛。何叔衡用生命实现了他"为苏维埃流尽最后一滴血"的誓言。从此,那盏闪亮在闽西山区的马灯也熄灭了。

福建苏维埃政治保卫局护送队员严必书在何叔衡死难处找到了那盏已经摔坏了的马灯。在那样的情况下，谁也不知道严必书是怎样悄悄把这盏残碎的马灯收藏起来的。过了四十年，到1975年，严必书也成了一位老人。何叔衡的两个女儿来梅迳村祭奠他们的父亲。严必书老人把这盏也是"美最时"牌的马灯拿出来，泣不成声地交给了何叔衡老人的两个女儿。

有人说，1934年10月16日那个夜晚，当八万多中央红军从于都河的浮桥上走过时，桥头挂了好多马灯。也许，这个叙述并不可信，行军路上的火把要比马灯更多些。但是，苏区土地上，确实留下了很多马灯的记忆。无论是送郎上战场的农村妇女，还是宁死不屈的革命前辈，他们心中都有着一盏盏马灯的光芒。今天，我们在多个红军长征纪念馆里都可以看到那种马灯，再也不需要去点燃那灯芯了。然而，只要我们用心去了解长征的历史，站在这些马灯前就不能不感受到一种光芒，那是年轻的苏维埃共和国曾经耀眼的光芒。它闪烁在遥远的历史中，也闪烁在我们心头。

二、亮在路上的马灯

在贵州省遵义市播州区，有一个叫苟坝的小村子。今天，它有了另一个名字：红军村。村中有一处三面房屋的院子,是典型的黔北民居风格:小青瓦、坡屋顶、穿斗坊、雕花窗、白粉墙、转角楼。这个院子里,曾经召开了史称"苟坝会议"的一次中央政治局会议。会议从1935年3月10日开到3月12日,进行了三天。这次会议的一个重要成果,是成立了周恩来、毛泽东和王稼祥组成的军事小组,代表中央政治局全权指挥红军军事行动。

在这次会议期间,毛泽东留下一段点着马灯行走在黔北山区田间小路夜劝周恩来的故事。这是二渡赤水之后的事情。当时,敌人陈兵百余里外的打鼓新场。红一军团领导人提出建议,攻打打鼓新场守敌。红军高级将领和战斗员都盼着以战斗的胜利来开辟云贵川三省根据地。但只有毛泽东一个人不同意打,他反复强调不能打固守之敌,应该在运动战中消灭敌人。会议否定了毛泽东的意见,由周恩来起草进攻打鼓新场的命令。

1935年3月10日,已经是夜深时刻。毛泽东提着一盏马灯,走了五里多路,找到了周恩来的住处,要他晚一点下达命令,再商量商量。这样,周恩来连夜找来朱德,认真分析了利弊得失。第二天,周恩来提议继续召开会议,重新讨论进攻打鼓新场问题。毛泽东和周恩来等说服了求战心切的红军将领,放弃了攻打打鼓新场的想法。这才有了后来的三渡赤水,红军掌握了主动,扭转了被动局面。

今天,那条曲曲折折的小路依然铺展在田间,当地人给它取了一个名字,叫"毛泽东小道"。初春时节,我们也沿着这弯弯扭扭的五里路,走了一趟。太阳并不毒,阳光也不是太强。我们一路走来,路旁是绿油油的作物,充满生机。一个小时的路程,似乎很快就走完了。但是,毛泽东当年是在夜里行走的,提一盏马灯,走这么远的路,再加上心情忐忑,那该是怎样的一种体验呢?我们今天已经无法想象了。

当年,毛泽东提着马灯走过的小路,今天被称为"毛泽东小道"

许多年后,著名党史专家石仲泉也走了这条路。他写道:"一种责任感、使命感,驱使他还是要摸黑,走那难走的崎岖小路,去找周恩来。如果没有此行,历史可能会另写。"

小路的尽头,今天耸立着一盏高大的马灯雕塑。当地人说,一盏马灯照亮了中国。这个说法虽然有些夸张,但1935年3月那个夜晚,这条小路上急匆匆行进的马灯之光,确实久久闪亮在历史的长河里,让我们一次次回味,一次次遥想。

当地人们在苟坝会议会址旁边,建起一个小型的"马灯博物馆"。不大的房子里,陈列着从不同地方收集来的长征时期的马灯,墙上介绍着红军长征时期发生的许多个马灯的故事。我们挨个读那墙上的故事,看到长征路上那数百个日日夜夜,那橘黄色的光芒陪伴着红军走过艰难,走向胜利,今天还一直闪亮着,照亮人们的新征程。

三、人们心中的马灯

红军长征离开江西于都,走四五天路程,就到了赣州西南方向的信丰。敌人设置的第一道防线就沿着信丰的山间,一直延伸到广东的南雄等地。

我们赶了一段路,到新田镇的百石村去凭吊洪超将军。他是长征路上牺牲的第一位师长,1934年10月21日牺牲在这个小山村。他的坟就在红军战士挖的战壕旁边。时间过去了八十多年,战壕的痕迹还依稀可见。

村委会办公的地方留出一间房,陈列着一些从附近村庄征集来的旧物,有红军用过的,也有过去的农具。就在这样一个算不上纪念馆的"纪念馆"里,我突然看见一盏马灯。

村委会主任对马灯的来历十分清楚。马灯的主人就是他的外公。1934年秋天,走过这个村庄的是红三军团四师。因为要攻破第一道防线,红军在这里打了几次仗,先后在村里停留两三天。村委会主任说,他外公当年只有七岁。老百姓家里点得起马灯的并不多。这位少年也许是初次见到马灯这样的照明工具,据说,他常常趁着红军的马灯看书。这个孩子好学的样子给行军中的红军战士留下深刻印象,部队撤离百石村时,他们就把一盏马灯留给了这家人。

这盏普通的马灯给那个少年带来了多少希望和鼓舞,我们已经无从知道了。我们寻访到这里时,老人已经过世好几年了。但是,村主任说,从那以后,他外公就一直爱学习,后来当了一辈子教师。虽然之后的几十年这盏马灯已经在生活中派不上用场了,但始终被一家人珍藏着。

一盏盏马灯留下了军民深情,一盏盏马灯也继续照亮着红军长征的漫漫征途。曾经参加过长征的老红军李坚真说,长征路上,红军常常可以看到一位半百老人,提一盏明亮的马灯,站在险隘的路口,叮嘱同志们"小心,小心"。这位老人就是林伯渠同志。李坚真给回忆长征中的林伯渠同志的文章取了个名字:《手举马灯照万人》。她写道:

在长途的夜行军中,林老年纪大,身体也较衰弱,自然比起我们青年同志更要劳累和疲乏。但他有着一股坚韧不拔的毅力,从不说苦。每次行军时,他总是提着那一盏小马灯或前或后地照顾着同志。他的小马灯从不个人占用,一定要把光亮照着大家。他不仅是在险隘难行的路口,举灯照耀着，让同志走过去，还交代后面的同志要注意险路。

马灯微弱的光芒，虽然留在长征路上，却始终照耀着历史的脚步。它照亮了漫漫长夜，指引着曲折的道路，见证了中国革命伟大诗篇的诞生。

四、永不熄灭的光芒

如果中央红军长征走过的地方可以串起来，我想，马灯一定可以作为一个重要载体。从江西于都出发，马灯橘黄色的微光一直伴随着红军的征程。

因为马灯与光明相连，也因为它在中国革命征程中的象征意义，后人常常会提到长征途中的这一盏盏马灯。从现实的意义上看，在穷困的农村生活中，长征所过之处的农民，是非常渴望能有马灯这样的照明工具的。而中央红军肯在行军打仗途中，把一盏盏马灯留下来，其实留下的正是军民的那份鱼水情谊。

在这里需要补叙一桩的是发生在贵州一个叫光辉乡的地方的故事。那不是发生在长征路上的事，但也是红军往事。从江县有一座月亮山，远离县城，山林中散居着苗族同胞。1930年4月，红七军3000多人从广西一路北上奔袭贵州军阀。他们来到这里的苗寨加牙时，村里人都躲了起来。红军在加牙寨中宿营，但不进民房内，只是背靠屋脚板壁或柴堆休息。

因为行动不便躲藏在家里的苗族老人韦老高夜里推开自家大门观看,见到成排红军战士背靠屋脚休息,十分惊讶。他主动找到红军领导,又主动走到附近山林去喊回了乡亲。第二天,听说红军要赶路,他还主动让自己的儿子和侄子给红军带路,送战士们走。返回时,红军送给向导一盏马灯。

兄弟俩将红军送的马灯带到家中,全寨老少都来看稀奇。那时,月亮山苗族同胞晚上照明是靠松枝等柴物,根本没有灯。一盏马灯在偏远深山的苗寨算得上是稀罕神奇物品了。韦老高老人一直亲自保管着这盏马灯。每逢寨上过节,附近村寨的客人来到加牙,老人就拿出红军送的马灯让客人欣赏。这盏马灯一直珍藏到20世纪70年代,捐献给了博物馆。

后来,这里进行行政区划调整,周边几个村庄组成一个乡。该叫什么名字呢?当地老百姓想到了那盏马灯,大家一致提议就叫光辉乡。从此,这个名字闪亮在层层叠叠梯田连绵的月亮山里。

马灯在红军走过的许多地方,都成了一个历史烟尘无法掩埋的信物。岁月永远无法带走这些生动的回忆,一代人一代人依然在传诵着这些难忘的故事。许多年来,人们珍藏着一盏盏早已退出生活的马灯,其实,珍藏的是一份念想,是一份对理想信念的追求,是一份对红军与百姓鱼水相连的念想!

坚韧的草鞋

草鞋仿佛是长征的"图腾"。说到长征,人们总是情不自禁地提起草鞋。穿草鞋、爬雪山、过草地,成为对长征最简洁形象的概括。

在江西于都县的中央红军长征出发地纪念馆里,我第一次看到全新的草鞋。纪念馆有一面墙,用八十双草鞋勾勒出一个中国地图的轮廓。那些草鞋是红军长征八十周年时布置的,用当地一种黄麻编织而成。草鞋的底一行行编得细密,鞋帮不深,看上去像一艘翘起来的小船。我第一次来到这里,也像许多游客那样匆匆而过,并没有太留意。但听过红军长征中的故事,再走到这面墙下,我的脚步就有些沉重,甚至走不动了。八十多年过去了,当我们端详那一双双草鞋,品味出的是信仰,是思念,是历史厚重的分量。

一、草鞋里的思念

红军是穿着草鞋告别于都开始长征的。草鞋密密麻麻都靠手工编织而成。我们已经无法想象当年人们在编织草鞋时是怎样一种心情,但有一点是肯定的,许多人把自己一生的情感都凝结在这一双双草鞋上。

让我还是从于都中央红军长征出发地纪念馆里那面草鞋墙说起吧。2016年,在长征胜利八十周年前夕,一位叫段桂秀的老奶奶被接到这里。老人是红军遗属,她的丈夫是一位红军烈士。过去老人也曾到纪念馆来打听过丈夫的信息,但这次,看见草鞋连缀起来的那面墙,老人突然站住。她抚摸着那些草鞋,久久不动,让陪伴着她的纪念馆解说员纳闷不已。

那都是新布置上去的草鞋,老人从这些草鞋里看到了什么呢?

已经和老人隔了两辈人的解说员,很难完全理解她的这份情感。我们知道的是,这位老人1920年出生在于都县段屋乡。她生下来不久就被送给车溪乡一户王家,给年长她十多岁的王金长当"童养媳"。老人记得,她从记事起就喊金长哥哥。1932年,刚刚懂事的段桂秀听说哥哥要去当红军,曾经想劝他留下。王金长给她讲了什么是红军,参加红军是干什么的,段桂秀就送王金长去参军了。

过了八十多年,段桂秀老人还记得,她把金长哥哥送到车头圩的一棵大樟树下。途经街上的时候,她为哥哥买了一双鞋,金长则把身上的一件旧衣服脱下来,细细叠好交给她。他们就此分别,金长告诉她,至多离开三五年,一定要等他回来。

这一等就是二十多年。1953年,段桂秀等来一张烈士证。她日夜思念的王金长在长征出发前的一次战斗中就牺牲了。段桂秀最后过继了小叔子的一个儿子,算是支撑起王金长的这个家。几十年来,无论生活多么艰苦,她始终没有离开王家。解说员说,看到那面草鞋墙,九十多岁的老人仔细抚摸有些粗粝的麻草,无法抑制自己,竟然悄悄哭泣起来。原来,这位老奶奶想起了她当年送给王金长的鞋。

现在我们所知道的是,红军长征出发前,苏区人民赶制了20多万双草鞋;红军集结在于都出发的时候,有8.6万人。1934年10月16日的傍晚,于都河上走过的队伍,就是穿着一双双这样的草鞋踏上征程的。

当年,八万多红军带着二十多万双草鞋离开苏区。但是,走过两万五千里长征又回到于都来的草鞋并不多。今天,于都中央红军长征出发地纪念馆里陈列着一双"长征归来"的草鞋。它静静地陈列在玻璃展柜里,和其他草鞋不同的是,这双草鞋的鞋尖分别绑了一个绒线绣球。尽管这两个绣球经过岁月磨洗,已经有些褪色,但依然顽强地透出一丝浅红。

这双草鞋的主人叫谢志坚。现在,我们能够确切知道的是,谢志坚1915年出生在于都县岭背乡燕溪村一户贫苦佃农家庭。长征开始时,他不满二十岁。当时,他和村里一名叫春秀的姑娘相互爱恋。据说,1934年10月,春秀得知谢志坚所在部队正在于都车溪乡的铜锣湾休整,连夜用黄麻编织了一双草鞋,送给谢志坚。不久,谢志坚就带着这双草鞋踏上了长征路。

对于谢志坚来说,这是一双特别的草鞋,他并没有舍得穿在脚上。后来,这位老红军回忆说,在一年多时间的长征岁月里,他只穿过两次。一次是渡金沙江的时候,他想起了告别于都河的情景,于是,穿上了这双草鞋。再一次是强渡大渡河的时候,他做好了要在渡河中牺牲的准备,所以,穿上了这双草鞋。渡河战役之后,他就把这双草鞋脱下来,一直珍藏着。

红军长征走完雪山草地,到达甘肃通渭县一带,谢志坚身受重伤又患疟疾。他被部队留在当地一位苟姓人家养伤。为了躲避敌人搜查,苟姓人家把他称作女婿。他在这茫茫黄土高原上,曾给那位春秀姑娘写过两封信,但没有联系上。后来,他就和苟姓人家的姑娘成亲了。

直到1951年,谢志坚才领着妻子和孩子重回于都。他带着那双走过长征的草鞋,找到春秀的家人,才知道春秀在新中国成立之前就被敌人杀害了。1954年,他从甘肃省静宁县岷寺乡乡长的岗位调回于都。从此,一家人就生活在这个曾经是苏区的小城里。

20世纪80年代,于都要建中央红军长征出发地纪念馆。工作人员听说了他这双草鞋的故事,再三上门动员,已经年过花甲的谢志坚终于同意把草鞋捐献给纪念馆,但他在两只鞋子的尖上分别绑上一只红绣球。这才有了我们今天看到的从长征路上"回来"的草鞋。

谢志坚老人病逝于1992年。据说,病逝那一年,他曾在家人搀扶下,三次到纪念馆来看这双草鞋。

这样的故事,在苏区那些县域范围走走,应该还能听到许多。今天,人们总爱给这些故事增添一些浪漫的想象。但是,当我们仔细端详那些留下来的图片,看着图片上一张张普通得近乎木讷的面孔,就很难把那些浪漫的想象与这些人联系起来了。最打动我们的是那份不舍,对故乡的不舍,对亲人的不舍。红军战士当年大都是年轻人,这份不舍里自然也包含着自己心上的恋人。草鞋,其实凝结着他们对故乡的这份深情,也成了他们与故乡的连接,写在那面草鞋墙上的该是红军战士绵延不尽的思念。

二、一双草鞋万千情愫

红军离开江西之后,一路向西,到贵州、云南才向北行军,在中国大地上写出一个大大"L",直指陕北。漫长的征程中,草鞋就是红军战士最宝贵的物件。从江西郁郁葱葱的大地走到陕北的茫茫高原,才能体会到红军战士那种心理落差。而草鞋,不仅是他们行军走路离不开的行装,更是他们心中装着的浓郁的情感。

红军长征出发时按要求每人要带两双草鞋。这些草鞋并不是自家人准备的,大部分都是苏区人民送来的。于都县的中央红军长征出发地纪念馆负责人讲过一个送草鞋的故事。

在2006年前后，纪念馆前面建起了长征出发地纪念园，有一位老人总喜欢到这里来散步、逗留。这位纪念馆负责人和她聊天，才知道老人叫丁张发。老人到这个纪念园里来并不仅仅是散步健身，还存了一份念想。原来，她的父亲就是一位红军烈士。

1934年，丁张发只有10岁。她只记得爸爸前几年就去当红军了，妈妈准备了一些干粮，还专门打了5双草鞋，带着10岁的她沿河去找亲人，走了好几天也没有找到。她们回家之后，遇到一个和丁张发父亲同时参加红军的人，才得知父亲在兴国的一场战役中牺牲了。几十年后，这位老人还记得，第三天早上，妈妈又带着她出门了。她们带着给父亲准备的干粮和那5双草鞋，再次来到于都河边，送给了正在行军的红军。

许多红军就是这样得到草鞋的。红军战士江耀辉的草鞋也是这样得来的。他在长征出发前，从一位老大爷手里接过一双草鞋。老人说："孩子，带上这双鞋吧！这鞋一到红军的脚上，那就成了'量天尺'了；地再广，山再高，你们也能把它'量'完。"

江耀辉后来写出一篇《红军鞋》，记录了他在长征途中和这双鞋的故事。离开江西的最后一次战斗中，他的脚负伤，行走艰难，实在坚持不住，他才第一次从腰里解下"量天尺"穿上。伤口好了，鞋底也磨去不少，他舍不得再穿，就又把它包起来了。攻打遵义的时候，他突然感到腰部有些疼痛，仔细一看，原来是一颗子弹穿过鞋子射到腰部。如果没有这双鞋，他可能就牺牲了。鞋底被穿了一个大窟窿，但他更爱惜这双鞋了。一直到爬雪山的时候，他才又把草鞋拿出来穿到脚上。

江耀辉是一个炮兵。他就穿着这样一双草鞋，扛着四五十斤的迫击炮筒翻过雪山。看到鞋上沾满了冰泥，脏得不成样子，他很心痛。于是，他又把这双草鞋脱下来，挂在腰间。

雪山草地是红军长征最艰难的一段路程。回望来路，从江西于都出发到四川，已经有几千公里路程了。但是，重走长征路到四川，在雪山草地一段，我们依然听到了草鞋的故事。那些红军战士穿着的还是他们从苏区带来的草鞋，这是怎样的一段路程啊！那些由苏区的黄麻密密麻麻织成的草鞋，陪着红军穿越了多少山水，留下了多少情谊！

中央红军第三军团12团3营9连一位叫谭发贵的战士，爬雪山的时候才十二岁。他们走到夹金山脚下时，脚上的草鞋被水沤、路磨，已经布满大窟窿小眼了，爬山之前，他们停下来休息，修补草鞋。谭发贵还是一个孩子，不会补鞋，老班长便帮他把草鞋修补了，爬山过程中，他身上背的背包等东西也都被老班长接过去了。

雪山上有很多冰溜子，地上还有石块，爬了没多久，他的草鞋又破了。他沿路捡拾破旧的草绳和碎布条，在脚上裹了又裹，但两只脚还是被磨出了水泡。最后，是老班长架着他走上山顶的。到了山顶,部队停下来休息,一项重要工作还是补草鞋。因为找不到可以用的东西,老班长就把自己仅有的一块破被单拿出来给他补鞋。这位小红军问班长,"你用什么呢?"老班长说,"我是大人,火气旺,脚板硬,不用包也行"!许多年后,谭发贵还记得,老班长是江西兴国人。

这些草鞋故事,透出的是一份革命友谊和同志之间的互帮友爱精神,而这份情谊也是从苏区带出来的。打草鞋大概是红军战士从小就熟悉的"农活",这个本领成为红军的基本保障,草鞋伴随着革命队伍克服了艰难险阻。一双草鞋,凝结着万千情愫,又何止是战友情、亲人情!

三、坚韧不歇的草鞋

中国革命道路可以说是用双脚走出来的,因此,草鞋的故事延续了很远很远。

长征过后十多年,当人民解放军"打过长江去",重新回到江西这片土地上,鞋子的故事依然在发生着。一位叫江云鹏的解放军战士讲述了发生在弋阳县的另一个版本的"红军故事"。

弋阳是一块浸染着烈士鲜血的土地。方志敏烈士就出生在这里,弋阳县也是中国工农红军第十军的故乡。解放军宿营在一个叫李庄的村子里。在宿营的房子里,他们

重走长征路

遇到一位老妈妈,老人悄悄问这些战士"是从哪里来的"。当战士们告诉她,部队是从江北过来的人民解放军,就是当年的红军时,老人迟疑地望着他们,想说什么却什么也没有说出来。

后来,老人反复问"你们真是红军?""红军帽子上有个红五角星啊……"这位战士告诉她解放军就是红军,而且拿出一个有红五星的瓷碗套给她看,老人才说了一声"真是我们的红军回来了"。原来,老人孤身一人生活。确认了他们是红军之后,老人把自己家的竹箩、瓦罐、桌子、板凳都挪开,腾出地方来给解放军住。

这位解放军战士在行军途中脚上磨出了泡。晚上,他用热水泡脚的时候,老人从墙洞里掏出一个布包,取出一双崭新的布鞋来,送给了他。这位战士也确实需要一双鞋,就掏出钱想把这双鞋买下来。结果,老人生气了,她哭着说:"孩子,大妈的鞋不卖,给一万块银元也不卖"。原来,老人的丈夫早年去世,她拉扯着一个儿子。孩子17岁那年,方志敏在这里闹革命,老人就把孩子送进了红军队伍。

红军天天跑路,脚穿草鞋,很快就磨破了。老人给儿子做了一双结结实实的布鞋,盼望他穿上好走路,结果,当晚孩子在家里被敌人抓走。老人把没有来得及穿的鞋收藏起来,准备等儿子回来穿,后来,儿子被敌人折磨死了。得知解放军就是当年的红军,老人把这双珍藏了十多年的布鞋拿出来送给了解放军战士。如果我们的目光再向前

坚韧的草鞋

延伸一下,就能看到,无论是抗日战争还是解放战争中,做军鞋都是军民情感的重要组成部分。太行山区、沂蒙山区的妇女都曾经一针一线为八路军和解放军战士做过布鞋。

中国共产党成立不久,就走向了农村。我们的脚一踏进农村,鞋子就成为必不可少的物件。如果说我们要寻找中国革命的脚步起点,我想,应该从草鞋算起。南昌起义的枪声平息之后,他们的队伍千辛万苦走上了井冈山。而那些先辈们的脚上正是穿着那黄麻或者树叶编制成的草鞋。

在长征沿途的纪念馆里,我们不时可以看到一些已经褪色、沾染着征途烟尘的草鞋。作为纪念品和先辈的物件,它们静静地安放在玻璃柜子里,已经不再是人们行走必需的物件,但却散发着思想的光焰。

今天,在红军走过的南方许多地方,编织草鞋的技术并没有"失传"。人们依然用传统的黄麻,以手工或者机器来编织草鞋。这样的草鞋正作为旅游纪念品和文创产品,摆放在各地旅游景点的货架上。尽管它已经没有多少实际意义,但还是有很多游客喜欢买一双草鞋回去。时常看看这样一双草鞋,甚至试穿一下这种古老的草鞋,许多时候对我们也是一个提醒,也是一种教育。

就是脚上这样一双草鞋,陪我们的先辈走完了两万五千里,走出了一个新中国。无论我们走了多远,走向百姓的路依然不尽。为人民服务,就得行走在祖国大地上,就得不断地走到群众中去。草鞋凝结着老百姓对红军的期盼,也表达了一份坚韧和顽强。如今,无论我们脚上是皮鞋还是运动鞋,都不能忘记草鞋凝结的这份百姓的嘱托,不能忘记草鞋行走的那份坚韧。

　　回到于都,再看中央红军长征出发地纪念馆的墙上那一双双草鞋,那草鞋编织成的"中国",我一次次回头,一次次沉思。

青杠坡的思索

我认识青杠坡,是从一首旋律悠扬的歌曲开始的。歌的名字就叫《难忘青杠坡》。我不知道这首歌是什么时候创作的,但是,那旋律充满深情,歌词也十分动人。

悠悠赤水河,巍巍青杠坡,
爷爷拉着我的手,深情告诉我:
"红军长征从这里走过,
先辈的热血洒满山河……"

青杠坡在贵州习水县土城镇不远处,和黔西北随处可见的连绵大山相比,这个沟不深,这里的山也不算高。因为红军从这里走过,因为这里发生过著名的青杠坡战役,青杠坡便走进了历史,走进了人们的记忆。

一、硝烟散尽漫坡绿

1935年1月,遵义会议之后,为了跳出敌人的包围圈,

重走长征路

党中央决定红军兵分三路从贵州北部的松坎、桐梓、遵义向西北转移。1月27日,中央纵队和三军团到达今天习水县土城镇以东地区,与尾追而来的四川军阀郭勋祺部两个旅在距离土城镇两公里多的枫树坝、青杠坡一带遭遇。

从土城出发,我们步行了一个小时,来到青杠坡。今天,这里是一个宁静的山村。漫坡绿色,郁郁葱葱,高速公路的大桥在山顶飞架而过,像一条横空出世的白色巨龙。我们登上山坡,环顾四周,隐约还能听到对面山村里传出的谈笑声。八十多年过去了,战争的硝烟早已散尽,而这山坡上浸染的牺牲精神,却深深地镌刻在纪念碑上,深深地记写在烈士们的坟墓里。

1935年1月27日,中央红军从东边走来。当时,中央决定以一、九军团阻击向我军进攻之敌,集中主力合围夹击枫树坝、石高嘴、青杠坡一线的川敌,为北渡长江创造条件。青杠坡战斗在1935年1月28日拂晓打响。

这是一个由桐梓窝、尖山子和营棚顶三面大山组成的葫芦形山谷,敌我双方在营棚顶交战。红军本来埋伏在山腰准备打伏击战,不料,四川军阀郭勋祺的部队尾随而来,直接冲到山顶,占领了制高点。这样,红军就处于仰攻的不利位置。那天的战斗打得异常激烈,红三、五军团连续奋战四个多小时,战果依然未能扩展。

中革军委当即发现对敌情判断有误,原以为敌人是两个旅四个团约六七千人,后来发现实际上来了六个团一万多人,而且增援部队还在源源不断赶来。这样经过一整天激战,仍然未能达到预期的大量歼灭尾追之敌的目的,反而受敌所制,红军伤亡很大,战况对我军越来越不利。中央政治局和中革军委当机立断,命令红军主力立即撤出战斗。为了打乱敌人的堵截计划,变被动为主动,红军连夜在土城的浑溪口、元厚等渡口架桥渡河,在1月29日拂晓前全部有序西渡赤水河。从此,开始了红军四渡赤水的伟大转折。

今天,在营棚顶上高高地耸立着青杠坡红军烈士纪念碑,碑文镌刻着当年英雄的业绩:"红五团政委赵云龙等一千多红军将士壮烈牺牲……红军伤亡三千多人,歼敌三千多人。"

青杠坡营棚顶上的青杠坡战役纪念碑

青杠坡上建起了高高的烈士陵园,每年清明节前夕,习水县都要举办"红军节",人们络绎不绝地来到这巍巍青杠坡前,寄托无尽哀思。我也是在这样一个绿草繁盛的清明时节来到这里的。走过青杠坡,听着那悠扬的旋律,我们寻访到了青杠坡战斗中受伤红军的后人。

时光无情地带走了那一代人,他们已经渐行渐远,但他们的故事却依然被人们传颂,激起一代又一代人的思索。我的"青杠坡思索"也便从那些红军老前辈的故事中开始。

二、老战士的本色

我们在土城老街找到了林成英家。她和女儿至今住在老红军何木林当年的那间房子里。老房子已经五十多年,过去只有九平方米,后来扩建,成了现在这个里外间和上下层的样子。何木林的照片挂在进门最显眼的地方。

照片上的何木林是一位须发飘飘的老者,正开朗地笑着给人们讲故事,身边围着很多人,他的手掌高高举起,蜷起大拇指,余下四个指头特别明显。家里人说,老人在讲"四渡赤水",所以举了四个指头。今天,孙女何莉在四渡赤水纪念馆讲述那段历史,也喜欢用这个姿势。她说,是向爷爷学的。

何木林身上值得我们学习的东西,并不仅仅是这个姿势。中央红军在青杠坡与敌人交战的时候,何木林是红三军团五师的一个班长。那一仗打得惨烈,他左腿受伤,因失血过多,昏死在战场上。第二天,1935年1月29日,天下起小雨。他被雨水浇醒,于是挣扎着爬起来。正巧有两个小孩到山上寻找自家的铁锹,发现了何木林。

小孩子回去告诉父母,山上还有活人。天黑以后,孩子的父亲来到山上,把何木林背到附近山洞里掩护了起来。从此,他们每天悄悄地给何木林送饭,这样,这位从江西会昌走出家门参加红军、又跟随长征队伍走过好几个省的何木林,才算得救了。

何木林伤好之后,就下山在附近村庄打零工生活。因为自己说一口江西话,怕被认出是红军,他就装哑巴一直到1949年习水县解放。后来,政府认定他是失散红军,安排他在土城烟酒店卖货,还给他确定了每年的补助。

离开部队很多年,何木林依然以一个红军战士的着装标准生活在群众中。林成英记得,他一副绑腿一直穿到1979年去世。因为左腿受伤,行动不便,他每天都按照红军的要求,起床之后把绑腿绑好。这副绑腿如今成了纪念馆的"文物"。

20世纪50年代,何木林被认定为红军之后,政府每年发给他196元生活补贴。196元在那个年代是什么概念呢?比他一年的工资收入还高出许多。他当年在烟酒店工作的工资是每月10元钱。然而,一直到1979年去世,这位老人从来没有去领过这笔钱!

他的生活富裕到不需要这笔钱的地步了吗？何木林用他微薄的工资养育了五个孩子,三个夭亡了。1960年,在那个大灾荒之年,他的爱人也因为找不到更多食物,因饿而病,最后没有熬过来。即使这样,何木林也没有去领国家发给他的生活补贴。

新中国成立之后,何木林与江西会昌县的家人联系上了。林成英说,来来往往,家里写来很多封信。20世纪70年代,老人已经上了年纪,十分想念家乡。老家人也多次来信,盼望他能回去看看。1977年,他的一位堂侄还给他写信,说与他同岁的堂哥盼望他能尽早回去看看。如果经济宽裕,就带着全家回去;如果经济困难,就自己带着儿子回家看看。老人那时候已经73岁,也很想回去。但是,因为拿不出路费,最终也没有再走回江西,走到他出发的地方!

即使在这样的情况下,他也没有去领过国家发的补助。今天的人们听到这个故事,总要问一个为什么。林成英记得老人说得最多两句话是:能多活这么几十年,已经比战友们幸运多了;国家有困难,我们要和大家一起吃苦,不能再去拿国家的钱!

新中国成立之后,何木林和村里人一样在土改中分到街上一处房子。但是,他因为养育的五个子女有三个夭折,家里人口就不多了。20世纪60年代,他的邻居家孩子多,住处紧张,何木林便把自家的房子让给了邻居。他带着家人搬到村边一处9平方米的房子里,一直到1979年老人75岁去世,他和家人再没有离开这间小小的屋子。

在20世纪60年代末,因为是红军,他的儿子得到了一个照顾到城里工作的机会。很快,儿子被确定安排到市里机关工作。何木林找到政府,阻止了这件事。他的理由是,红军的后代,要工作也不能坐办公室享福,得到艰苦的岗位和老百姓一起吃苦。这样,他的儿子被改到遥远的息烽县一个煤矿去下煤窑。儿子在那里一干就是32年,直至因病去世!

在人生的重大选择中,何木林坚持了一个红军战士的原则。在日常生活中,他也始终保持着红军战士的本色。林成英给我们讲了两个故事:一个是赔钱的事。当年,与何木林一起在烟酒店工作的还有两个人。有一次,另外一位同志把价格弄错了,一瓶价格高的酒按照便宜价格卖出去了。月底结账时发现了这个错误,当时要求售货员自己补上差价。何木林说,他们家里负担重、开销大,还是我来垫上吧,他自掏腰包把这位同志应该补的差价"垫补"了。另一个故事是卖鱼的。逢年过节,烟酒店都要买来一些鱼,卖给土城老百姓。林成英说,她感到很奇怪的是,每次何木林拿回来的鱼都是别人不要的部位,不是鱼头,就是鱼尾巴,从来没有见过肉多的部位。有一个时期,她认为老人是低价买来人们剩下的鱼。后来她才知道,每次卖鱼,何木林都是让老百姓挑,最后挑剩下的,他自己才买回家里。而价格和别人完全一样!

老红军何木林临终的时候,留下两条遗嘱:无论早死

晚死,死了都要埋到青杠坡,和那些战友们在一起;死的时候只穿一身单衣服就够了,留下的衣服送给能用得上的人们。他说:"衣服埋在泥巴里,太可惜了。"

1979年8月1日,何木林在土城镇这座9平方米的房子里去世;2014年,青杠坡烈士陵园建成,家里人把他迁葬到巍巍青杠坡,完成了他作为一个红军战士的最后愿望!

三、"红军柚"的记忆

宋加通是另一位在青杠坡战役中受伤的红军战士。如今,他被安葬在一个叫淋滩的村子里。那里距离红军二渡赤水的二郎滩渡口不远。渡口的对面就是四川古蔺县。

宋加通在青杠坡战役中受伤,被当地老百姓救起,送到一位叫冉吴氏的老太太家里。冉吴氏一家人不仅悄悄地把宋加通藏了起来,而且坚持用当地的土办法为他疗伤治病,前前后后历时一年多。

伤好之后,宋加通听说淋滩村有好几位受伤留下来的红军战士,他便离开青杠坡一带,走了四十多里路,找到了这个小村庄。在这里,他找到七位受伤流落下来的红军党员。因为宋加通1931年在江西于都加入红军、1932年就入了党,所以,他组织大家秘密成立党支部,努力寻找组织。他自己也在淋滩村留了下来。

从1935年2月流落到这里,一直到1938年5月,他们才与当地党组织取得联系。1938年5月,赤水河对岸的四川古蔺地下党组织经过考察之后,召集留在淋滩村的宋加通等人开会,宣布恢复他们的组织生活,而且成立地下党淋滩红军党支部,联络点就设在宋加通家里。这个受伤留下来的红军组成的党支部在那一带继续开展地下工作,一直到1949年解放。2018年7月,经过上级鉴定,宋加通家里的老屋被确定为贵州省级文物保护单位。

宋加通1992年去世。他被人们记住,不仅因为他是当地党组织的负责人,还因为那年年收获的柚子树。

新中国成立后,宋加通仍然留在当地,先后在土城镇人民政府、镇医院等单位工作。20世纪80年代,宋加通回到江西于都老家探亲,见到当地的蜜柚又大又甜。这样的东西能不能在赤水河边生长?如果能长在赤水河边,老百姓不是可以通过卖柚子增加一份收入?江西的柚子引起宋加通的思索。

临行前,宋加通挑选了几株幼苗,辗转千里,沿着红军长征走过的路线,带到了淋滩村。他先在自己家院子外头试种,没有想到,这种在江西红土地上生长的植物在赤水河边也找到了合适环境,枝繁叶茂、果实累累。从宋加通带来的这几株苗子开始,村里人纷纷到他家来移栽,柚子在淋滩村渐渐形成了气候,赤水河边长了许多大大小小的柚子树。如今,全村已经种下三百多亩柚子,形成了农民增收的一个产业。前几年,淋滩村摘掉了贫困村的帽子。村支书说,村子能脱贫,柚子产业发挥了重要作用。

重走长征路

宋加通去世后就安葬在自家院落背后的梯田里,墓碑下面不远处,就是那棵他早年带回来的柚子树。我们造访的季节,树上的叶子刚刚张开,一树葱绿。宋加通的儿子宋光平也七十多岁了,他说,挂果时节,满树果实,很是好看呢!

今天,村里人把这柚子叫做"红军柚"。

宋加通引种的第一棵柚子树,在他们家屋后枝繁叶茂。这是宋加通的儿子宋光平在柚子树下

四、精彩的"苦"字

告别何木林老人家时,他的孙女何莉拿出一个本子。这些年,不断有人到家里来寻访,听爷爷的故事,于是,她们就准备了一个本子,无论谁来,都请他们留下几句话。翻看前面的来客那字迹不同却情谊相通的话语,我也有感而发:

听了何木林老人的故事,我明白了什么是共产党。什么是共产党?就是为人民吃苦,和人民一起吃苦,吃人民吃不了的苦。

是啊!那一代共产党人确实是为了民族独立和人民解放,吃了太多太多的苦。在土城的那几天,望着悠悠流淌的赤水河,看着老街两边的房子,我的思绪一直飘荡在历史的长廊里。

红军长征走到贵州的时候,其实,老百姓对这支部队并没有多少认识。当时,贵州重重叠叠的大山把人们分割在各个狭小的区域里,没有多少人听说过红军和共产党。但是,红军走过之后,人们对红军却表现出长久的思念。这固然与这支部队纪律严明、爱护人民有关,但老百姓更直接地感受到,这支部队特别能吃苦。一个简单的现象是，贵州雨多，人们遇雨还要躲到茅草房子里，而红军则只在房檐下躲雨，不进老百姓家打扰。老百姓正是从这种吃苦精神认识了这支部队，认识了什么是共产党，什么是人民军队。

战士是红军的主体。长征途中的每一位红军战士都留下了值得人们久久回味的人生轨迹。何木林与部队失散之后，再也没有回过故乡。在一个陌生的地方生存，他忍受了十多年不说话的痛苦。但是，他并不认为自己苦。等生活安定下来，他有了补贴却不去领，他想到的是国家的困难，是和人民一起吃苦。在战争中，他没有退缩，顽强地在青杠坡上冲锋；受伤失散之后，他依然保留本色，把自己能让出的东西都让出去，让给比自己困难的群众。何木林用自己一生的行动告诉我们什么是红军战士。

宋加通则让我们想到大家都熟悉的一句话：共产党人就像种子。他带着满腔信仰从江西走来，在惨烈的青杠坡战役中受伤失散。作为一个失散的伤员，能活着留下来已经十分不容易。但是，伤痛养好之后，他找到了几名党员，立即成立了党支部。尽管是以秘密形式存在的党支部，但依然是一个小小的堡垒。他们坚守三年，才与上级党组织取得联系。这是多么不容易的三年啊！如果没有一份坚定的信仰，他们为什么要在这赤水河边坚守呢？又如何能坚守得下来？

改革开放之后，宋加通已经是一位老人。但是，他依然把群众的事情、村里的事情装在心里。赤水河边一片片柚子树林是另一种诠释。即使回一趟老家,他也想着这片救过他命的土地。他竟然把江西的树苗带到了贵州!带来一株,引出一片,今天则成了一个产业。老人抱着建设一个新社会的初心,加入红军,加入共产党,走过艰辛的历程,来到赤水河边。因为受伤,他没有走下去。他在这个小山村里点燃了共产党的火花,成立了那一带第一个党支部;他又把能给群众增加收入的树苗引种过来,留下一片片柚树林。宋加通真的就是一粒种子。他虽然已经去世多年了,但他的事业就像那柚子树一样,枝繁叶茂,年年常青。

青杠坡以四渡赤水而出名。四渡赤水改写了红军的历史,成为长征途中的"得意之笔"。但是,那些留下来没有能继续渡河的战士,在这片土地上也同样书写出红军战士的"另一页"。何木林、宋加通他们写下的同样是一篇壮丽的华章,一篇值得我们时时回味、永志不忘的"精彩一笔"。

重走长征路

红军的歌声

长征是一段艰难的行程,但这绝不是一段孤寂的旅途。即使在物质条件极端艰苦的条件下,红军队伍中仍然传唱出歌声。当我们沿着这段路途重新行走的时候,当我们仔细去感受八十多年前那艰难行进的脚步时,耳边依然会响起动人的歌声。

我不懂音律,又很难看到当年红军行进在路途中的影像资料,我们无法听到那些英雄的先辈高亢嘹亮的声音了。但是,即使从那些记录下来的歌词中,我们也能够体会到这支队伍昂扬的精神状态。

歌声,让我们从另外一个角度理解这支队伍,理解他们的情怀,理解他们的欢乐和支撑他们行进的力量。

一、一路征程一路歌

长征是1934年秋天开始的。初秋时节,红军从于都河畔走过那一座座浮桥的情形,充满了离愁别绪。苏区百姓赶到桥边送行,一双草鞋、几个红薯都寄托着人民对红军战士的依依不舍。在这送别的场景中,也一定不缺少歌声。

一位叫小鹏的红军某部警卫连战士记下他们离开时的场景,特别写到了歌声。司令部前进的号声打断了警卫连指导员的讲话,队伍开始出发了。指导员又指挥全连唱起了战士们最喜欢的歌,歌名是《直到最后一个人》。过了很多年,他还记得那歌词:"神圣的土地、自由,谁人敢侵,红色的政权哪个敢蹂躏?啊!铁拳等着法西斯帝国民党,我们是红色的战士,拼!直到最后一个人。"

苏区是一片红色沃土。红军战士在这里体验着一种新生活。歌声某种程度上表达了他们对未来的必胜信念和乐观心情。当队伍走过于都河的时候,其实,很多人想象不到后来的艰险。这些高亢的旋律伴随着年轻的战士们踏上了新征程。

李富春回忆说,长征从出发到渡湘江的前后,差不多都是夜行军。那是越走越深的秋天,时而还有月亮。在赣粤湘交界的山岭密林中,一支长长的队伍沐浴着月光蜿蜒前行。歌声曾经驱赶了许多战士的睡意,激励着同志们的脚步。

歌声传递的是力量。要理解这样一种力量,我们只要回到金沙江边那场渡江作战就可以了。巧渡金沙江是红军征战中的一个著名战例。

那是1935年4月底的事情。红军四渡赤水之后,"兵临贵阳逼昆明""调虎离山袭金沙",趁云南军阀把部队调

往昆明,北部防守空虚,星夜赶到金沙江边,准备渡江北上。负责断后任务的是红五军团13师37团。

这支部队到达曲靖县(今曲靖市)时,接到上级命令:"围城三天,让兄弟部队迅速通过。"当时,红军三个军团准备从三个渡口越过金沙江。当他们赶到江边才发现,除了皎平渡外,另外两个渡口都无法使用。几万红军只好从不同方向赶到皎平渡,都要从这里过江。

渡江部署的变化对于红37团来说,就是命令的不断改变。他们第一天接到的命令是坚守三天三夜;第二天来了新命令:坚守六天六夜;到第三天,情况又变了,上级要求他们坚守阵地九天九夜。

因为靠山临水,37团的战士守卫异常艰难。团政委谢良后来回忆说,对于一天一变的命令,大家都在问"这是怎么回事?"同志们有迷惑,也深感责任重大。这个时候,红军总政治部代主任李富春同志从金沙江北边的会理返回到37团守卫的石板河,专门来传达和解释中央的命令。

给干部解释形势和命令之后,李富春并不放心。当天傍晚,他在红五军军团长董振堂等陪同下,专门来到前沿阵地,他想亲自看看战士们能不能守得住。没有想到,刚到一连就看到几个战士正在工事里小声学唱歌。他们正在学习的是一首刚刚创作的"渡江歌"。看到李富春等部队首长,战士们迅速站成一排,满怀豪情地唱了起来:

金沙江流水响叮当,常胜的红军来渡江,

红军的歌声

不怕水深河流急,不怕山高路又长。
渡过金沙江,打倒狗刘湘,
消灭反动派,北上打东洋。

面对军情变化,面对严峻形势,红军战士在唱歌,这是怎样的一支部队啊!这歌声唱出红军的决心,也唱出了他们在极端困难形势下面对艰巨任务的乐观精神。这个团按照命令坚守了9天9夜才撤离战场,在红军队伍中他们是最后赶到皎平渡、跨过金沙江的。谢良回忆说,当坐上渡船颠簸着向对岸驶去时,看着两岸巍峨的高山和洒满阳光的江水,他自己也情不自禁地哼起那首歌来:"金沙江流水响叮当,常胜的红军来渡江……"

一支面临敌情不断变化、阻击任务异常艰巨情况的部队,仍然能唱歌,那是怎样一支队伍啊!今天回望那长长的征途,这样的歌声都让我们不得不一次次感叹。在三大主力红军艰难行进的两年多长征途中,可以说仗打到哪里,红军行进到哪里,歌声就在哪里响起。《工农解放歌》《胜利反攻歌》《高虎垴战斗胜利歌》……从这些歌名里,今天还能读出红军那坚定的革命理想,还能感受到那紧张的战斗生活。

长征是一次出发,也是一次告别。因此,那昂扬的旋律中也常常包含着红军将士的离别和思念。战士对故乡的思念、红军对百姓的情感是长征歌曲中最动人的部分。

重走长征路

送得哥哥前线去,
做双鞋子赠送你,
鞋上绣了七个字,
红军哥哥万万岁!

这是苏区人民送别红军的歌。苏区老百姓就是怀着这样依依惜别的深情,送别红军战士的。战士在长征途中,不管走出了多远,始终记着这份情感。一位担架班的战士回忆,当他们在贵州山间穿梭时,战士还轻轻地哼唱着这样的歌。

还有一首歌是这样写的:

我要当红军,把话告亲人。
全家乐呵呵,老少都送行。
嗨哟哟,嗨哟哟……
爸妈嘱咐说,出去勿惦记,
要听党的话,好好闹革命。
叔伯嘱咐说,行动听命令,
打仗要勇敢,要多杀敌人。
姑嫂嘱咐说,穷人心连心,
处处为群众,当好子弟兵。
……
老少说得对呀,句句讲得明,
决心跟党走呀,永做革命人。

战士回忆说,这首歌是用湖南小调或花鼓戏的曲子"套着唱"的,歌名就叫《嘱咐歌》。这些直白的表达说出的是革命道理,也是对亲人的思念。"当时也没有乐器伴奏,但是在那寒气袭人的长夜里,在同志们冻醒后再也没法睡着的情况下,能同自己的首长一起欢乐一番,确实是一种幸福和享受",许多年后,战士写道,"直到今天,我们还能把这首歌牢牢地记在心里"。

长征是艰苦的,但一定不枯燥。我们的先辈怀着革命理想,也怀着对苏区百姓的深情,行进在这样一条路上。今天,只要我们想象一下当时的场景,心中就会不由得浮起一份离愁别绪,更涌起一种革命的豪情。

二、雪山草地歌嘹亮

长征最艰难的行军是在川西北的雪山草地。很多年过去之后,当后来人一次次怀着不同的心情重走长征路,来到这皑皑雪山下,行进到茫茫草地边,无不为那份艰苦和荒凉所震撼。爬雪山是一段艰苦的记忆。三大主力红军曾经在川西的几十座雪山之间穿梭。让我们惊奇的是,即使在如此艰难的行军中,红军队伍里也常常传出歌声。

红四方面军曾经两次翻越雪山,三次走过草地。1935年深秋,他们翻越巴郎山。这是一座海拔5040米的高山。

一位叫袁学凯的红军回忆,当时一无地图,二无向导,满山积雪有一尺多深,走起路来好像盲人,不辨东西,只能高一脚低一脚地往山上爬。行军到第二天,同志们没有见过一颗粮食,又乏又饿,边走边抓路边的雪吃。正在发愁的时候,有人想到可以用把瓷缸子盛雪水,煮身上背的盐巴和辣椒充饥。这个主意让大家一下子兴奋起来。战士们七手八脚做起"饭"来,炊事员则把小碗敲得叮当响,合着拍子唱起了快板:

> 同志们的本领多,身边还常带行军锅,
> 做饭炒菜大家行,我这个伙夫用不着。

艰苦的行军中,这种充满革命乐观主义精神给了红军战士无穷的力量。这样的歌声并不仅仅飘荡在巴郎雪山上,今天,我们从红军将士的回忆文章中还能看到许多记载。

红一方面军翻越的第一座雪山是四川宝兴境内的夹金山。这座海拔四千多米高的雪山,在红军翻越时的六月天,仍然飘着飞雪。红一方面军从泸定、天全等地赶来,自夹金山南坡迎风而上。中央纵队干部团战士钟华回忆说,干部团三个营爬雪山时,都是一身单军衣,冻得牙齿"咯咯"作响。为了鼓舞士气,一位叫钟兰英的营指导员一边行进,一边吃力地哼起《过雪山歌》。声音是低沉的,歌词却是豪迈的:

红军的歌声

红军战士英雄汉,千军万马过雪山。
雪山高,挡不住战士铁脚板,
雪山险,抵不过战士意志坚。
翻过雪山就是大胜利,征服严寒才是钢铁汉。
鼓起勇气,不怕艰难,
把雪山踩在脚下,把困难踢下深渊。
胜利在望,曙光在前。
……

我还常常想起夹金山北坡曾经响起的歌声。那是一个叫做达维的小村庄。红一方面军先头部队在这里意外地遇上了前来接应的红四方面军战士。在1935年6月的那个夜晚,这个村庄充满了欢声笑语。

我们沿着红军行走的路线,也是从四川宝兴县出发,翻过夹金山来到达维村。当年村里最大的广场是刷经寺门前一片空地。我们到达的时候,当年的空地栽满了苹果树,还有正在拔穗的玉米。当地人说,那片地过去是一个平缓的斜坡,总共有二十多亩。"当年红一方面军和红四方面军会师后,就是在这里联欢的",我听到这句解说词,脑海里一下子浮现出"兴国山歌"这几个字。

这是从杨成武将军的回忆中看来的。红军从江西一路走来,杨成武将军率领的先头部队在这里意外地遇到了红四方面军战士。"我们蜂拥而下,同四方面军的同志紧紧握手,热泪夺眶而出,长时间地沉醉在欢乐中",他说,

"晚上,我们在达维村的广场上开了一个会师联欢晚会"。

就是在这六月飞雪的夹金山下,在红军第一次会合的晚上,在战士们的联欢中,又响起了"兴国山歌"……我望着眼前那片果园,无论如何也想象不出那是怎样一幅场景。

"兴国山歌"今天已经作为非物质文化遗产而受到保护。后来,我专门找来一些"兴国山歌"听,那是一种节奏缓慢而悠长的民间歌曲,充满了赣南山水的轻柔。而夹金山下,远处白雪依稀可见,近处则是光秃秃的群山。这里与赣南兴国已经有上万里的地理距离。那些会唱"兴国山歌"的战士,有多少牺牲在了滚滚湘江里,又有多少长眠在刚刚翻过的雪山上?

两百多天,一万多里的征战,当这片遥远的土地上,传出那悠长的"兴国山歌"时,那是怎样一种亲切?我后来查找过不少回忆文章,试图寻找当年在夹金山下唱起的"兴国山歌"的歌词或者歌名,希望能更真切地体会当时的欢乐。尽管我最后也不知道那些红军战士唱的是哪首山歌,但是,我仍然无法忘记那份亲切。这支从赣南出发的队伍,经过了多少磨难,忍受了多少牺牲,终于在这片荒凉的山间遇到了自己的同志。这样的团聚带给战士们难以抑制的欢乐,也一定触发了他们深深的思念和无限的怀念。

"兴国山歌"旋律表达的是红军战士对故乡的思念,也凝结着他们对那些曾经熟悉这旋律的战友们深深的怀念。那些战友牺牲在漫漫征途上,再也听不到这亲切的歌声了。我站在那片果园边缘,久久地看着满树枝叶,浮想联翩,情不自已!

这"兴国山歌"的旋律伴随着红军翻越皑皑雪山,也曾经飘荡在茫茫草原上。红一军团第一师一营机枪排3班一位叫杨希祥的战士回忆说,他们过草地的时候也唱起过"兴国山歌"。在一片草地上露营时,下起了冰雹,红军的衣服、被子湿得像泥浆一样。大家坐也不能坐,睡也不能睡,于是唱起了兴国的民间小调:

哎……当红军真光荣,处处受欢迎。衣服被子脏了,有老天爷帮我们洗,明天它还要帮我们来晒干呢哎呀嘞。

显然,这都是红军战士随口编出来的歌。就是这些套在兴国民间小调上的歌曲,给红军枯燥艰难的草地行军增添了生活情趣和亮色。

长征路上有过多少歌,恐怕永远不清楚了。1935年中央红军到达陕北之后,曾经合编整理过一首《中央红军远征胜利歌》,这首歌在红军中流行起来。13段歌词按照时间顺序,每段4句歌词,反映了中央红军从江西出发到1935年9月抵达陕北的12个月所经历的跋涉。

歌词是这样的:

十月里来秋风凉,中央红军远征忙,星夜渡过雩都河,古陂新田打胜仗。

十一月里来走湖南,宜临蓝道一齐占,冲破衡阳封锁线,吓得何键狗胆寒。

十二月里来过湘江,广西军阀大恐慌,四道封锁线都突破,势如破竹谁敢挡。

一月里来梅花香,打进贵州过乌江,连占黔北十数县,红军威名天下扬。

二月里来到扎西,部队改编最整齐,发展川南游击队,扩大红军三千几。

三月里来贵州省,二次占领遵义城,打垮王家烈八个团,消灭薛吴两师兵。

四月里来向南进,打了贵州打昆明,巧妙渡过金沙江,浩浩荡荡蜀中行。

五月里来泸定桥,刘文辉被打如飞跑,大渡河险从容过,十七英雄姓名标。

六月里来天气热,夹金山还积白雪,一、四两个方面军,懋功取得大会合。

七月里来进川西北,黑水芦花青稞麦,艰苦奋斗为哪个,为了抗日救中国。

八月里继续向前进,草地行军不怕冷,草地从来少人过,无坚不摧是红军。

九月里出发潘州城,陕甘支队东北行,腊子口、渭河都通过,打了步兵打骑兵。

二万五长征到陕北,南北红军大会合,粉碎敌人新"围剿",团结人民救中国。

长征已经远去了,但这歌声一定会穿越时空,被人们一次次传唱。

三、铿锵旋律永不散

长征的歌声飘荡在红军艰难的征途中,深深地嵌入红军战士心里。对于一些没有走完长征的战士来说,这激昂的旋律和昂扬的歌声,寄托着他们的理想,也成为他们生命中无法翻过的一页。

红军长征走过茫茫草地,来到了甘肃南部。位于天水市的武山县曾经是三大主力红军都走过的地方。湖北的记者汤华明在这里寻访失散红军,记录下许多感人的故事。其中两位女红军的歌声,让我的心情久久无法平静。

这是两位失散的女红军。她们在青春年少的时候,怀着革命理想,从四川东部的川陕根据地出发,跟随红军队伍一路走过雪山草地,来到甘肃。因为战事,她们脱离了队伍,流落在这个荒凉缺水的甘肃山区。许多年之后,她们走完了自己极不平凡而又十分沉寂的人生,当人们想起这些名字时,即使她的亲人也难以说清楚她们的革命经历,但是,人们都记得她们爱唱歌,甚至能哼出她们唱过的歌!

一位女战士叫陈恩玉。她十六岁就在故乡四川南江县关路乡参加红四方面军。她是红四方面军总医院洗衣班战士,参加了长征。1936年8月,部队在甘肃漳县新寺镇被敌人分割包围,身上所带物品被洗劫之后,她讨饭去追赶部队,最后流落在武山县洛门镇石堡村,与当地一位王姓村民成家。

这位红军战士在远离故乡的这个偏僻村落一直生活到2007年,91岁时去世。因为家境不算很好,她在这个乡下的村子里默默地度过一生。如今,村里人很少知道她曾经是英勇的红军,但是人们记得她口中的歌声。

她故去十多年了,村里接触过她的人们还能学得出几句她曾经唱过的歌:

春雷一声震天响,来了救星共产党(《翻身歌》)

一九(那个)二七年,来了救星毛委员,带来工农革命军,三湾改编换新颜(《三湾改编歌》)

另一位叫李文华的老红军,和陈恩玉老人的经历相似。她也是四川南江县关路乡人,也是在甘肃漳县新寺镇被分割包围时掉队的。不同的是,她是红军的一个勤务兵,因为过草地时落下胃病和关节炎,掉队后再赶不上队伍,最后流落在一个叫李堡村的地方。她也一直生活到2005年2月,90岁高龄去世。从1936年8月流落到这个村,她一辈子在这个山沟里"没有挪动半步"。

与她一墙之隔的邻居回忆说,村上的小孩子们经常听

红军的歌声

到李奶奶一个人小声哼着歌曲。在很长一个时期里,这偏僻的山村没有妇女大声唱歌。大声唱歌会被人笑话,这位老战士总是小声唱。人们记得,她唱过《八月桂花遍地开》《送郎当红军》《当兵就要当红军》。

红军的歌声带给年轻战士在长征路上行走的动力,也成为红军战士一生无法忘记的旋律。相对于那些走完长征路的人,失散在长征途中的红军走过的是一段不同寻常的人生。在孤寂的生活中,她们远离队伍、远离故乡、远离亲人,很长时间都得忍受着生活的困顿,歌声成为她们生命的寄托,也许能给她们带来很多闪光的回忆,能够点亮她们生命的希望。

甘肃迭部县茨日那村一位红军后人回忆说,她的母亲到了晚年常常念叨一段话:我们的子弹,是用生命换来的,有了那颗子弹,才能杀敌人……念着念着,老人就会流泪。她说,这是一首歌,但她唱不全,也记不全了!

即使今天水泥路已经通达每一个偏远的村落,我们重走长征路来到这些山村,依然能感受到一种荒凉和冷寂。当成群结队的游客散去之后,这些人口本已不多的山村很快就恢复到沉寂中。过去几十年里,失散的红军战士像泥土一样,把自己深深地融入她们失落到的那片大地。她们把对故乡和战友的思念,把自己经受的苦难,都埋进情感深处;她们在偏远的乡间,和当地农民一样,艰难地行走自己的人生。只有那熟悉的旋律和熟悉的歌词可以给她们寄托,可以抚慰她们苦楚的记忆和孤寂的感情。

隔着八十多年的时间距离,无论如何找寻,我们也难以理解她们生命中的苦难和孤寂了。幸而,还有这些歌声,这些红军的歌声和昂扬的旋律曾经陪伴她们!

贵州省遵义市退休老人组成合唱团在街头传唱红色歌曲

写到这里,我又想补叙一笔的是,红军的歌声绵延至今,也发生过许多感人的故事。长征出发地江西于都组建了一个长征源合唱团,其中有一位姓林的教师,是合唱团的热心演员之一。这个合唱团从于都唱到赣州,后来又走出江西,沿着红军长征路线演出。几年后,当合唱团到广西兴安县演出间隙,这位姓林的教师到湘江战役纪念馆参观。站在写满烈士名单的墙前,她看到许多人籍贯都是于都的,"那个名单好长啊"!她说,自己在那长长的名单中挨个寻找,突然看到"林罗发生"四个字!这个她全家都在找寻的名字,竟然出现在这里。

原来这位林老师祖辈兄弟三人,都参加了红军长征,一走便杳无音讯。许多年后,全家等来的是一张光荣烈士证书,还有"北上无音讯"五个字。家里几代人都盼望着能找到他们的讯息,但渺然无望。没想到,竟然在这里看到了她们朝思暮想的名字。这位教师立即给父亲打电话。第二年,她全家来到湘江边祭拜,带走一把湘江边的土,埋葬到自家祖坟里。

《长征组歌》有一节《告别》,"男女老少来相送,热泪沾衣叙情长。紧紧握住红军的手,亲人何时返故乡?"这悠长的歌声中蕴含了多少深情,又隐藏着多少离别的故事?时间过去了八十多年,但这份深情好像依然飘荡在那两万五千里的征途上。今天,当我们有机会一次次回望长征的时候,也哼唱几句那些歌词吧!那是一代人用生命唱出的歌,那也是应该唱进一代一代人生命深处的歌。

重走长征路

银元的温度

很长一个历史时期,银元都曾是财富的象征。一块小小的银元,铸着不同图像,便表明不同"分量"。在艰苦的生活中,银元曾经是许多穷苦人家的渴望。

在漫长而艰苦的革命岁月中,银元也是我们党和我们党所领导的红军所必不可少的。

过去八十多年了,长征途中那些曾经当作财富象征、能给人们带来实际利益的银元,却没有进入"流通",而是被珍藏和保存下来!重走长征路,我们见到过好几块银元,无论是在各地的纪念馆里,还是在不同院落的老百姓家里,每一块银元都有一个发人深思、感人至深的故事。

这些银元经过岁月磨蚀,有的已经发黑,有的甚至看不清字迹,但它们都是有温度的。当我们与它相对的时候,似乎感受到那种温度穿过时间,扑面而来。

一、红军战士的珍藏

四川古蔺县的太平渡是红军四渡赤水走过的地方。

渡口不远处的太平镇有一位叫胡敬华的老人，今天依然在这里讲述着长征故事。每次，他都要深情地讲讲他父亲留下来的三块银元。

胡敬华和父亲之间的情感经历，很有些曲折。父亲1953年去世的时候，他只有七岁，并没有什么特别记忆。如果不是后来到赤水河边靠肩膀讨生活，遇上姜银万，不知他还要过多久才能知道父亲的经历。

胡敬华在讲述父亲留下的银元故事

赤水河弯弯曲曲，过去很长时期都是当地的航运通道。直到20世纪七八十年代，纤夫仍然是这条河上的一个不可或缺的人群。十七岁那年，胡敬华加入赤水河上拉纤的队伍，和那些比他年纪大的人们一起把纤绳套在肩膀上,奋力行走在赤水河边。队伍里那位叫姜银万的人,说着外地话,对胡敬华格外照顾。艰苦的生活中,人和人之间的感情更容易走近。当他们闲下来的时候,就躺在船头摆龙门阵。

就是在这样的许多个夜晚,胡敬华从当过红军的姜银万口中,知道了湘江战役的惨烈,听说了青杠坡战斗的牺牲,也了解了四渡赤水的艰辛和飞渡乌江的悲壮。更重要的是,刚刚懂事的他在这些久远的战斗历史中看到了父亲的影子,知道了父亲也是一位红军战士。

胡敬华的父亲胡道财1911年出生,江西宁都人。1929年,他在宁都参加红军,上了井冈山。后来,跟随红军队伍走上漫漫长征路。胡道财是在青杠坡战役中受伤的。1935年1月28日,红军中央纵队进抵土城。川军尾追到青杠坡,双方展开激战。

据说,胡道财是红三军团的一名战士,遵义整编时编入中央纵队,参加了青杠坡战斗。据老红军胡道财生前回忆,战斗最激烈的时候,一颗炸弹在他身边爆炸,他看见几个战友当场牺牲,只觉得左臀部一热,没有顾得这些,还继续端着枪射向敌人。过了一会儿,他摸了一下臀部,才发现裤子都被炸烂了,满手黏糊糊的,他意识到自己受伤了。胡道财忍着疼痛跟随部队在那天夜晚渡过赤水河,向西前进。

这是红军四渡赤水中的第一次。当时,胡道财已经感到弹片嵌入臀部,疼痛难忍,但伤情并没有影响行军,他一路咬牙跟着部队。他们经过古蔺、叙永,到了云南扎西之后,医生才给他取出嵌入臀部的弹片,但还有一块小弹片始终没有取出来。那是寒冬季节,伤口没有发炎。

情况变化发生在四渡赤水之后。胡道财跟着部队转战黔北,准备第四次渡赤水河,又来到太平渡的时候,已经是1935年3月22日,天气暖和了。季节变暖没有给胡道财带来更多好运。他的伤口感染化脓,无法跟随部队前进了。部队将他和刘向辉、李梦增、姜银万、刘海山、胡国兵交给当地的地下党组织,留下来养伤。即将远行的红军部队给每个人发了三块银元。

离开部队留下来养伤,实际上开启了一段更加艰难的岁月。我们现在可以大致梳理出这段经历,但已经无法更深地体会其中的艰辛了。胡敬华说,胡道财被地下党组织安排在附近群众家里,因为他只会讲赣南方言,怕被敌人发现,十多年时间里,他和许多受伤留下来的红军战士一样只能装哑巴。他找到的营生是帮做酒的人家挑水、翻倒酒糟,以一身力气来养活自己。无论经受多少辛苦,胡道财始终没有舍得花掉红军留给他的三块银元。

为了隐蔽,他把名字改为胡云清。这样的日子一直到1946年,前后十多年。他渐渐学会了古蔺话,完全像一个川南人那样,他才张口说话。那年,他与当地女子吴玉珍组建家庭,先后养育了三个儿子。在川黔之间的大山深处,养育三个儿子,负担一个家庭,生活的艰苦一天也没有减轻过。

胡云清非常勤劳。他后来跟着当地一位屠夫干活,因为肯出力,深得大家喜欢。就凭着吃苦耐劳,他十多年工作攒下一点积蓄,在距离太平渡不远的地方,修建起一所房屋。胡敬华说,他听说盖房子的花费是36块银元,但是,胡云清没有舍得花红军给他留下的银元。那三块银元仍然被他当作宝贝珍藏着。

胡敬华感慨地说,太平渡一带有不少流落红军战士,他们活的年岁都不长。主要是因为年轻时打仗,他们身体都有伤,后来又生活在赤水河边,普遍患有风湿病。父亲胡云清中年之后,全身是病,1953年春天,刚刚43岁就去世了。

胡云清一生过得艰难而拮据。但是,无论生活多么艰难,他到去世都没有舍得拿出那三块银元。如果没有弟弟入党的事,胡敬华也许依然没有机会去详细了解红军父亲的过去。

1981年,胡敬华在教育部门工作的弟弟要入党,政审栏需要填写父亲的籍贯和社会关系。为了弄清这些关系,胡敬华兄弟三人从教育部门拿到300元资助款,决定回一趟故乡江西宁都县黄陂镇山堂村。

在故乡的村落里,胡敬华兄弟见到了叔叔胡道谋,还在民政部门的档案上看到了父亲的记载。原来,在20世纪50年代,民政部门已经把胡道财登记为烈士,给家里发了"光荣烈属"的牌匾。胡敬华说,奶奶不知道自己的儿子一直活到了新中国成立,她更不知道儿子20多年前在赤水河边去世了。

这次回乡,胡敬华兄弟把"光荣烈属"的牌匾拿回了赤水河边。这块牌匾和三块银元成为家里最珍贵的东西。他说,父亲生前最想念江西老家,他在一家人最艰难的生活阶段,也没有舍得把红军留下的三块银元花了,他总想将银元当路费回故乡看看的,但最终也没有踏上归途。

胡敬华在赤水河上当了十多年船夫之后,回到太平镇常胜街担任居委会领导。45岁那一年,他给学校的小学生讲述红军故事,第一次说到父亲。没有想到,许多人都喜欢听这段历史。于是,从那个时候起,他开始搜集整理父亲和红军的故事,成为当地人熟悉的"红色故事宣讲者"。如今,已经七十多岁的胡敬华,每年都有三四千"听众"。有的是找上门,听他讲故事;有时,他自己应邀到外地的机关、学校去讲课。

胡敬华兄弟三人,每人分得一块银元。如今,他的两个弟弟都已过世,但三块银元依然保存在各家。他说,这是我们的传家宝,会一代一代传承下去的。

胡敬华把属于他的那块银元取出来,展示给我们看。因为常常要拿出来,那块银元被擦拭得干干净净。抚摸着这块银元,我们似乎能感受到它所传递出来的那位老红军的体温。这块银元是红军长征的一个信物,它寄托着后人对那段历史的回忆,更凝结着这位先辈无尽的乡愁。这乡愁没有在岁月中磨蚀,而是更加浓郁了!

胡敬华从江西带回来的光荣烈属牌匾和父亲留下的那一块银元

二、银元传递的密码

牯子江是湘江的一条支流,从湖南江华瑶族自治县东边缓缓流过。我们到这里来寻访陈树湘将军的故事,也看到了一块银元。

陈树湘将军的红三十四师在湘江战役被打散之后,他带着一部分部队,就是从这里向道县撤退的。过牯子江的时候,船行江心,他被当地民团开枪击中。陈树湘将军在江边一个名叫赤卫村的地方,停留了一两天,才继续转移。今天,他们上岸的渡口还在,几棵大树枝叶繁茂,几乎盖住了那青石铺设的渡口。沿着一级级石阶路,就能走到村里。

银元的温度

位于湖南省江华瑶族自治县赤卫村的牯子江码头。1934年12月,红三十四师师长陈树湘负伤后就从这里上岸,向道县方向转移

听说我们来寻访红军故事,村民唐友华匆匆忙忙走回家,不一会儿又赶来找我们。在村党员活动中心门口,他见到我们,拿出一块银元给我们看。这位不善言辞的农民说,这是一块红军留下的银元。

那是一块比瓶盖大一些的银元,颜色已经有些发黑。银元的背面写着"中华苏维埃共和国"。这位老人很确切地告诉我们,这是一位名叫董振堂的红军留下来的。他到今天都不知道董振堂是谁,但是,他一直记着这个名字,这个名字在他们家已经传承了至少两代人。

银元是奶奶病重时传给他的。奶奶多次和他讲过银元的来历。据说,当年红军长征路过这个村,战士们在村里宿营,唐友华家里也来了几位红军。红军来到家里,最让人发愁的是没有吃的。他奶奶就去找来一些红薯叶子和萝卜条。很快，红军要离开了，一个干部模样的人拿出一块银元作为"饭费"，交给了唐友华的奶奶。她怎么也没有想到，红军吃了红薯叶子和萝卜条，还会给钱。所以，后来在漫长的岁月里，唐友华的奶奶始终没有舍得花这块银元，而且永远记住了那位红军干部的名字"董振堂"。

唐友华在家里排行老二，从小就知道奶奶柜子底有一块银元。奶奶和他讲过这块银元的故事，但银元却一直被奶奶珍藏着。他说，1982年奶奶去世时，就把这块银元留给了他。于是，他继续向人们讲述这块银元的故事。

像这样的故事，在长征路上一定还有不少。随着时间流逝，当事人都已经找不到了，但故事依然留存在人们的记忆中。在湖南宁远县下灌村，我们听到的是一吊银元的故事。下灌村是一个有着传奇色彩的村庄，全村数千人都姓李，而且是一个祖先。他们的族谱可以清晰地推到元明时期，他们的祖先是从甘肃镇边到这里来的。

1934年深秋，当红军路过这里时，村里人也像其他地方的老百姓一样，在敌人妖魔化的宣传中出去躲避了。但是，红军队伍并没有进村，而是在村外沿路拉出两道线，战士们就在地边宿营。那时候，吃饭是个大问题。村口的地里栽种着红薯，深秋时节都已成熟。于是，红军只好挖起地里的红薯当饭吃。

躲出去的老百姓返回时，看到路两边地里的红薯被刨起，十分心疼。但是，他们很快发现，每一个刨走的红薯坑里，都放了钞票。李红喜家里的地被刨掉的红薯最多，他家里人发现地头放了一吊子银元。这对于李家真是一笔意想不到的收获。我们重走长征路到了这个村，见到了已经年逾九十岁的李红喜。

红军经过时，李红喜只有六七岁；如今，老人对很多事情都记不得了，往事也常常弄糊涂。但是，当我们问起红军送银元的事，他立即坚定地回答"记得、记得"。辈辈务农、辈辈受穷的李家人从来没有见过这么多银元。据说，从此他们家成了村里的富裕户。

红军是一支由穷人组成的队伍。红军队伍中的银元，除了出发时从中央苏区带出来的一部分，还有不少是打土豪获得的。这支部队长途跋涉，艰辛行走，非常需要补给。但是，不拿群众一针一线，坚持买卖公平，红军留下很多佳话。这些穿过岁月而仍被人们珍藏的一块块银元就是最好的见证。

在遵义市播州区新民镇惠民村，88岁的邓应荣也用红绸布包着三块红军留下来的银元。据说，1935年初，村里陆续来了两百多名红军战士。村民们起初都躲到山上。不久后，悄悄下山的村民发现，红军战士不仅没有动村民的东西，还帮大家挑水扫地。不久，红军把村里地主家的猪杀了，肉都分给大家。邓应荣一家人正高兴时，红军上门求助，询问何处能买到盐？刚刚几岁的邓应荣想起家中的灶台下还藏着一大块盐巴，于是拿出来卖给了红军。这三块银元，就是当时红军买盐留下的。今天，这三块银元被邓应荣用一块红色的丝绸裹了又裹,用方形盒子装着。他们兄弟俩时不时会拿出银元看看,擦一擦,不让它们粘上一粒灰尘。

红军长征是一次极端艰难的行军。湘江战役之后,这支部队进入贵州、四川大凉山等崇山峻岭之中。那些地方交通不便,经济落后,许多地方都是少数民族地区,群众基础薄弱。没有沿途群众的支持,这样一支几万人的军队能够通过,是不可想象的。红军与历史上所有军队都不同的是,他们最大限度地保护老百姓。"红军是穷人的队伍",这不是一句简单的口号,更体现在他们一点一滴的行动中。

长征途中,红军战士的生活已经降到了勉强可以生存的地步。然而,即使在这样的情况下,红军仍然把群众的利益放在最重要的位置,处处留下关心群众、保护群众利益的佳话。在极端艰难的行军中,红军坚持做到了"不拿群众一针一线"。今天,长征沿途留在百姓中的那些银元和银元背后的故事,都生动地印证了这一点。我们常常从部队的纪律性角度理解这些故事,其实,仅仅从纪律的角度看,是远远不够的。红军能做到这一点,其根本的原因是,这是一支人民的军队,是一支为人民利益而战斗的部队。

"三大纪律八项注意"在井冈山时期就有了,红军长征把这种精神带到了两万五千里征途沿线。后来,当这支部队出征抗日前线,席卷长江南北,直至解放全中国,一直坚持着这种纪律性。也正是这支队伍特有的对群众的感情和这种纪律性,极大地振奋了亿万中国人,让人们看到了新的希望,看到了新社会的样子。这种精神生动地诠释了红军为了谁,红军依靠谁。

那一块块留在长征路途中的银元,带着红军对百姓的情感温度,传递着我们生生不息的成功密码,留给我们一串串思索。

重走长征路

大渡河的思念

在长征途中,流淌在四川西部的大渡河是一段难忘的征程。红军在这里创造了抢渡的壮举,又向上游奔袭,创造了飞夺泸定桥的奇迹。这些故事写进了红军将士的回忆中,也写进了中小学课本,从小时候就深深地刻印在我们的脑海里。重走长征路,这段行程让我充满了特别的渴望。

我在一场大雨之后走到大渡河边那个叫安顺场的村庄。沿着路边斜坡前行不远,就看见奔涌的河流从山间穿行而来。雨后的村庄是安静的,耳边响起河水沉闷的哗哗声。无须费力打听,我便来到了大渡河边。

今天,河岸上建起一座巨大的纪念馆,把红军强渡大渡河的前后过程展陈了出来;广场上有一尊大型雕塑,记录着红军当年坚毅的表情。尽管河堤已经多次整修,步行道旁绿树掩映,早已成为游人漫步的好去处,但沿着河堤行进,看着奔流而去的大渡河,我心头还是不由得涌起别样的情感。这情感凝结成一个词,似乎就是思念。

对先烈壮举的思念,对前辈英勇业绩的思念,对百姓深情的思念,对历史过往的思念,催促着我铺展开一方白纸,顺着安顺场的小路,记录下那份浓郁的情感。

一、将士情系抢渡战场

河边耸立着一块巨大的石碑,"红军渡口"四个红色大字格外鲜艳。碑的落款表明,大字出自杨得志将军之手。

1935年5月,杨得志是红一军团一师一团团长。他在回忆文章中说过,到达安顺场附近的小村子时,已经是晚上十点多。战士们一停下来倒头就睡着了。他找来老乡问询附近情况,刚刚弄清楚敌军多少,指挥部便来了命令,要求连夜偷袭安顺场,夺取船只,强渡过河。

在杨得志将军的回忆中,有几个环节惊险而难忘。第一个是找船。当时了解到安顺场只有一条船,其余的船都被敌人拖到河对面了。他接到命令后带领部队走了十多里路赶到安顺场,在路旁一间屋子里俘虏了几个敌人,就赶到一营,让一营想办法把船弄来。他说,"这一夜,我在安顺场街头的小屋里,一会儿踱着步,一会儿坐在油灯旁,想着渡河的一切问题。"

一营营长孙继先带领一营战士把船弄到手,剩下的问题是渡河。他记得最清晰的是挑选渡河人员。这个任务交给了孙继先,战士们得到消息,一下子围住孙继先,争着抢着要去。杨得志看到那个场面,"又是高兴又是焦急,高兴的是我们的战士个个勇敢,焦急的是这样下去会拖延时间。"所以,最后决定集中到一个单位,从二连里选派。很快选出十六人。正当这几位战士跨出队伍,排成新的队列时,"哇"的哭声从战士队伍里传出,二连通讯员哭喊着"我也去!我一定要去!"杨得志感动之余,只好点头同意。这样便有了"十七勇士"的故事。

渡河的过程充满了惊险。杨得志在望远镜里看着那艘船,心也随着船而晃动。一发炮弹落在船边,小船剧烈晃荡起来,船随浪涌,起伏了几下才平静下来。突然一梭子弹打到船上,他看见有位战士急忙捂住自己的手臂。他还没有想下去,船就飞快滑出几十米,撞在一块大礁石上。

杨得志立即喊出"糟糕"!他在望远镜里注视着渡船。"只见几个船工用手撑着岩石,渡船旁边喷起白浪。要是再往下滑,滑到礁石下游的漩涡中,船非翻不可。"

我站在大渡河"红军渡口"石碑前,遥望对岸。波涛滚滚,水浪阵阵,湍急的河流已经淹没了礁石。尽管那也是夏天,也是河流涨水时节,但我还是无法想象八十多年前一艘小船载着十七勇士,冲向对岸的情景。

杨得志将军回忆,过河是不顺利的。就在船向下滑的时候,从船上跳下四个船工。他们不顾生死,站在急流里,拼命用背顶着船。船上的另外四个船工奋力用竹篙撑着,经过一阵搏斗,渡船才终于可以继续前进。

也许就从这个时候起,安顺场和大渡河便深深地留在红军官兵的记忆中。红军走过安顺场五十年之后,已经是军队高级领导的杨得志,把村里当年为红军划船的船工,请了几位去北京。回乡时,杨得志将军还给他们送了军大衣作纪念。这段战斗经历深深地留在了红军将士的心中,也让红军与安顺场老百姓结下一份独特的情谊。

走过"红军渡口"石碑,沿河行进,不远处看到"魂系大渡河"五个大字。那也是刻写在一块巨大石头上的字,旁边的一行小字说明:"孙继先同志骨灰抛撒处"。

孙继先,读过大渡河故事的人,大概都知道这个英雄的名字。当年,他是红一团一营营长。强渡大渡河的任务就是交给他们来完成的。部队还在十多里外的时候,刘伯承参谋长亲自给他布置任务:消灭安顺场守敌,迅速找到船,立即渡河,过河之后守住滩头阵地。刘伯承还专门嘱咐他:"记住,第一个任务完成以后,点一堆火;第二个任务完成以后,再点一堆火……等我们看到第三堆火,我们就知道你们渡河成功了。"

孙继先带着部队赶到安顺场,却发现船只很难找。最后,在敌人留下的唯一一只小船正要逃跑的时候,被战士从水里截住了。孙继先为找船、渡河而发愁,竟然忘记了点火,惹得刘伯承率队直接赶来了。孙继先直接指挥了渡河战役,他乘着第二只船冲到了对岸。所幸的是,第一批过河的十七位勇士都没有牺牲。他们攻下了对岸敌人的碉堡,打垮了渡口的守兵,为红军北上赢得了时间。

孙继先将军是1990年去世的,那时,距离他率领十七勇士强渡大渡河,已经过去半个世纪以上的时光。渡过大渡河,走完雪山草地,孙继先依然奋战在抗日战场上。后来，他参加山东解放战场的战斗，屡立战功。抗美援朝战争打响之后，他又率部出征。从朝鲜回国后，他响应部队号召，参与尖端武器事业发展。这位身经百战的老兵，担任了酒泉卫星发射基地第一任主任。

看着石碑上的字，我想，孙继先将军的征战生涯遍及大江南北，他为什么魂系大渡河，还要选择大渡河来安放自己的骨灰？他牵挂的也许已经不是当年船随浪涌的紧张，也不是攻克碉堡、跳上对岸的喜悦。他以这种方式表达的，大概是一个战士对战场的思念。

四川省石棉县安顺场紧邻大渡河的广场上竖立的红军雕塑

二、涛声续写百姓思念

大渡河边的涛声里,写着红军将士的深情,也写着安顺场百姓的思念。

当夜色从四周的山上铺漫下来,我在当地人引领下来到了龚凤珍家。龚凤珍的父亲龚万才,就是当年划船送红军过大渡河的船工之一。龚万才老人1992年就去世了。划船送红军是老人一辈子最自豪的事情,所以,龚凤珍从小就听父亲讲述这些故事。从她的记忆中,我们看到了强渡大渡河的又一个"版本"。

大渡河对面的山,在当地叫骑虎山。龚万才的父亲就在那山上种田,因此,他从小跟着父亲划船往来于大渡河上。对于渡船送红军过河,他一点不害怕。当然,在敌人炮火之下,送红军过河与平时他自己在河上来往,有很大不同。龚万才开的是第二船。

因为大渡河水流湍急,每一艘船需要九个船夫。一个人掌舵,八个人在船的两侧划桨。龚万才个子高,又有来往大渡河的划船经验,在当年送红军的战斗中,他负责第二船的掌舵。

与平日划船到对面山上种田不同的是,船在行进过程中,船头和船尾都有手榴弹爆炸。老人生前讲述中一段难忘的记忆是,他们那艘船在行进中,有手榴弹扔到了船上来，但还没有爆炸。有的船工不认识这是什么，就赶忙拿起来看。这时，船上的红军战士立即夺过扔了出去，更多的手榴弹在河里溅起浪花。龚万才记得，浪花有时候比人还高，在船上划桨和掌舵，如果站不稳，都可能翻船。

龚凤珍说，父亲去世时年89岁。他一生都在村里，后来当过生产队队长，领着群众参加集体劳动。虽然送红军渡河是父亲一生的荣耀，但他从来没有认为这是什么功劳。在那一辈人的记忆中，这仅仅是一段独特的经历而已。直到1981年，时间过去了将近半个世纪，才有人来找寻给红军划船的船工。

龚凤珍拿出了父亲与杨得志在北京会面的照片，给我们看。她记得杨得志接见父亲的日子是1985年6月13日。当年，龚万才和另一位船工魏崇德被请到北京。他们参加了纪念红军长征胜利五十周年的活动，也见到了当年在安顺场指挥渡河的杨得志。杨得志还送给龚万才一件皮大衣。这件皮大衣成了龚凤珍家里的"传家宝"。

说起父亲送红军过河的事，龚凤珍念念不忘的是叔叔龚万福。红军长征到达安顺场的时候，龚万福二十出头，还没有成家。他也是帮助红军过河的船工之一。渡河之后，当红军要北上时，他就跟着部队走了。后来，听说他走到甘肃，受伤失去一只胳膊，留在了那里。龚凤珍至今记得这位叔叔生活的地方是甘肃合水县东家坡底生产队。

她说，这位叔叔1960年曾经给村里写过信，收信地址写的是"四川越西县紫打地"。安顺场原来的旧名叫紫打地,而且后来归属石棉县。所以,这封信辗转很久,最后送到了县公安局。龚凤珍的爱人当时正好给公安局送炭,才把信领回来,知道了叔叔的下落。"但是一直也没有更多联系",龚凤珍说,这位叔叔在甘肃改名王富有,一个人生活。后来听说是村里的"五保户",什么时候去世的,最后的日子怎么生活的,都不知道了。

说起红军强渡大渡河,她说最牵挂的是这位叔叔。"我是他在世唯一的亲人了",龚凤珍说,一直很想念他,我们不能忘记他。

第二天,我再次走进大渡河边的纪念馆。纪念馆的墙上清晰地写着当年帮助红军渡河的77位船工名字,有9位当年牺牲了,还有好几位参加了红军。一行行读下来,在"龚万才"名字的后面,我找到了"龚万福"三个字!

三、激流传递无穷力量

在送红军过河的船工中,帅士高最出名。这有几个原因:他是红军找到的第一位船工;他是划第一船过河的船工;他也是后来接待来访客人、讲述红军故事较多的船工。在安顺场走访的时候,我突然"发现",他家也是"光荣之家"牌匾最多的一户。在新修建的两层小楼里,挂了两个"光荣之家"的牌匾,因为帅士高的儿子和孙子都是当过兵的人。

重走长征路

帅士高的儿子帅希林曾经在内蒙古当兵三年,1976年回乡;帅士高的孙子帅飞2001年到辽宁当兵,2003年复员回乡。因为有了当兵的经历,他们对于红军,对于强渡大渡河的历史,也就有了更深一层的理解。

帅飞从小跟在爷爷身边,帅士高老人1995年去世的时候,他已经十三岁。所以,他从小听爷爷讲了很多故事,而且记住不少。今天,帅飞也成了大渡河故事的热心"讲述人"。先辈与红军之间的英雄往事在他们家、在安顺场一代代传颂着。

红军到来的那个晚上,天下着大雨。当时,反动派宣传红军是"红魔"。有钱人都跑出去躲了,而老百姓并不清楚红军要来,也不知道什么是红军。让他们惊奇的是,这支队伍进到村里并没有敲老百姓的门,而是在街头露宿。当时,帅士高因为身体不好,留在家里。他从门缝里看到,红军也戴着斗笠、穿着破旧衣服,感到"和我们是一路人"。于是,他打开了家门。这才知道,红军正在找船夫,需要过河。

帅士高被红军的作风所感动,他出门跟着战士一起在村里找船工。当时,有些船工留在家里没有跑,但都害怕给军人干活,也许是被多年来的抓壮丁吓怕了。帅士高带着红军找到一位船工,这位年轻人却一言不发装起了哑巴。帅士高只好"揭穿"他,说咱们一起划船送红军过河吧,这支军队不一样。据说,当晚帅士高找到了三名船工,他自己带头开第一船。

杨得志将军在望远镜里紧盯的那艘差一点滑到礁石下面的船,就是由帅士高掌舵的。送红军过河之后,为了躲避敌人的搜查,帅士高到甘孜去躲了七年。因为总是睡在地下,脸部受潮,他的右眼受到影响而失明。

强渡大渡河给红军战士留下难以忘却的印象。1965年,检查"三线"建设工作的彭德怀元帅来到石棉县。他专门打听送红军过河的船工,听说帅士高正在县城住医院,彭德怀元帅专门给这位老船工送去十元钱。尽管那是三十年之后,尽管彭德怀元帅没有亲自指挥渡河之战,但是,走过长征的人总是对大渡河和大渡河边的人们更多一份牵挂。

今天,安顺场已是乡村旅游的重要景点。每天都有不少人到这里来看这条河。大渡河真是一条耐人寻味的河。讲起红军强渡大渡河的往事,人们总喜欢和更久远的太平天国名将石达开相比。那也是在夏天,石达开率领失败的起义军到达安顺场。他的处境也是被敌人前后围困,背水而战。而无法过河是导致石达开这支部队全军覆没的直接原因。石达开本人带着他未成年的儿子做了俘虏,最后被清军处死。今天,石达开的故事依然以图画的形式展现在安顺场的墙上,当地还有这位翼王的塑像。石达开像一面镜子,一方面映照出安顺场在征战中的作用;另一方面也警示人们不能走他走过的路。

然而,红军几乎是"重蹈覆辙",沿着石达开曾经走过的路来到这里。敌人当时曾经叫嚣让红军当"第二个石达开",而红军队伍中鼓励战士的一句话是"绝不做石达开"。为什么石达开在这里失败了,而红军却可以在相同情况下胜利过河?这当然可以找到很多看似偶然的原因,比如,红军那天晚上刚好找到了一条船,帅士高和龚万才这样的船工正好没有躲走,等等。但是,更重要的原因恐怕还在于老百姓的真心支持。把原因归结到这么"高"的高度,似乎有些"高"了。然而,红军正是以行动达到了这样的高度,所以,他们才得到了老百姓的心。安顺场的老百姓不仅把他们送过了河,有些人还直接走进了革命队伍。

听着大渡河激越的水声,我感受到一股来自大地的力量。这也许正是红军的力量所在、生命力所在,有了这样的力量,我们还有什么过不去的河、翻不了的山呢!

红军的向导

两万五千里长征,是一条"没有路的路"。

红军当年在敌人围堵中前进,走了许多别人不走也走不了的路。有不少路线,都是只有当地人才知道的"小路"。所以,长征走过的确切路线,大概永远无法弄清楚了。这一方面说明红军这支队伍的英勇,另一方面也让我们想到一个问题:红军究竟是怎么一步一步走过两万五千里长征的?

按照通常思路,我们想到的当然是地图。其实,在长征路上,地图是非常短缺的。1935年4月,红军四渡赤水之后,就曾经发生过"龙云献地图"的故事。红军准备佯攻昆明,"调虎离山袭金沙"。但是,当时最大的一个难题是没有大比例的地图,对云南地形、道路都不清楚。正当红军先头部队沿着滇黔公路侦察前进时,迎面撞上昆明方向开来的卡车。红军战士埋伏在公路两边,等卡车走近了,如神兵天降一般冲出,挡住卡车。卡车装满了云南特产和药品,更重要的是还有两包云南1∶10万比例尺的地图。原来这些东西是云南军阀龙云准备送给中央军薛岳的,却成了红军的战利品。尤其是那些地图,给红军后来巧渡金沙江帮了大忙。这也从一个侧面说明，长征途中，地图难得，并不是随时都有可用的"指航标"。

长征胜利五十周年之际，《经济日报》记者罗开富重走长征路采访，总编辑安岗要求他完全按照当年红军路线"重走"。他遇到的第一个问题是，路在哪里？红军长征走过的路，许多地方在五十年后依然没有人走过。罗开富走到哪里，问到哪里，靠着当地老百姓的指引才走下来。

长征经过许多偏远的大山。没有地图指引，红军队伍是如何走出这样一条道路的呢？顺着历史脉络，我们找到的是两个字：向导。在那重峦叠嶂的大山里，在那皑皑雪山上，在茫茫草地中，在连绵的黄土高原，红军能走过去，每一段都有当地老百姓担任向导。

长征两万五千里，行程十多个省区，究竟有过多少位向导，这已经是难以考证的历史疑问了。罗开富同志五十年后重走长征路，他记录下了沿途向导的名字，先后有过2800多名。不难想象，当年给红军带路的向导一定远远大于这个数字。

说到这个话题，我想，某种意义上甚至可以说，是向导带出了一条两万五千里长征路。红军与向导的故事，也许是理解这次远征为什么能够走下来的另一个角度、另一把钥匙。

一、侗乡故事"一箩箩"

　　侗族同胞聚居的湖南通道县,是湘江战役之后红军转向贵州行军的重要转折点,史家称之为"通道转兵"。今日通道城乡,尽管公路已经四通八达,把山山岭岭间的村落都连接了起来,但行进其间,还是常常有"山重水复"的困惑。

　　有一首歌叫《红军从咱家乡过》,表达的就是红军长征走过通道的情景。歌词唱道:红军从咱家乡过,留下故事一箩箩。行走到那崇山峻岭中,我们从那"一箩箩"故事中也看到了红军向导的身影。

　　"侗族有三宝:寨门鼓楼风雨桥"。双江乡芋头侗寨进口处就是一个高大的寨门。村中的鼓楼高高耸立,格外显眼。七十多岁的杨正益老人家的阁楼在鼓楼不远处,一条小河顺坡而下,从家门口哗哗流过,溅起雪白的水花。走过这个村子,再翻山就是当年通往贵州的路。现在,许多人到村里来,都愿意听他讲红军的故事。

　　杨正益在通道县讲述红军故事,远近闻名。而他讲述最多的是父亲给红军带路的事。杨正益的父亲叫杨再能,因为从小练习武术,不仅个头大,而且胆量也大,常常被寨子里的人推荐守护寨子。他们生活的寨子叫芋头侗寨,紧紧偎依在山下。1934年,红军从通道县城路过这里向贵州转移。杨正益记得他父亲说过那个确切的日子：1934年12月11日。

这天下午，一支红军队伍来到芋头侗寨，村里人都躲进了山里。从芋头侗寨翻山去贵州，崇山峻岭，密林丛丛，外地来的人很难找到路。红军在村里只找到杨再能一个人，就问他敢不敢带个路。杨正益说，他父亲当时听不懂汉语，红军是用手比画着和他沟通的，但他弄懂了。他看到红军很和气，而且此前也曾听说过红军这支队伍，所以，当即答应为红军带路。

当地党史部门的同志介绍，当年走过芋头侗寨的是红军长征的先头部队，一共从这里过了两天。而杨再能也连续两天给红军带路。杨再能第一天带路，沿途还在茶树上剥点皮作记，为后续部队做个"路标"，让他们能够看到。在岔路口，则要竖立一个标志。通往贵州要翻过芋头范围内最高的一座山，山高路陡，荆棘丛生，走起来非常困难。杨再能看到挑担子的红军战士十分辛苦，就主动要了一副担子挑上，一直把红军送到二十里外一个叫黄门冲的地方。

知道红军要到贵州去，杨再能说，"贵州很远，我只能把你们送到这里"。据说，过了黄门冲，路就宽敞些，走起来就不容易迷路了。他和红军告别时，天色已晚。红军留下他吃了晚饭，还给了他两块毛皮让他包脚。因为这段路杨再能很熟悉，他便执意要往回走。他没有想到，红军排长拿出一盏马灯和一颗手雷让他带上。

第二天，村里人已经知道红军"不抢东西、不抓壮丁"，都纷纷回村了。寨子里的人们帮红军准备草鞋、送吃的,为受伤红军疗伤,还接收了两位红军伤员。红军继续从这里走过,杨再能便自告奋勇继续承担带路任务,而且出发时他就提上红军送他的马灯。

这盏马灯照亮了杨再能回家的路,也让他永远记住了红军。马灯成了杨再能家里的宝贝,老人一直使用它,一用几十年。杨再能去世时,杨正益只有12岁。他临终前交代妻子,把马灯传给儿子,而且希望儿子将来也能当兵。后来,杨正益17岁光荣入伍,六年后回到家乡当了一名教师。他的儿子杨标如今也当了兵,成为杨家第二代当兵的人。

马灯在杨家珍藏了很多年。1973年,县里征集红军文物,他母亲才把这盏马灯和其他遗物一并捐献出来。读者如果有机会到通道转兵纪念馆,还能看到这盏马灯。芋头侗寨发展乡村旅游,常常有客人问起长征故事。杨正益在村里向一个个前来问询的人们讲述这段"家事",他说,"不知道讲了多少遍,但讲多少次,我也不嫌多"。

二、娄山关下向导多

遵义北部的娄山关,是红军长征途中一处重要关隘。

这是位于大娄山脉中段的一个关隘。两座山峰相连,一条小路通过,真有些"一夫当关,万夫莫开"的意味。关口的西面是悬崖,东面是峻岭,南边通往遵义,北边则可达桐梓。红军长征两次占领遵义,也两次攻下娄山关。其中第二次占领娄山关之后,毛泽东还填了那首著名的词《忆秦娥·娄山关》:

西风烈,
长空雁叫霜晨月。
霜晨月,
马蹄声碎,
喇叭声咽。
雄关漫道真如铁,
而今迈步从头越。
从头越,
苍山如海,
残阳如血。

红军占领娄山关,第一次是1935年1月9日,那是从遵义由南向北攻打;第二次是1935年2月,红军二渡赤水之后折返遵义,先攻打娄山关,这次是由北向南攻打。两次攻打娄山关,都留下了红军与向导的故事。

第一次攻打娄山关,是红四团团长耿飚和政委杨成武率兵完成的。他们当年勘察地形后,认为从高山上找到路迂回到敌人侧面最为理想。但是,娄山关两侧都是悬崖和峻岭,有没有可能实现这个目标呢?

红军的向导

红军找到当地农民了解情况,果然通过深山里一条崎岖小道,可以从一个叫板桥黄家凼的地方绕到娄山关北侧。找到了路,该怎么走?当地穷苦农民周俊华主动提出可以给红军战士当向导。1935年1月9日,红军侦察队长潘峰率领侦察队和工兵连,就是靠周俊华引路,顺利实现了对敌人的侧面包抄,打了敌人一个措手不及,对第一次夺取娄山关发挥了重要作用。

一战娄山关之后,还有一个给红军战士当向导的故事。主人公叫葛云清,生活在娄山关南坡一个叫黑神庙的地方。一战娄山关之后,有七位红军战士在葛云清家煮晚饭,向葛云清打听去娄山关和桐梓的路。原来这是几位去桐梓探路的侦察兵。

葛云清告诉他们,从黑神庙到娄山关是5里路,到红花园是28里路,过了红花园再往北就是桐梓了。走大路,经过上下坡好多个"之"字形拐弯,要多走路;如果甩开"之"字拐走小路,就能近一点,可以节省一顿饭的时间。但是小路崎岖,不熟悉的话,夜间很难走通。于是,红军战士请葛云清当向导带路。这位朴实的农民答应了。

他和七位红军战士连夜出发,通过公路边的小道穿插前进,翻过娄山关口,一直把红军送到28里外的红花园。剩下的路还不足两里,而且都是大路,他就返回来了。

当他往黑神庙返的时候,走到南溪口就看见川黔公路上到处都是往桐梓方向行进的红军。得知他是为红军带过路的向导,红军用毛笔给他写了一张路条:"各步哨,

— 111 —

行！"他拿着这张路条，果然一路顺利通行，回到了黑神庙。

人们听说了这件事，和他开玩笑："葛（各）步哨，行！"把"放行"的意思改变成"能行、很棒"了。久而久之，人们都叫他"葛步哨"了。

1935年2月25日，红军二战娄山关，打的也是一个迂回战。这次，红军是从北边向南攻打娄山关的。他们能够迂回到娄山关侧面，也是得益于当地农民引路。在娄山关战役纪念馆里，讲解员一直还在讲述着肖开模为红军领路的故事。

当时，肖开模在桐梓红花园附近农村做帮工。那天晚上，他在熟睡中被敲门声惊醒。原来是几位红军战士来找老百姓问路。他们打听有没有可以绕过娄山关到板桥去的路。肖开模说，有，走石炭关，翻过小菁山可以走到大沟，然后就能走到板桥了。只是这样走，要多走几十里路，而且都是山路，崎岖难走。

红军想请肖开模当向导，他爽快地答应了。于是，那个漆黑的夜晚，他领着红军战士举着火把向石炭关走去。一直到26日中午，他们才翻过小菁山。肖开模告诉红军，往右走可以去娄山关，往南下山就是大沟，走出大沟能到板桥。然后，他就返回红花园了。

红军当即兵分两路，一路往右从侧面助攻娄山关，一路从大沟直插板桥，对敌人形成合围之势。后来，人们了解到，肖开模担任向导的这支部队是当年奉命迂回侧面助攻的红一军团第一团。迂回助攻对红军夺取娄山关大捷发挥了重要作用。

红军两次夺取娄山关,都能够侧面迂回,当地人担任向导,可以说功不可没。在那崇山峻岭之中,如果没有当地人的指引,到哪里去找可以侧面迂回的小路呢?如果没有对这支部队的爱戴和信任,在那个兵荒马乱的年代,又有谁肯冒着风险去当向导呢?

三、送走红军改名"红"

长征最艰难的历程在川西的雪山和草地上。

人迹罕至、自然条件恶劣的雪山草地,也是因为有了向导,才能顺利走过的。我们今天按照汽车导航系统很快就走到了夹金山下,顺着草地上平展展的公路,欣赏着车窗外的风景,轻易地走过一个一个村庄和集镇,已经难以体会当年那份在大自然面前的困惑和困难了。但是,红军是用双脚,走过了六七个省份,才来到这人生地不熟的川西的。

翻雪山、过草地这一路,流传着很多向导的故事。我们沿四川宝兴的山路,向硗碛镇行进,一路跟着一位憨厚的大哥。他言语不多,面带笑容,跑前跑后忙碌。到了夹金山下的泽根村,他的话才多起来。原来,他是这个村里的人;更让我们想不到的是,他父亲就是当年红军第一支部队爬雪山的向导。

夹金山是中央红军翻越的第一座雪山。这位名叫马文礼的农民说,他们家原来是夹金山下第一家,房子背后就是开始爬山的路,现在叫"红军小道"。当时,整个小村落散居着20多户人家,一家距离一家都很远。他父亲特巴来是当地农民,从小以打猎为生。因为舅舅家在雪山那边的小金县,所以,特巴来经常翻山来往,对山上的情况熟悉。

特巴来是1916年出生的,1976年就去世了。当年,给红军当向导爬雪山时,正是19岁的青年。马文礼从小就听父亲讲这段故事。父亲对红军的印象是"走路一个挨着一个,不乱走",到了山沟里,"住下来就是唱歌跳舞,很乐观",无论走到哪里,都对群众很好,"拿了群众的东西,如果找不到主人,他们会把钱放在显眼的地方。"尽管语言不通,但红军为群众办好事,让群众感受到这支部队的不同。所以,当红军需要向导带着翻夹金山,特巴来就参加了。

马文礼说,最早爬雪山时,村里有三位青年给红军当向导。除了他的父亲特巴来,还有一位叫莫尔间,他们两人都是藏族。第三位是杨孟才,这是一位汉族老乡。

即使对当地人来说,夹金山也是一座难以翻越的大山。从山下的泽根村到山顶的王母寨,要经过九个山坳,爬过十三个斜坡。当地人说:"九坳十三坡,鬼要拉着过。"1935年6月12日,就是在这三位当地青年的指引下,从闽赣一路走来、衣衫单薄的红军战士,开始向着这茫茫雪山进发。第一次出发前,红军在村里开了会,特巴来给大家讲了"注意事项":上山要少说话,晕山的时候不要停,坚持走,慢慢走,不能停,停下来就会死人。

因为是先头部队,红军战士边走还要边做标记,拐弯的地方,更要标注清楚方向。马文礼说,五六月的雪不滑,但地面温度已经开始升高,走在山里能听见水声。积雪是下面开始融化,而上面一层还不融化。这样,如果一脚踩错,就容易滑倒,每走一步都要仔细观察。红军战士大都是南方人,许多人是第一次看到雪,所以,走起来格外艰难。

特巴来把红军送到夹金山顶的王母寨,就返回来了。和红军告别时,战士送了一盏马灯给特巴来。红军走了之后,特巴来常常想念这支爱护群众的好部队,他把自己的名字改为马灯红,后来写作马登红。所以,今天我们在宝兴县里还能听到马登红的故事,而知道他原名的人倒是越来越少了。

红军过草地更离不开向导。红一军团二师四团在长征路上大部分时间充当开路先锋,一直是先头部队,他们也是最先迈向茫茫草地的。担任红四团政委的杨成武写过一篇回忆文章,题目是《毛主席指示我们过草地》。他说,毛主席叮嘱他们要想办法多准备些粮食和衣服,减少草地行军的困难,然后就问是否找到了向导。杨成武向毛主席报告:已有一个六十多岁的通司做向导,准备八个同志用担架抬着他给部队带路。

毛主席说:"要告诉抬担架的同志抬稳当些,要教育大

家尊重少数民族,团结好少数民族。"

聂荣臻元帅记得,他过草地时,向导也是抬着走的。他在回忆录里说:"草地可以说根本没有路,当时由侦察科长苏静同志,带了一个指北针,找到一位藏族老太太当向导,在前面为部队开路。那位老太太有病,我们派人抬着她走。"

中央红军的军委纵队过草地时,是由两位僧人担任向导,走过去的。四川阿坝党史研究部门的同志说,他们直到20世纪80年代才找到这两位向导的确切信息。一位叫扎东巴,另一位是一西能周。

红军到达草地边缘时,当地老百姓受到反动宣传,都已经躲起来了。这两位僧人是附近拉卜楞寺的和尚,他们正好放假回来,于是认识了红军,为红军过草地当起了向导。把红军送出草地后,他们曾经要求加入红军,但红军没有接纳他们,让他们返回家乡来宣传红军。于是,这两位僧人又都返回到毛尔盖。20世纪80年代,中央领导还曾经让当地寻找这两位向导,给予他们生活照顾。可惜,时间久远,这两位僧人都已经不在人世。

四、值得留意的细节

向导是红军长征途中一个独特的群体。重走长征路,听说不少向导的故事,我想,也许这是一个值得留意的历

红军的向导

史细节。有一段时间,红军的指挥者靠地图来领路。他们捏着一段铅笔,拿着一把尺子,趴在地图上测量距离,确定行军时间。而遵义会议之后,长征路上当然也离不开地图,但红军更多的是找向导,让当地老百姓来告诉战士如何走路。

在那漫长的两万五千里征途中,红军如何走得下去,怎么能从高山峡谷中走出一条路来?唯有靠当地人,唯有依靠人民。所以,长征途上就有了许许多多的向导。

红军和这些向导之间,建立起的是一种独特的情感。长征胜利50年时,1985年元旦,《经济日报》记者罗开富重走长征路,在贵州乌江南岸的水落坝村,采访了一位叫周世昌的老人。当年,周世昌和另一位叫庹子清的人一起帮助红军渡江。罗开富的报道发表后,想不到引得参加过长征的耿飚将军牵挂了好几个月。那年10月19日,罗开富走完长征路回到北京之后,耿飚邀请他去家里。罗开富回忆说,还没有落座,耿飚就急切地说:"找你就想听听那两个人的情况。"

红军对于那些沿路帮助过他们的人怀着深深的牵挂。这样的故事,其实在长征胜利之后很多年,依然绵延不绝。广西资源县有一位叫栗传谅的铁匠,人们称他"栗铁匠"。湘江战役之后,他收留了受伤红军战士朱镇中。十多年后,朱镇中专门回到这里寻找他。不仅他们两个人的情谊延续了一生,而且两家人也结成了亲戚般的关系,如今已经是两代人,依然来往不断。

重走长征路

向导帮助了红军长征,也诠释了红军这支队伍为人民服务的本质。我们重走长征路到达草地边缘时,当地一位党史研究者说了一番意味深长的话。他说,红军过草地为什么牺牲了那么多人?因为草地人烟稀少,见不到老百姓。只要有老百姓的地方,红军就能得到支持和帮助。长征路上,无论是偏远小路,还是崎岖山道,总有老百姓愿意给红军当向导,某种程度上也说明了这个道理。红军是人民的军队,他们走在长征路上,时时处处替群众着想,以和人民一起吃苦,吃人们吃不了的苦,赢得了人民的信任,也得到了人民的支持。

陈毅元帅在《赣南游击词》里写道,"靠人民,支援永不忘。他是重生亲父母,我是斗争好儿郎,革命强中强"。红军队伍正是靠着这种与人民的鱼水关系走过来的,那一个个向导的故事,生动地诠释了这样一条被历史一次次证明了的真理。

草地上的理想

过草地是红军长征中最艰难的行程。红军走过的那片大草地,是位于今天四川省西部的一片沼泽滩。我们翻看红军战士对于草地的回忆,最多的是有关食物的渴望。三斤青稞、二两炒面、一袋干粮……成为许多战士久久难忘的记忆。

我们重走长征路到达红原县时,当地党史部门一位研究长征的学者说,过草地最难的是三件事:没有粮食,没有盐巴,还有孤独。每位红军战士只带了几斤青稞或者一点炒面,就开始在泥泞的草地上跋涉,一走就是六七天,有些部队走了十多天,才走出几百公里的大草地。进入草地不久,红军战士就面临饥饿的危险。为了让肚子里有点食物,干部的马、驮东西的骡子,都被杀了;战士们带在身上的牛皮带、皮鞋帮等都被烧熟充饥。

七八月份的草地,气候反常,经常遇到冰雹和大雨,所以,宿营遇到许多困难。不少战士一走几天穿着淋湿的衣服。受伤和生病的战士常常跟不上队伍。不能掉队是很多人的信念。一旦掉队,就会在茫茫草地上陷入无助的孤独。所以,红军战士在草地上留下很多互相帮助,手挽手

行走的感人故事。

在这样的艰难中,战士们在想什么呢?今天,我们重新回望那段历史,从他们留下来的文字中却看到了理想,看到了对未来的渴望。在对饥饿的无助和孤独的恐惧中,看到那些构思未来理想的文字,仿佛草地夜空闪亮的星星,虽然隔着几十年时间距离,仍然让我们心头一震,涌动起一股青春的向往。

让我们透过那些斑驳的文字,和读者一起重新走回到那片草地里,再去找寻和记录这些回忆吧。红军战士是为着革命理想走进这支队伍的,他们也是为了理想而走向那千难万险的。革命理想高于天,理想的光芒一经点燃,就永不熄灭。尤其是在今天的和平生活中,再去品味他们对未来的构想,体会他们的理想,对我们而言,既是一次精神回溯,更是一种自我教育。

一、"回到草地种庄稼"

走出草地的红军战士,最难忘的记忆是饥饿。

人们通常形容长征艰苦时说的挖野菜、吃草根,都发生在过草地的时候。而很多红军战士回忆,走在草地中央时挖野菜也是不允许的,因为不知道哪一种野菜有毒、哪一些野菜可以吃。青稞是战士们带得最多的粮食,而这种食物又很难消化。我们从好多战士的记叙中看到,他们常常从粪便中寻找没有消化的青稞,冲洗干净了再吃。

也许是因为体验了这种极度饥饿,我们的红军前辈在歇下来时,看着平整的草地,都会把理想寄托在"喜看稻菽千重浪"中。

中央军委干部团通信兵杨国范记得,1935年8月中旬,他们拖着饿得轻飘飘的身子,朝着一望无边的青色草原出发。队伍在草地上艰难行进了八天。到第八天的时候,大家已经两三天没有进一粒米了。

那天晚上,排长组织战士把身上带的皮带和牛皮口袋都收集起来,放在一堆。战士们又去找来柴和水,把两个洗脸盆和一个小铜锅放在火堆上,开始煮皮带和牛皮口袋。铜锅周围放满了大家的茶缸。皮带煮开后捞出来,用小刀切割成块,大块留下,小块煮上,开过几遍后,每人盛一缸子就吃起来。

草地上一望无际的绿色,激发了红军战士许多美好的想象。因为再有几十里路就可以走出草地了,大家兴致也高起来。红军战士首先表达的强烈愿望是走出草地要好好吃一顿饱饭。吃着一小块一小块煮熟的皮带,喝着煮皮带的水,战士们满怀对未来的憧憬。一位叫宁春的战士说,"革命胜利了,这里能开个大农场,草地黑黝黝的土多么肥沃,种上麦子一定会长得高高的"。

走过雪山,行进在草地上时,红军战士大多是江西、福建和贵州、四川的青年。将近一年的时间,部队穿山越川,一直走在大山里。草地这样开阔的平地,战士们见到的并不多。因此,茫茫草地,让很多人想起了丰收的田野。

黄正仁是红一方面军第一军团直属无线电队监护排的副排长。随部队进入草地第三天,他留下来照顾掉队的两位战士。那是十分艰难地行进,有的伤员都快要坚持不下去了,他一方面鼓励伤员往前走,一方面还要想办法找吃的。后来两天,他们遇到四位掉队的女红军。七个人结伴走在草地上,相互搀扶着过河。尽管有人受伤,大家都为肚子发愁,但在遍地泥泞的草地里,他们依然有过对未来的憧憬。有趣的是,他们想到的也是庄稼和农田。

红军长征走过的四川阿坝日干乔草地。今天,草地上修出的红军小道,成为旅游者打卡的地方

黄正仁在回忆中记载,大家说:"这草地多么大,多么

肥！要是能种庄稼,能打多少粮呀!""将来我们会回到草地种庄稼的,一定会的!"

今天,当我们走上这草地时,看到的是一条条柏油路平缓地延伸到远方。汽车行进在这马路上,时而阳光灿烂,时而细雨飘落。看着雨刷在车玻璃上一下一下滑动,想象着车窗外的泥泞,我们已经无法体会八十年前的那份艰苦了,但是,我们依然记着那些红军前辈曾经的理想,记着他们对这片草地的想象。

年轻的红军战士走在草地上,许多人都想到了种田打粮。如果我们把历史的坐标再放长一些,中国人千百年来都在心底里期盼着吃饱饭。吃饭问题一直是困扰着我们的大问题。今天,我们终于解决了温饱,实现了小康。用历史的坐标来映照一下,这是多么大的成绩啊!

红军长征走过草地已经八十多年,这片茫茫草地当然没有翻滚起金色的麦浪。但,今天那里已是牛羊满地、歌声飘扬。

二、"将把你建成幸福乐园"

草地上的行进是枯燥的。除了没有食物,宿营也是一件很艰难的事情。有些战士带了雨布,可以撑起一方干净的天地,更多的时候,大家则是背靠背过夜。夏秋之间的草地上,时常有雨,要找出一片干爽的地方并不容易。然而,自然条件的恶劣、行军的艰苦,都没有能阻挡住红军对未来的美好向往。

董必武踏上长征路时已经五十多岁,是红军队伍中的年长者之一。他是随中央军委干部团行走草地的。老人后来回忆,从毛儿盖到班佑,一共走了六天,每天大约走八十里路。董老在行军中仍然坚持学习,同行的战士还记得他宿营时坚持背书。老人对于草地的看法,也和普通战士有些不同。

他在一篇文章中记载,草地大约高出海面五千米以上,所谓雪线地带,气候是很冷的。我们夏天从这里通过,尚非着棉衣不可,入秋冬自然更冷一些。

董必武看到,那里气候虽很寒冷,但草却是那样的茂盛,对人类有用的其他植物,在这个地方一定有能够生长出来的可能。他说:"不过我不是研究植物土壤学的人,不能详细来考究,行军中时仓促一瞥,也无暇考察。革命胜利后,有专门人才来这地方考察一次,一定有许多适用于人类的东西发现出来。"

在泥泞和艰难中,董老严肃认真地思考着草地对于未来社会的意义,充满着年轻的理想。而战士们也有着自己朴素的向往。

红一方面军的一位叫谢永胜的战士,记得过草地走了七天。六天过去,走到第七天的时候,部队到一个山坡上露营。当大家艰难地走出草地之后,突然前面传来"到了班佑了!"的喊声。

望见远方的几间房子,这些年轻的战士难以抑制自己心头的激动。谢永胜说,战士们回头向草地招手,还情不自禁地唱了起来:

草原!草原!你一望无边,
如今你是这样荒凉,到我们革命胜利后,
将把你建设成幸福的乐园,再见!

这也许算不上是诗,说不上是什么歌词。但是,每一句里都充满了对这片土地未来的向往。什么最动人?大概只有未来。对未来的向往,在泥泞的草地上,给了艰难行进的红军前进力量。很多年过去,他们依然记得草地的艰难,依然记得对未来的向往,他们依然想着要建设"幸福"的乐园。

三、胜利后"回去建设家乡"

红军战士有很多都是从遥远的江西和福建走来的,即使从贵州、四川入伍的战士,也没有草地生活经验。八十多年前,这支部队相互搀扶着行走在一望无际的草地上时,他们对于这片土地并没有多少认识。因此,爬过雪山,走到这样一片茫茫草地的边沿,对故乡和亲人的思念便浮现出来。

重走长征路

今天,我们读先辈们留下来的长征回忆,在草地的章节中常常可以看到他们对家乡和亲人的思念。这份思念,也融入红军战士在草地上的理想中,成为最有情感含量的部分。

说到这个话题,我情不自禁会想起那位叫郑金煜的小战士。杨成武将军回忆,他是一位只有十七岁的宣传员。这位惹人喜欢的"小鬼"从江西石城县参加红军,跟着红一军团的脚步一路走来。进入草地的第四天,他一步也走不动了。杨成武将军让饲养员老谢把马给小战士骑,大家把干粮匀出一部分给他吃。后来,他衰弱得直不起腰,马也骑不了,只好用背包把他身子前后支撑起来,又用绳子把他绑在马背上。就这样,到第五天中午,他要求杨成武政委等他一下,他想和政委说句话。

杨成武将军写道:"到了跟前一看,郑金煜同志已面如白蜡,双目紧闭。"过了很多年,将军还记得这位小战士强睁开眼睛,以激动得发抖的声音说过的话。他说:

"政委,我确实不行了,我看不到胜利的那一天了。"他经过一阵急喘后,微弱而又坚定地说:"胜利后,如果有可能,请告诉我的家里,我是为执行党的路线,为了革命的胜利牺牲的。"

就在这天下午,这位年轻战士带着对故乡和亲人的想念,带着对家乡的一份祝福,永远长眠在了那风雪交加的草地上。需要补叙一笔的是,江西石城县并没有忘记这位先烈。后来,他们花很大气力寻找这位红军烈士的亲属,最后在石城县牺牲的36名郑姓烈士名录中,挨个寻访,找到一位叫郑家意的烈士。根据各种信息鉴别,杨成武将军难忘的这位小战士应该名叫郑家意,因为当地方言发音的原因,他才被记成是郑金煜。

在茫茫草地深处,面临牺牲与前行的考验,红军战士把故乡和亲人念念不忘放在心上。留在草地上的不仅有思念,还有很多关于故乡的牵挂。

红一方面军军团部电话班副班长王德杨回忆过一位叫王乾明的战士。他们过草地到第五天,王乾明同志病了,班里四位党员战士分工给他背电话机和背包。他们出发时每人背了三斤多青稞和三斤多胡豆面,到第五天都吃完了。后来,就是到了中午吃饭时,由班长把各人口袋解开,给每人分一把炒面,约大半瓷缸。为了照顾生病的王乾明,班长每次都把自己瓷缸里的炒面倒出一半给他。

一天下午,部队刚刚费力翻过一个小土岭,王乾明同志突然倒下了。王德杨说,他从地上把王乾明扶起来时,王乾明已不会说话,那双曾经熠熠闪光的大眼睛也失去了光泽,全身皮肤都成了紫黑色。王乾明望着王德杨,举起右手指着自己,又微弱地摆了两下,就慢慢地停止了呼吸。

王德杨说,他全身一软倒在了这位烈士身上。他想起了烈士身世,王乾明是从地主的牛栏里跑出来,在湖南参加红军的。在红军队伍中,王乾明不知疲倦地工作着,在战斗中勇往直前,长征路上病得像一把干柴,却从来没有哼过一声。他也想起了这位烈士的理想。

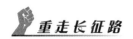
重走长征路

就在前一天晚上,他们还在谈论未来。无论眼下的困难有多大,不管当前的生活有多么艰难,年轻人总是会想到未来的。在潮湿寒冷的草地上,在那寂静的夜晚,这些年轻人谈论起了理想。王乾明同志说的是,在革命胜利后要回去建设家乡。建设家乡成了这位烈士留在茫茫草地上的理想!

人们都知道,红军过草地时,牺牲的战士最多。很多人长眠的地方,连一个标记也找不到了。岁月悠悠,沧桑巨变。我们已经无法追寻到每一个烈士的故乡。但是,我们应该永远记住他们对革命成功的期盼,记住他们牺牲前对于故乡的遥望,记住他们心中那份建设家乡的炙热理想。

红军长征走过的日干乔草地,茵茵绿草下面是没膝深的沼泽

四、让草地"万苦"能"流芳"

穿越草地是这支英雄的红军队伍对生存极限的挑战,在世界军事史上也是罕见的。我们可以一次次回到这片草地上来,但我们永远不可能再去体会他们曾经忍受过的那份艰难困苦了。三大主力红军都曾经在这片草地上跋涉,而最苦的应该算红四方面军。这支从鄂豫皖大别山深处走来的部队,曾经三次穿过这片草地。他们的草地记忆是一个"苦"字,他们在草地上的理想也写着这个"苦"字。

谭清林是红四方面军30军90师某部一位战士。他艰苦地行进在草地上时,曾跌进泥坑中,是一位刚刚调来的小战士把他拖了上来。当他打听小战士的名字时,这位活泼的小战士说他就叫"滑儿棒",全营都知道他这个绰号。后来,谭清林也没有弄清楚这个"滑儿棒"究竟叫什么名字。

整个草地行军中,谭清林记得这位战士是连队的"热闹人",饥饿和疲劳都封不住他爱说爱笑的嘴巴,而且他喜欢帮助别人,行军时肩上经常背着三支步枪。部队走过草地之后的那个夜晚,同志们围着一堆堆篝火露营。

这位战士从身上找出一块从理藩带来的生姜。他用小刀把生姜在手心里切成碎粉末,一小撮一小撮放进同志们的茶杯里。他高兴地告诉大家:"姜可以取暖,把它当做胜利酒喝了吧!"大家就在这样的篝火旁回忆刚刚走过的泥泞,也讲起未来。

这位活泼的小战士说:"草地真是个怪地方,等到革命成功了,要是我不死,一定跑来看看,我们这叫万'苦'流芳,唐僧取经恐怕也没有到过这块草地。"谭清林记载说,他们就是怀着这样的憧憬,说着说着就在篝火旁睡着了。

这位可爱的红军小战士是不是后来真的又回到草地上来纪念这"万苦",我们已经不得而知了。但是,今天确实有很多人依然到这片草地上来寻访。红军长征走过的日干乔湿地每天都有许多人来踏访,人们常常要停下来,走到红军过草地纪念碑前去拜谒。

在松潘县川主寺镇的元宝山上,耸立着40多米高的红军长征纪念碑。这个象征三大主力红军坚强团结走过草地的纪念碑,顶上是一位红军战士的雕像。他一手举枪,一手握花,面向雪山草地,表达着不尽的思念。

我们重走长征路来到这里时,天下着蒙蒙细雨。拾级而上,走到元宝山顶,来到这座纪念碑前,回望刚刚走过的草地,群山连绵,云雾翻滚,一片静寂。远处的那片草地上,留下了多少英魂啊!当地同志热情地介绍着这座碑上各种雕塑元素的寓意。听着耳边的介绍,我心中却总是想着许多走出草地和没有走出草地的红军留下来的故事。

草地上的理想

四川阿坝日干乔湿地竖立的红军过草地纪念碑。碑文是：任何民族都需要自己的英雄。真正的英雄具有那种深刻的悲剧意味：播种，但不参加收获。这就是民族的脊梁。他们历尽苦难，我们获得辉煌

这座高大的丰碑从几里之外就可以看到。红军在雪山草地的行进，标注着一支英雄部队所达到的精神高度和生命极限。这座寓意丰富的纪念碑不仅记录着红军爬雪山过草地的艰辛，记录着他们的信念，也一定记录着他们在茫茫草地上的那份纯真的理想。

八十多年来，总有很多人不远千里来到这里，在这些纪念碑前肃立，纪念那段艰难的日子。当我们仰望丰碑的时候，也请记住红军前辈心中曾经升腾的那些纯真的理想！

重走长征路

草地之问

红军长征中最艰难的行程,尤其以过草地为甚。过草地之难,最难在没有粮食,甚至连野菜也找不到。红军将士留下的大量回忆中,饥饿是一个令人难忘的主题。草地筹粮也是当年非常艰难的任务。

红军如何过草地?我们带着这样的追问走进草地,走进历史,寻找答案。看到的却是红军在草地上频频发出的另一个追问:"群众怎么办?"

重走长征路回来,我常常想起红军战士在草地筹粮和克服饥饿中面临的"精神拷问"。不同的部队,在不同的地方,都发出了这样的拷问。正是在这艰难地行进中,红军战士用自己的行动给我们留下许多值得久久回味、认真思考的东西。他们在极端环境下,以自己的"极端"行为,诠释着这支队伍由小到大、不断走向胜利的密码。

今天,时代已经大大不同。但是,当我们看到一些不该有的做法时,当我们想到执政所面临的考验时,似乎草地上的追问依然需要我们去回答。这样的"拷问"不应该忘记。我把这"拷问"称之为"草地之问"。我们心头应该时时想起这个红军在草地上不断提出的问题:群众怎

草地之问

么办？

一、"都拿了，人家回来吃什么？"

还是让我从几个故事说起吧。

这是一位红军总部保卫局警卫员回忆的往事。这位警卫员的名字叫何占魁。当年，他跟随红四方面军三次走过草地。1936年7月，是他们第三次走进茫茫草地。连续走了好几天，都看不到村庄。他说，同志们把粮袋里最后一撮粮食"一颗一颗数着吃光了"，连皮带、皮鞋底都拌着野菜吃了，能吃的东西全吃了，但路途还很长。

了解红军当年寻找粮食有多难，才能体会找到粮食是多么令人激动。这位红军战士回忆，他们在寻找粮食时，"每个人提着一个粮袋，拿一根一尺多长的小棍子，到羊圈里把牛羊粪里沤得发霉的青稞扒出来，一粒一粒装进粮袋。"即使这样，一天也找不到多少可以充饥的粮食。

惊喜发生在八十多里外的地方。一天，他们在局长带领下，走了八十多里路去找粮食。尽管是在羊圈里寻找，细微的变化还是带给他们巨大的喜悦。他们发现几粒露在羊粪上的粮食。因为那些天每天都在牛羊粪里找寻青稞，他们一眼就看出来，这几颗粮食不是便溺出来的，而应该是洒落的。如果是洒落的，那岂不是说附近能找到粮食？

于是,他们蹲下来观察,发现了墙角松软的土。顺着这些新土,他们扒开来,找到一块石板,而石板盖在一个坑上,坑里放着两个口袋。战士抓起口袋一看,竟然是麦子!

时间虽然已经过去八十多年了,我们仍然能够想象红军战士突然发现两袋麦子时,那是怎样一份惊喜。他们的第一个反应几乎是本能的,就是把口袋提上来。然而,他们提口袋的手被按住了,按住他们手的是领着战士到处找粮食的局长。何占魁在回忆文章中没有记下这位局长的名字,但他清晰地记下了局长阻止他们拿走麦子的理由。这个理由十分简单而又不近人情:"看样子是新埋的,我们等主人回来,请他借点给我们。咱们不能这样偷偷地拿走。"临了,局长加上一句话:"还是去扒粪蛋吧。"

他们在这个村里一直从早晨等到中午,始终没有见到主人回来。几位红军战士找遍了全村,见不到一个老百姓。本来草地上就人烟稀少,当时的反动宣传把红军描述得十分可怕,人们早已逃跑得无影无踪。过午之后,这几位战士商量怎样对待这两袋麦子。经过一番近乎激烈的讨论,还是局长做出最后决定:拿走一袋,留下一袋。

对于这个决定,战士们不乐意。这几天寻找粮食的艰辛和吃不上东西的痛苦,让他们对粮食的渴望超过一切。他们恳求说,一袋麦子不过五十多斤,两袋麦子都拿走也不够战士吃。好不容易找到这么一点粮食,又没有见到主人,为什么不拿走呢?但是,局长只用一句话来回答战士的恳求,解释自己的决定:"都拿了,人家一家人回来了吃什么呢?"他"武断地"要求战士:还是用老法子,再到别处一粒一粒找吧。

"都拿了,人家吃什么呢?"这句话让所有的人不再说话。无论做什么事情,都要想到群众;把我们的决策建立在对群众需求的认真思考上,也许,这就是红军能战胜困难的力量所在,这就是红军走到哪里都能得到支持的原因所在。

二、粮食拿走了,群众怎么办?

找到粮食而不拿的故事,并不是孤例。我后来看到一位红二方面军战士的回忆,很有些似曾相识。

回忆这段往事的战士叫李桂林,长征路上是红二方面军某部的战士。他当时年龄小,只有十五岁。他所在的连队每天一早就分成几十个小组,带着银洋分头出发去找粮食。到晚上回来,有的能搞十斤八斤,还有的一粒粮食也弄不到。连队为了照顾李桂林这个小战士,就让他留在炊事班看守,没有带他去找粮食。

看到战士们一连许多天找粮食都那么辛苦,李桂林便在某一天悄悄离开连队,独自一个人出去也想帮忙找粮食。他从早晨走到中午,才看见一个牛棚。在牛棚旁边堆着一堆干草。走了一上午的路,这位小战士很累,就想躺到草堆上歇歇。走近一看,他发现几颗散落的青稞。没有比这个时候看到粮食更让红军战士激动的事情了。

　　李桂林顺着散落的几颗青稞,扒开了草堆边的草。这时,他发现土是暄的。他激动地扒开松土,才扒了一尺许,发现了一口缸的缸沿。小战士赶忙清除缸盖子,掀开来一看,里面竟然藏着多半缸青稞麦,他说,足有两百斤的样子。这让小战士李桂林惊喜不已。他出发找粮食时走得匆忙,连口袋也没有带。面对这么多粮食,怎么办呢?情急之下,他把裤子脱下来,找来一把草根扎住裤腿,装了满满一裤子青稞麦,高高兴兴地回驻地去。

　　距离驻地还有很远,他就遇见了指导员。指导员看到他那个样子,又气又好笑。他赶忙让这位小战士把粮食装进口袋,把裤子穿上,这才问他,是不是见到了老乡?拿了这么多粮食,有没有给钱?李桂林说,自己身上根本就没有带钱,而且一个人也没有见到,怎么给钱呢?当小战士把这些情况都说了一通之后,指导员的脸色却沉了下来。他问清楚小战士发现粮食的地点,就拽着李桂林往回走。

　　等他们找回去的时候,原来的大半缸粮食就只剩下缸底的一点了。他们仔细观察,看到在坑边暄土上多了几个又长又大的藏靴脚印。看来,显然是藏民来把粮食弄走了。眼看着粮食就剩下那么点了,李桂林急忙脱下裤子,准备赶紧把余下的那些青稞麦装起来都带走,却被指导员坚定地制止了。

　　指导员掏出几块银洋,从里面的衣襟上撕下一条布,用铅笔在布上写了一些字,然后就把布和钱一起放到粮食上。他把帽子摘下来,小心地撕下帽子上的红五星,放到了银洋上。这样,才把盖子盖好,然后封土盖草。

好不容易找到一缸粮食,为什么不让拿走呢?主人又不在,放钱顶什么用?对于小战士不解的疑问,指导员的回答是:我们不能只顾自己,不想老百姓。指导员有自己的分析:粮食主人藏粮之后一定躲在附近不远的地方。否则,不会这么快就把粮食转移走。这也说明,粮食的主人并不富裕,说不定藏的就是一家人的保命粮。红军把粮食拿走了,群众怎么办?

不幸的是,这位指导员后来牺牲在了过草地的路上。但是,他的那一番话,被李桂林记了下来。他说:"红军人马千千万,在老百姓看来,你是个整体。只有每个同志都把人民利益看得比自己的生命都贵重,才能使人民相信党,相信红军。"

多年以后,李桂林在回忆这段经历时写道:

在革命最艰苦的那些岁月里,如果不是我们有无数个像指导员这样自觉的革命战士,我们党,我们军队就不可能赢得千百万人民信任,人民就不会支持我们,帮助我们渡过难关取得胜利。离开人民群众的支持,我们又怎么可能取得革命的胜利!

三、宁肯忍饥挨饿，不伤一只狗

有参加长征的老红军曾经说过，在草地上找粮食，比找金豆子还要难。为了能够走出那片艰难的沼泽地，许多红军将领把自己的马都杀了，给战士吃。看了很多草地觅食的记忆，有两个关于狗的故事，也让我的心绪久久无法平静。

一个是红四方面军第31军91师271团政治处干事朱以武的回忆。那是在1936年7月红四方面军北上第三次过草地发生的事。当他们经过炉霍，重新走向茫茫草地的时候，突然看到一只小黑狗跑到队伍中来，全身黑油油，两眼炯炯，大家就叫它"黑子"。

部队在草地上走了好几天，把能吃的东西都吃了。有一天傍晚，队伍走到一条大河边，准备第二天过河。河水虽然不深，但宽达数丈，水流很急，好多人都担心自己没有力气走过去。大家心里都明白，要想渡过河，就要找到吃的。哪怕能吃一点点东西，那些已经生病的同志就会有力气了。但是，沿途连可以吃的草都找不到。

当天晚上，宿营的时候，战士们饿得眼睛发花，有的干脆躺在地上一动不动。大家议论的话题又回到吃的问题上，立即就沉默了，没有谁能提出一个办法来。突然，公务员小何急呼呼地喊叫："有办法了！"

草地之问

他的办法是把"黑子"杀了。这个提议虽然让同志们看到了希望,但很快又争论起来。组织股股长姓吴,他说,这只狗可杀不得。为什么呢?他的理由是,"黑子"是兄弟民族寨子里的狗。兄弟民族不了解红军,都跑了,把狗丢在家里,它就跟着部队跑。现在杀掉它,算违反政策。又有同志说,反正也不知道是谁家的狗,又没有办法把它送回去,即使杀了也不违反政策。争执不下,他们只好去请教级别更高的领导。

无论这只狗最后怎么样,为了这么一只找不到主人的小黑狗,一支极端艰难的部队却争执不下,这本身是一个意味深长的历史细节。争执的一端是战士面临的极度饥饿,另一端则是群众纪律。即使面对饥饿绝境,也要以群众纪律来衡量自己的行为。这就是红军的本色,这就是人民军队的坚守和选择。

红二方面军行走在长征路上,也遇到过狗的故事。这是由当年的红二方面军第二军团四师警备连机枪排班长胡昭云讲述的一段经历。时间是在1936年7月红二方面军与红四方面军甘孜会师之后。

他们向岷州行进,到达四川阿坝一带时,粮食早已吃完。当时,部队主要靠野菜和野草充饥,而草地上能够食用的野菜和野草已被先行部队都摘吃差不多了。在他们通过的时候,连野草也不容易找到。他们也是分成几拨出去找粮食,胡昭云带着几个人在村庄附近和喇嘛庙前前后后寻找,几天都找不到一颗粮食。

就在这艰难的寻找中，一天傍晚，他们看见一只黄狗。这让他们心中一喜，如果把这只黄狗打死，显然就能解决当下没有吃喝的大问题。于是，战士们想了一个办法，把这只黄狗打死，煮了满满的一大锅。大家把煮熟的狗肉晾晒成干，留着过草地吃，当晚只是喝了一些狗肉汤。

这只黄狗虽然帮助战士们解决了大问题，但胡昭云也因此受到了严肃的批评。指导员对这位班长进行了个别教育，指出这是违反"三大纪律、八项注意"的，并对全连人员进行教育。随后，又把这件事反映到师政治部，经师政治部批准，对这件事作了严肃认真的处理。

他们在打死黄狗的地方竖了木牌，足有五尺高。通过翻译，用藏文写着："红军战士路过此处，误伤黄色家犬一条，赔偿银洋五圆。银洋即埋在此木牌底下，希失去此家犬的主人认领是荷！"下面写着"红二方面军四师警备连"。

这是两个在过草地最艰难时期"吃狗肉"的故事。两个故事"似曾相识"。这样的事情在茫茫草地上大概还有不少。那是一支怎样的军队？那是一次多么艰难的行军？即使在泥泞不堪、无以充饥的艰难时刻，红军仍然不忘群众纪律，宁肯自己挨饿甚至牺牲，也要把群众利益放在心中。如果要问红军是怎么走出草地的，这种精神一定是答案中不能或缺的重要部分。

位于四川省松潘县川主寺镇元宝山上的红军长征纪念总碑。碑顶的红军战士一手持步枪,一手执花束,背靠雪山,面向草地,气势恢宏。

四、无法忘记"草地拷问"

群众怎么办?群众怎么看?这是红军在长征途中遇

到事情总要反复提出的问题。即使在最艰难的时刻,甚至面临生死考验的时候,他们也没有忘记这个问题。今天,我们是不是也应该经常回答这个"草地上的拷问"?

那一年,我站在一地的红军烈士纪念馆门外,又想起了这个问题,想起了草地上那些艰难故事和极端的"拷问"。

那是一个春天,清明前夕,我重走长征路经过红军当年走过的一个地方。当地烈士陵园埋葬着多位红军烈士,而城市的扩建已经把陵园包围在了中间,陵园和陵园所在的山林早已是当地人晨练的去处。我也在那个早晨,徒步去陵园寻访,想到烈士的墓前祭拜。

然而,当我随着晨练的人们登上高高的台阶,走到烈士陵园门口时,却看到大门被封上了,几个保安站立门口"看守"。我们得到的回答是:上午有重要活动,陵园需要"清场"。不断走来晨练的人问究竟是什么重要活动,需要这么早就"封门清场",保安不客气地回答:活动在9点半开始,需要提前清场。

这是怎样"重要"的活动呢?为什么要提前两个多小时就"封门清场"?我和晨练的人一样不解。于是,我们绕道小路,到山上去走了一番,时近九点,我又回到了陵园门口。这时,有多辆大巴车已经停在了陵园里面,车上走下许多手拿菊花准备扫墓的人。再向周围的人们打听,原来是当地组织机关干部清明前夕在这里举行祭扫活动。

这样一个简单的扫墓活动,需要提前两个多小时"封门清场"吗？当地干部难道不知道这里已经是人们晨练的地方？早早地把陵园"封门清场"，群众怎么办？群众怎么看？我想起了长征过草地时这两个不断提出的问题，想起红军没有拿走的粮食，想起红军战士在极度饥饿中因为一只狗而发生的争执。

一位研究红军长征的专家曾经说过，只要有群众，红军就能获得群众的支持。品味长征的历史，红军从江西走来，从湖南走来，从鄂豫皖走来，一路行进，所过之处都得到了群众的支持。没有群众的拥护和支持，哪能有红军的胜利？红军与群众的军民鱼水情，可以总结出很多内容，而草地上红军官兵不停提出的"群众怎么办""群众怎么看"，是对军民关系直接而简单的回答。

今天，我们在社会管理中面临更多与群众的交往。当做出一项决定的时候，当需要与群众打交道的时候，是从方便管理出发，还是想想群众怎么办，可以说，也是一道考题。站在烈士陵园门口，遥望陵园里高高竖立的墓碑，我的心思飘荡在茫茫草地上，心头总是想起红军先烈在那艰难行进中不断地提出的问题："群众怎么办？"

这也许可以称作是红军的"草地之问"吧！我们虽然早已远离草地，早已翻越雪山，但是，无论走出多远，都需要不停地回答好这个"草地之问"。

哈达铺读诗

哈达铺不是一个有诗意的地方。

这是一个甘南小镇。它处在岷山东麓,西与秦岭交界。从自然景观上看,山势不大,黄土也没有陕北甚至甘肃通渭那种层层叠叠的气势。从繁荣程度上说,尽管当地人反复强调这里过去是一个重要旱码头,中草药交易繁盛,但人口并不多,今天也不过数万人口。两条不算宽阔的街道,几乎没有高楼。一条街道叫红军街,保留了当年红军战士走过时的古朴面貌;还有一条街紧靠公路,像西北城镇中常见的那样。小镇北边就是一座不高的山,初夏时节才显出零星的绿色。

行走在这样一个小镇上,似乎很难体会到诗意。当年的红军战士大都是江西、福建还有贵州、四川等地人,他们看惯了郁郁葱葱的绿色。来到这里时,已是秋季,这星星点点的绿,恐怕也难以激发他们的诗情。

我曾经两次到过这个小镇。第一次是路过,从火车站下来,看到一个灰蒙蒙的小镇,我想起这曾经是红军长征经过的地方,但没有想到诗意;第二次是重走长征路,从腊子口一路北上,沿着红军长征的路线走来,到这里也没有感受到诗意。然而,当我停留在这个小镇,寻访长征故事,才发现留在这里的诗,最耐人寻味。

一、"邮政所里报一张"

喜读旧报哈达铺,决策陕甘立大营。从此江河开生面,神州澄清万里尘。

长征路途雾茫茫,邮政所里报一张。

无计红军驻哈达,前途未卜意茫然。一张报纸定航向,一路凯歌奔志丹。

……

红军走过之后,人们写下万千诗篇来回望那段历史、称颂这个小镇,而红军在这里看到报纸、读到陕北消息是一个被反复吟咏的主题。长征途中到达哈达铺,一个最重大的事件是,中央红军在这里获知陕北有一块根据地,并且决定到陕北去落脚。哈达铺也因此而永留史册,被人们记住。

在茫茫草原上行进了几个月,红军与外界的信息联系是很少的。到了哈达铺,红军将领又见到了报纸。据说,毛主席在报纸上看到徐海东带领红军到了陕北的消息。

关于报纸的来源,史家有几种说法。一种说法是,梁兴初带领侦察连来到哈达铺时,按照毛主席的吩咐,从邮政代办所找了好多报纸带回去。毛主席从梁兴初他们带回来的报纸上,看到了徐海东和陕北根据地的消息;另一种说法是,毛泽东、张闻天等领导人从不同的报纸上获知了陕北的消息。聂荣臻元帅在回忆录中记载,当年他在哈达铺也曾派人送了一些报纸给毛主席。

其实,走过雪山草地,来到哈达铺,报纸让很多红军将士感到亲切,而报纸上关于陕北红军的消息,给所有看到报纸的人都带来极大惊喜。据说,聂荣臻元帅看到的报纸是"烧饼包装"。他派警卫员杨家华到街上去买几个烧饼,结果,在老乡包裹烧饼的那张旧报纸上,意外地看到了登载陕北红军的消息,那是一张《山西日报》。他立即派杨家华把报纸送给了毛主席。在回忆录中,聂帅说,"这真是天大的喜讯!"最有趣的是耿飚。当年,耿飚借住在老乡家里,他在老乡糊墙的《大公报》上看到陕甘红军的消息,立即付给房东一块大洋作"赔偿",小心翼翼地把报纸揭下来,也送到了毛泽东等中央领导手中。

哈达铺与这几张报纸紧密联系起来。一个确切的历史事实是,毛主席在哈达铺通过报纸获知了陕北有一块根据地。党中央在这里确定了红军要到陕北去。今天,哈达铺邮政代办所的旧址依然保留在红军街上。当年,战士们就是从这里搜集到一些报纸,给毛主席看的。我们可以推断,不同将士从各个渠道看到的报纸,也都是从这里分发

哈达铺读诗

出去的。所以,今天,这个邮政代办所成为寻访哈达铺的人们必达的一处重要景点。

那是一座不大的房屋,里外开间。一个柜台样的东西把里外隔开。代办所门外,还保留了一个收存信件的邮筒。尽管已经没有了"邮政业务",但这个代办所却成为人们都来寻访的去处。在一个炎热的中午,我们走进这个小小的邮政代办所,对面不远处就是毛泽东同志当年的居所。不宽的街面,连接着那个院落和这个分发报纸的地方,让我们浮想联翩,似乎历史也是由这么一条简单的线条联系起来的。

红军在这里进行了长征出发以来的又一次整编,也是最后一次整编。中央红军改编成中国工农红军陕甘支队,下属三个纵队。第一纵队由红一军团改编,第二纵队由红三军团改编,第三纵队则由军委纵队改编。从此,这支经过了十一个省份、走了两万多里路的队伍,朝着新的目标前进了。

长征路上,毛主席写下了八篇诗词,但是,在哈达铺他没有写诗。尽管今天人们喜欢猜测说,《七律·长征》的诗句是在哈达铺酝酿的,然而,诗人的心思怎么能简单推测呢!我们确切知道的是,那首以"三军过后尽开颜"结尾的诗作,是离开哈达铺到达通渭县时,毛主席在一所小学的操场上最先诵读的。

走到哈达铺,确实是红军"更喜岷山千里雪"以后的地方。"以前有同志总是问,咱们到底要走到哪里去?现在

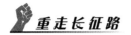

有答案了,我们要到陕北。"这是毛泽东同志在哈达铺召开的中央红军团以上干部会议上讲的一段话。走过千难万险的红军,就是怀着这样的心情离开哈达铺的,真是"三军过后尽开颜"!

二、"哈达锅盔香中甜"

雪山草地刚过完,哈达锅盔香中甜。
乡亲齐呼迎子弟,红军笑颜昂首前。

这是走过长征的老红军王定烈写下的诗句。历史以红军找到落脚点而记下了哈达铺这个小镇,而战士则以另一种难忘记忆而永远记住了这个小镇,那就是吃饱了饭。他们亲切地把哈达铺叫作"救急站""加油站"。老红军李化民写道:

雪山草地度日难,哈达铺是救急站。
群众送茶又端饭,我们永远记心间。

从草地走出来,攻打腊子口,红军经过岷县大草滩,进入哈达铺时,看到的是一片令人振奋的景象。

"我们到哈达铺时,正是一天的上午",杨成武将军后来回忆道:"天蓝莹莹的,太阳和煦地照在身上,眼前的一片片庄稼地长着黄澄澄的谷穗,成群的绵羊在山坡上啃着杂草,农民们三五成群地在田里劳动,偶尔还能见到骑在牛背上的悠闲牧童,就差一支牧笛了。……看到这金黄的谷穗,绿茵茵的草地,看到这一排排整齐的树木,和煦的秋日的阳光,个个喜形于色,心情为之豁然开朗。"

"三个多月来我们一直在人烟稀少、语言不通的少数民族地区行进,能听到汉语,即使难懂,也感到十分亲切了",这是杨得志将军对哈达铺的印象。他在回忆录中写道:"这条一里多长的小街,两侧大都是青瓦房,街心有一座古老的戏楼,街上还有一座小关帝庙,这些都引起了战士们极大的兴趣。不少同志说,'这样的庙,我们家乡每个村庄都有哩!'……好久见不到的白纸、麻纸、生茂牌蜡烛、毛蓝布、青洋布,甚至绸缎、锣鼓家什都有。"

相比红军几个月来连续经过的雪山草地,哈达铺物产丰富,而且鲁大昌的部队全线崩溃,留在哈达铺的数百担大米、白面,还有数千斤食盐丢弃在军营和军需站里,这都成了红军的战利品。为了让战士们恢复体力,红军总政治部发出一条被称为"长征路上最实在"的口号:大家要吃得好!

过了很多年,红军战士想起哈达铺,想起甘南的那片大草滩,依然无法忘记那几天"丰盛"的生活。他们写下的很多诗句都洋溢着欣喜:

红军出草地,疲劳加腹饥。

重走长征路

联欢哈达铺,鱼水命相依。

红军长征吃尽苦,雪山草地苦中首。
到了甘南哈达铺,肚里始见粮和油。

哈达铺有一种烧饼,给很多红军将士留下难忘的记忆。聂荣臻元帅20世纪80年代写回忆录还专门给这烧饼"留下一笔"。他说:"这个地方回民烙的大烧饼有脸盆那么大,北方人叫锅盔。我们买了不少,因为饥饿,吃着真香,于是又叫老乡烙了一些。"

红军战士王定烈记得,哈达铺的锅盔有一斤重,几个小商贩乘机抬高价钱,竟然要一块现大洋一个。当时,他身上带有历年来分伙食尾子积攒下的一块光洋。一位姓马的战士从他手里抢过去,便买了一个锅盔,四个人分开吃。王定烈说:"我把香喷喷的饼放在鼻子上闻着那香甜的滋味,真是舍不得吃下去。"小商贩见红军战士高兴得忘乎所以,却不抢不夺,如此规矩,于是就又送了一个大饼给他们。王定烈说:"我们没有钱,不能白吃,摇摇头,走了。"

跟随红军队伍长征的杨定华专门写过一篇回忆文章,题目叫《从甘肃到陕西》。她回忆说,老百姓看到红军队伍中的女战士格外惊奇。当地妇女请红军女战士上炕,还专门给她们做很好的晚饭。其他战士的连队伙食也得到了极大改善,各个伙食单位都买到了羊肉和白面、盐、油。在草地雪山上几个月没有吃到盐和大米、白面的红军战士,尤其是江西、福建走出来的红军战士,看到大米特别开胃。杨定华写道:"与雪山草地吃野菜、青草、数月不尝盐油的情形比较起来,你想精神上是如何的快乐啊!如果形容起来,真有点像困于囚笼之鸟儿,一旦逃脱而翱翔空中一样。"

  红军在哈达铺得到了休养和补给,但并不是一种"独乐乐"。红军总政治部发出"大家要吃得好"的口号时,也通令各个伙食单位,要请驻地周围人民会餐。所以,那几天,这个西北草地边缘的小镇上,洋溢着节日般的欢乐。这些淳朴的农民在自己家乡土地上,受到了客人一般的招待。据说,当时每个伙食单位都请来一二十个老百姓,他们中间有小孩和老人,"会餐之际,他们你劝我让,吃得嘻嘻哈哈,怪热闹的"。

在哈达铺,当地人把当年红军吃过的饼子叫做红军饼。这是今天哈达铺街头的红军饼子铺

哈达铺老百姓以西北人民的热情接待了红军战士,红军战士也以自己亲人般的行动让这一片土地上的人们认识了什么是"鱼水深情"。红军离开岷县和哈达铺的时候,当地农民依依不舍,纷纷问红军:为什么不能多留些日子?

三、秀才奋笔写"七言"

尽管后来有许许多多诗人一次次讴歌长征,但红军长征路上留下的诗篇并不多。我们在哈达铺读到一位清末老秀才的一首诗,觉得意味独特,发人深思。

诗是一首标准的七言,是这么写的:

仓皇无计欲何之,正是闻风落胆时。
只道伤残同列寇,哪知仁义胜王师。
人言戮掠皆虚语,自悔潜逃反失资。
瞥眼雷霆惊震后,听来一路赞扬辞。

写诗的这位清末秀才叫张炯奎。他是哈达铺南河乡的一位老中医。这位老人正直善良,很有个性,不与官府往来,终生不出来做官,一心一意做他的郎中。阅世很深的这位张老先生,听说红军要来,就远远地躲起来了。红军进驻不久,他耳闻目睹红军的作为,感慨万分!于是,他摊开桌案,铺上一张宣纸,写下了这么一首诗。

他给诗取名"咏红军",先写了一段引言:"一至岷地,军令甚严,一切奸淫掳掠等情,查禁尤切。凡遇贫寒之家,体恤周至。"在"自悔潜逃反失资"一句后面,他加了一句解释:"执事者故意装饰诽谤以惑民心故也。"

一张纸写满,老秀才大概还觉得意未抒尽。他在页眉上又留下一段对新诗的批语:"自古大军虽云严明,比之红军不及万分,一路赞扬,非谀语也。"

红军从江西一路走来,沿途经过十多个省份,能得到群众的拥护,纪律严明是一个重要因素。但是,前清秀才能以这种方式表达对红军的敬仰之情,是不多见的。哈达铺是回汉不同民族杂居的地方。红军在这一带第一次制定了回民地区的工作守则。

据甘肃地方党史工作者考证,1935年9月17日,红军突破腊子口进入岷县,到达的第一个村庄叫旋窝村。这是岷县几个回民集聚的村庄之一,也是腊子口到哈达铺的必经之地。当时受反动宣传影响,村里人绝大多数都躲到十几里以外的深山老林里了,只有几位老人在看护寺院。

针对这种情况,红军和毛主席旋即制定并颁布了《回民地区守则》。《回民地区守则》并不长,全文只有简洁的四条:

(一)进入回民地区,先派代表同阿訇接洽,说明红军北上抗日的意义,征得回民同意后,方能进入回民村庄宿营。(二)保护回民信仰自由,不得擅入清真寺,不得损坏回民经典。(三)不准借用回民器皿用具,不得在回民地区吃猪肉、猪油。(四)宣传红军民族平等的主张,反对汉官压迫回民。

  这些规定在红军的行动中得到了认认真真地落实。当红军在哈达铺请老百姓与官兵一起吃饭时,他们都会特意空出一桌,留给回民同胞。参加长征的战士后来回忆说,红军能获得哈达铺一带老百姓那么样的热情欢迎,不仅靠抗日救国的正确主张,更是靠红军战士的实际行动。队伍离开前集合完毕之后,立刻由各部队自行派出纪律检查员和政治部纪律检查队,到各部队住过的房舍去检查,检查完毕要立即向集合起来的部队宣布检查结果。有一次,两个连队的宿地没有打扫,有一个连队借了老百姓的锅,用完之后没有洗干净,有一位战士买老百姓的鸡少给了钱。部队领导立即命令违反纪律的连队干部派人回去打扫,少给的钱一时没有查出是哪个战士,就由政治部垫补出来。

  红军以这样点点滴滴的爱民之举,在这片西北高原上迅速赢得了老百姓拥护。杨成武将军回忆过一个老乡请他们喝酒的故事。

  那是在哈达铺聚餐的时候,他们找了一户汉族老乡家,借了他们的锅灶,大家各自动手做了不少菜。吃饭的时候,自然请来了房东老大爷。

  过了很多年,他还记得,老大爷是一个谦和的老头,蓄有胡须,读过一点古书,说话慢条斯理,喜欢引经据典。开始吃饭时,他还有些拘谨,喝了两三杯酒,当红四团的王开湘团长向他敬酒时,他竟潸然泪下,站起来说:"红军乃仁义之师,如此尊敬老百姓,自古至今实为不多。红军乃天降神兵,一夜攻克天险(指腊子口),自古至今亦属少见。老汉今年六十有七,愿代表乡里向诸位一拜!"

当老人右腿屈膝下跪时,杨成武和王开湘赶紧扶起他。他们说:"红军是人民的队伍,与乡亲是鱼水之情!"没有想到这句话打动了老人,他连声感叹:"鱼水之情,好佳句!好,鱼水之情!此话甚好!"

老人回顾了鲁大昌的军队在这里驻守一年,敲诈勒索、鱼肉百姓的事。突然,他呼唤老伴把家里存的寿酒取来,要把七十岁生日提前过了。原来,这是老人六十一岁时用糯米自酿的一坛米酒,还泡了当地盛产的当归,埋在地下准备七十岁生日时开坛的。红军的到来,让他倍受感动,居然提前献出了这坛对于老百姓来说十分珍贵的酒。

杨成武说,"这顿饭吃的时间很长,它给我的印象也特别深,主要是由于有房东老大爷的参加使我们的会餐增添了新的意义。尤其是那坛珍藏了几年的酒的突然出现,它不仅温暖了我们的心,而且使我们深深感到人民子弟兵和老百姓真是一家人、一条心啊!"

张炯奎老人的那首诗,其实红军战士并没有看到。人们再次看到这首诗已经是20世纪80年代的事了。如今,这首诗刻写在哈达铺的红军街上,它像一道独特的风景,从另外一个角度诠释着红军为什么能走到陕北,我们党和军队为什么能够取得胜利。看着这首诗,我也情不自禁地想起重庆綦江县(现綦江区)石壕镇一带流传的一首歌谣。石壕镇是红军在重庆唯一路过的地方。当年,这里流传一首称颂红军的民谣。它说:

　　石壕哪年不过兵,过兵百姓不安宁。
　　唯独当年红军来,一来一去很清静。
　　不拿东西不抢钱,走时地下扫干净。

　　是啊,近代以来,中国人民在兵荒马乱中惊恐地度过了一百年。红军确实不同于过去任何时期的军队,因为他们真正是人民的军队。虽然长征是一段艰难的行程,但是,红军走过,"听来一路赞扬辞"!

红军战士

红军战士是什么样子的？今天，很多人的印象应该来自历史雕塑，或者纪念馆墙上的图片。他们穿着灰色的服装，戴着灰色军帽，军帽上绣着一个红五角星。红军战士大都是年轻人，稚嫩的脸上透出抑制不住的朝气。

我也是带着这样的印象踏访长征路的。当我走过那长长的征途，看过了各种各样的历史图片，对于"战士"的理解却有了一份不同以往的新意。长征是用脚一步一步丈量出来的，而战士的脚走得最远；长征是写满牺牲的征程，而战士做出的牺牲最大。那些怀揣着建设一个新社会理想的青年，是行进在红军队伍中的主体。他们以自己的坚韧和牺牲，谱写出一曲没有随着时间而消失的时代壮歌。

一、兰老二，写在宣言书上的"另一页"

重走长征路，我们听到过很多红军战士的故事，但最不能忘记的是兰老二。

重走长征路

这是一个在湖南道县听说的名字。红军长征到达道县的时间是1934年11月底。说起长征故事,道县人们总忘不了讲陈树湘。红三十四师担任湘江战役后卫,最后被敌人分割在湘江这边,再也没有赶上红军主力,后来全军覆没。红三十四师师长陈树湘被俘之后,不甘心当俘虏,自己伸手从伤口中扯断自己的肠子,断肠铭志,壮烈牺牲,这段历史就发生在道县。今天,这位英雄的墓地静静地安卧在道县城外不远的将军纪念园里,接受四面八方人们的祭拜。

道县人民对红军长征走过这里的历史十分珍视。我们走到这里时,当地宣传部门的同志介绍,单单有关陈树湘师长和红三十四师战士的故事,就在全县十三个村庄发生过。其中有一个村子叫空树岩。

空树岩是在湘江战役之后遇到红军的。1934年11月26日,红三十四师在道县蒋家岭接受中革军委布置的断后任务,在道县葫芦岩至广西水车一线节节阻击敌人,坚守6天6夜,掩护中央红军于12月1日渡过湘江。12月7日,红三十四师300余将士从广西灌阳县突围,翻越都庞岭癞子山,进入空树岩村。因为村子很偏僻,今天去的人都不多。听说那里住过失散红军,但具体情况并不是太清楚。

这个介绍本身就是有吸引力的,于是我们决定到村子里去看看。那是在暑气初升的六月天。因为村子十分偏僻,很多人搬到了一个叫做寿雁的镇上。要了解村里的事,先得到寿雁镇去问问。我们趁着一个落雨的早晨,赶到了寿雁镇。

"兰老二就是红军",听说要寻访红军长征的事,村支书脱口说出了这句话。然而,兰老二是谁?他叫什么名字?他怎么到空树岩来的?村支书对我们提出的一连串问题都回答不了。但是,村支书和住在附近的几位空树岩的老乡坚定地说,兰老二的"祖"就在村里。

原来,"祖"就是坟的意思。空树岩是一个瑶族村落,瑶族人把坟墓称为"祖"。于是,我们直接出发向空树岩赶去。路途确实有些遥远。我们从大路上很快拐上乡间小路,汽车开始爬坡,沿着半山腰穿行,似乎走在森林里。车行一个多小时,才看到一条急流的山涧,走到了空树岩村。

空树岩深藏在都庞岭丛山之间,四周密密麻麻都是树,村里如今不足十户。一条清澈的小河从山上倾斜而下,水流湍急,漂溅起的水花给山村添了几分生机。这条小河有个名字叫陡矿河。长满林木的大山重重包围着村庄。站在村下陡矿河边抬头观望,绿树丛中隐约可见几处瑶族特色的木屋。村里人说,八十多年前树木比现在还要多。这个村庄2007年才开始修公路,四十多里山路艰难地修了四年,2010年通公路,2016年有了水泥路。

走过村后的二三里路,就开始爬山。当地人说,翻过山就是广西。而村里的四位红军战士,就是从这密匝匝的山林中被营救回来的。四位红军战士都属于红三十四师,其中一位还是陈树湘师长的传令兵。他们在部队撤退过程中走散,四个人翻山越岭来到空树岩村后的大山上。村里人说,他们在山上大概困守了三四天,才被上山劳作的人们发现。因为几天没有进食,他们饥饿困顿,又身负伤痛,几乎走不动路。农民看到是失散红军,就把他们抬回村里来。

四位红军得到老百姓照顾,在村里生活了好几年。后来,其中的两位以"入赘"方式到广西成家,另一位回了江西。只有这位兰老二因为年纪小,留在村里。四位红军中有两位姓兰,人们就习惯性地称呼年岁小的这位叫"兰老二"。

现在,村里和这位兰老二有过直接交往的人,都已作古。能与这位红军战士发生"直接联系"的是一把生锈的刺刀,村民彭永相从家里拿出来给我们看。他记得爷爷说过,这把刀是兰老二他们带来的,后来一直藏在家里。盘兰翠是我们采访到的空树岩最年长的老人,这位85岁的老人说,她依稀记得兰老二脸上有些麻子,常常和村里人一起干活。

兰老二的故事几十年来始终流传在空树岩乡亲们中间。空树岩村原来有上村、下村(也叫彭家)、易家、邱家、凤家等几个自然村,现在只有上村和下村两个自然村了。兰老二和老百姓一起砍山挖地,种植茶子、桐子、菽、红薯,谁家缺劳力,他就去帮忙,空树岩的百姓也把他当成了一家人。他后来在易家帮忙和生活的时间比较长。

兰老二在这个山村养伤的时间大概有三年多。1938年端午节过后的一天,兰老二与村里的彭学少和另外两名妇女到山里去栽红薯。这个时候已是汛期,陡矿河时常会有洪水暴发。当地有句话说,一涨一退三尺水。兰老二他们栽红薯回来要过陡矿河,这时涨水了。

"兰老二实际上是能过得了河的",村民盘庆云告诉我们,"他是为救我外婆牺牲的"。盘庆云的外婆叫盘巳妹,她和另外那位妇女过河有困难。兰老二护送她们上了岸,但彭学少还在河中,没有过来。于是,兰老二返回河里去接应,彭学少没有站稳,滑了一下,兰老二奋力去救护,但水流湍急,他没有拉住彭学少,两人一起被山洪冲走了。

"村里人沿河走了十多里路,在下游才找到兰老二和彭学少的遗体",盘庆云说,村里人把他们抬回来,安葬在陡矿河边。现在,兰老二的坟墓被荒草包围,处在一片树林中。安葬兰老二的地方就在易家自然村旁边。易家把他安葬在村子不远处,也是为了纪念他。后来易家的人渐渐搬离,这里就成了一片荒地。

陡矿河沿山脚弯弯曲曲,流淌而下。水流撞击山石,溅起雪白的水花,河水在山谷里哗哗作响。易家这个自然村落已经找不到踪影了,兰老二的坟盖着厚厚的陈年树叶。如果没有人指点,走过的人大概认不出这里曾经是一座坟。

站在陡矿河边,看着对岸那片埋葬着兰老二的小树林,我们由衷地感慨,兰老二其实一直活在空树岩人们的心中。

现在,道县修建了陈树湘将军纪念园,许多失散红军的遗骸被发现,安葬到了陈树湘将军身边。看着兰老二的孤坟,我们提议,把兰老二也迁到将军纪念园吧!没有想到,此议遭到空树岩人"一致反对"。一位村民说,给兰老二立碑、修坟,我们都支持,但不要把他的坟迁走,他活着的时候已经是空树岩的人,死了也还是留在我们空树岩才好。

　　长征路上留下很多红军爱老百姓的故事。兰老二是红军中的一兵,但他留在空树岩村的故事同样感人,又似乎不一样。空树岩四周的山高入云天,我们已经无法想象八十多年前的情形。我们能知道的是,作为红军战士的兰老二,留在这里时已经与部队失散了;他的师长壮烈牺牲了,他所在的那个著名的红三十四师已经找不到了;山峦重叠,信息难觅,他大概无法获知,红军部队到哪里了。在这样的情况下,一个不到二十岁的年轻人,他能做出什么样的选择?

　　兰老二留在空树岩村三四年,养好了自己的伤,但并没有立即离开。他和群众生活在一起,"亲如一家"在这里不是一个形容词,而是一种事实描述。兰老二经过湘江战役都没有牺牲,他到村里养伤,本来是可以不死的。护送两个妇女过河,他就可以回去,他是一个外地人。但是,他还要坚定地返回河里去接应没有上岸的百姓!

　　这就是一个红军战士的选择!

　　看着那座孤坟,听着村里人不愿意把它迁走的理由,我总是不由得想起那句大家早已熟悉的话:长征是播种机,长征是宣言书。兰老二没有走完两万五千里,但他短暂的一生,也应该是长征这本"宣言书"里的一页。在"这一页"上写着的是:革命为了人民,牺牲为了人民!

二、云贵川,冲破腊子口的"一个兵"

腊子口是红军长征北上途中至关重要的一个关口。

红军走过雪山草地,从迭部县进入甘肃境内。很多红军战士对于这段路程都有深刻记忆。他们终于开始走出荒无人烟的地区。迭部县今天是甘南藏族自治州的一个县。红军沿着白龙江,从县城北边的达拉山口走过来。那里有一个叫高吉的村庄,当时被人们翻译成"俄界"。中央在这里召开了著名的俄界会议,然后决定继续北上。

这是1935年9月中旬。高原上的秋天,已经有些寒意。红军走出达拉沟,向北进发,就必须经过数十里之外的腊子口。我们重走长征路时,是从北边的宕昌向南走,到达腊子口的。今天,一条公路沿着山脚穿过,公路边就是那条蜿蜒曲折的腊子河。河的对面,依然保留着当年敌人的碉堡。石砌的碉堡,紧贴山崖,即使今天看上去,也有几分威严。

腊子口,是藏语发音,在藏语里表示"山脚下很窄的山谷"或"又长又窄的山沟"。腊子沟是一条数十里长的深山沟,从北边一路绵延而来,在腊子口这个地方,被东西两座大山截住。东边的叫达拉山,西边的是巍峨的迭山。两山相交,只留下一个狭窄的口子,就是腊子口。

据一些红军战士回忆,当年腊子口只有七八米宽,而谷底还是湍急的腊子河。今天,沿山脚修通了公路,腊子口的南北两边都留出了停车场。尽管如此,腊子口的东西宽也不过二十多米。当地流传一句话:"人过洮岷山,像过鬼门关;走过腊子口,像过老虎口。"

当年,腊子沟只有一条曲折的小路通往岷县,沟口的河面上架着一座小木桥,将两岸连接起来。这条崎岖难行的小路,就是南来北往的唯一通道。红军北上,只有从这窄窄的隘口走过去。而当年驻守甘肃的敌人也早早看到了这点。当红军先头部队一路奔跑,在 1935 年 9 月 16 日来到时,敌人早已在对面布下重兵,切断交通,固守碉堡。所以,这里注定要发生一场激烈的生死争夺战。

担任攻打腊子口任务的仍然是红军先头部队红一军团二师四团。政委杨成武和团长王开湘带着部队从南边赶上来。而狭窄的腊子口上,敌人已经布下一个旅三个团的重兵把守。四挺机枪对着腊子口不宽的地带,碉堡的枪眼都能看得见。

腊子口因为两山相夹,出口狭窄,真是"一夫当关,万夫莫开"。红军赶到这里之后,发起了攻击,但收效甚微。杨成武回忆,他们以一营进行火力侦察,后来发现了敌人的两个弱点:一个是碉堡没有顶盖,是露天的;再一个是敌人在山头上没有部署兵力,而是主要集中在正面。

腊子口战役纪念碑

是啊,两边是高耸入云的大山,一山能顶百万兵呢。杨成武用望远镜观察敌人碉堡旁边的悬崖峭壁。他在回忆录中这样写道:"这一面石壁,从山脚到顶端,约有七八十米高,几乎成仰角的八九十度,山顶端倒是圆的,而石壁既直又陡连猴子也难爬上去,石缝里零零星星地歪出几株弯弯扭扭的古松。"

杨成武和王开湘都觉得迂回是一个好办法。如果从这峭壁上翻到山顶,可以居高临下用手榴弹轰炸敌人的碉堡,配合正面攻击。但是,他们俩也同时想到了另一个更紧迫的问题:如何上得去?

腊子口南边二百多米远的路旁有个小树林。今天,这里耸立着腊子口战役纪念碑,还留出了一个停车场。当年,杨成武他们就在这个树林里召开干部会议,研究战斗方案,而研究的重点是能否攀登陡壁。他回忆说,"讨论来讨论去,点子不少,把握不大"。

在这一筹莫展的关键时刻,部队又召集连队的士兵开会,请大家献计献策。谁知道这个时候,一位贵州入伍的苗族小战士来"毛遂自荐"。他说,他能够从峭壁爬上去。这让人们都感到十分惊奇,大家的目光都投向他身上。

过了很多年,杨成武还记得这位小战士的模样。他在回忆录里写道:"他只十六七岁,但看上去俨然是个大人了,中等身材,眉棱、颧骨很高,显得有些瘦,但身体结实,脸上稍带赭黑色,眼睛大而有神。"他的汉话说得不太好,但是能听懂。杨成武专门找这位小战士谈了话。小战士是从贵州入伍的。他入伍后经过教育,作战非常勇敢。因为跟着红军队伍走过了贵州、云南、四川等地,战士们给他取了个名字"云贵川"。

小战士告诉杨成武,他从小在家采药、打柴,经常爬大山、攀悬崖。眼下这个悬崖绝壁,只要用一根长竿子,竿头绑上结实的钩子,用力钩在悬崖里的树根、崖缝、石嘴上,一段一段地往上爬,就能爬到山顶上去。

这位勇敢站出来的小战士,给整个战局带来了新的希望。尽管没有完全把握小战士一定能爬上去,但是,杨成武他们还是决定要做一次大胆的试验。他用一匹高头大马,把小战士送过了腊子河,送到绝壁下面。他们站在河对面的小树林里望着这位勇敢的小战士开始用竹竿艰难攀爬。

重走长征路,我们两次走过腊子口。第一次,我们由北向南而来,我被两山夹一"口"那种巍峨的气势所震撼;第二次,我们从南边沿着当年红军的路线走来。行至腊子口南边,高耸的腊子口战役纪念碑前,游人往来不息,很多人停下来与这座英雄丰碑合影留念。我们走下来仔细端详那陡峭的山崖,也想寻找出那片小树林。如今,几十年过去,已经难以找到往日的情景了,但是,"云贵川"爬坡的身影却始终留在人们的记忆里。

那位小战士开始沿着这片绝壁攀爬,是在夕阳西下的时候。20世纪80年代,杨成武将军写作回忆录时,还清晰地记得那个下午的情景。他写道:

"那小战士赤着脚,腰上缠着一条用战士们绑腿接成的长绳,拿着长竿,用竿头的铁钩搭住一个胳膊粗细的歪脖子树根,拉了拉,一看很牢固,两手使劲地握住竿子,一把一把地往上爬,两脚用脚趾抠住石缝、石板,噌噌噌,到了竿头的顶点。他像猴子似的伏在那里稍喘了口气,又向上寻找可以搭钩的石嘴……"

杨成武记得,那天下午,他和王开湘团长,还有连、营

的干部都屏住气仰望着山顶,生怕惊动了那位勇敢的小战士。他们连咳嗽一声,都害怕把他惊得掉下来。这位小战士的身体比猿猴还要轻盈、灵活,他忽而攀登,忽而停下,终于攀上了山顶。

这位"云贵川"在夕阳映照下爬上了山顶,一会儿又按照原路攀了回来。当杨成武高兴地握住他的手时,他只是"咧着嘴笑了笑"。有了这位小战士探路,部队做起了翻山迂回和正面强攻的准备工作。迂回部队在黄昏前动员完毕。他们集中了全团所有的绑腿,拧成几条长绳作爬崖之用。这次,那位"云贵川"依然在前面攀爬,他将随身带着的长绳从上面放下来,后面的同志一个一个顺着长绳爬上去。许多年后,杨成武还感慨,这位小战士一个人的成败关系着整个战斗的胜负。

爬上山的战士像神兵天降一样,从山顶把手榴弹扔进了敌人的碉堡,地面部队发起正面冲锋,易守难攻的腊子口终于在1935年9月17日的早晨被英勇的红军攻破了。杨成武说,腊子口一战,是长征途中少见的硬仗之一,也是出奇制胜的一仗。

站在那高耸的绝壁下,我久久地想象着那个傍晚,久久地想象着那位个子不高的红军战士。腊子口一战在红军长征史上留下了重重的一笔,聂荣臻元帅评价:"腊子口一开,全盘皆活。"腊子口战役留给我们无限的思索,正面攻击的勇敢,红军战士的顽强,还有出奇制胜的机智,都值得我们回味。但是,我心中一直念念不忘那位"云贵川"。

今天,我们依然把闯关夺隘的努力比喻为"腊子口、娄山关"。如此重要的一场战役,可以说,这位小战士勇敢的攀爬是这场战役取胜极为关键的一环。来到腊子口之前,我们不知道这位只有十多岁的少年经历了什么。采药、攀山也许伴随着他度过了艰难的童年,如果没有革命,也许还将充满他人生的全程。但是,他走进了红军队伍,这种生活经历就成为他改写历史的本领。这位普通战士勇敢的"一站",就站到了历史闪亮的舞台中央。

如此重要的一场战役,如此年轻的一位小战士。这两者之间的联系,让我们久久回味,思索不已。革命重塑了许许多多个普通人,而又是这许许多多个普通人成就了革命。

杨成武将军在回忆录中不无愧疚地写道:"遗憾的是,他的名字我竟没有记住,只记得他的绰号叫'云贵川'。"

从此,这个名字写进了长征历史,写进了人们的记忆中。

三、留在雪山草地上的温暖

爬雪山、过草地是红军长征途中最艰难的经历,也成为后来人们对吃苦的"标识"。说到红军战士,我们就不能不想起那些行走在雪山草地上的英雄。重走长征路爬上高高的夹金山,翻越缓缓的梦笔山,我们又走过了红原县广袤的草地。尽管长征已经过去八十多年了,但是,雪山草地的空旷和渺无人烟,还是给我们留下深刻印象,也成为心头的牵挂。

那样一片艰难的地域,红军是怎么走过去的?走完长征路回来,脑海里总会时不时浮现出那巍巍雪山和茫茫草滩。我一直在寻找。从红军战士当年的回忆和后人的记述中,我看到很多雪山草地的故事,有些让我久久难忘。

红四方面军曾经三过草地、两爬雪山,在长征路上走得十分艰难。当年担任红四方面军第31军91师227团营政委的袁学凯回忆了爬雪山的一段经历。他们朝着巴郎雪山走的第二天,部队走十里八里就休息一次。越上山,雪越深,许多战士的鞋子都磨破了。有一位战士叫杨贵荣,身体原来很好,打仗勇敢,早早入了党。他一路上总在前面带路,涉水过河,跑在前面,比别人多走了很多路。但是,那天下午他也一瘸一拐,快要掉队的样子。

没有走多久,这位战士在前面喊政委,袁学凯赶忙上前。只见他左手拄着木棍,右手提着一双布鞋,自己的脚却是光着的。他告诉政委,自己脚肿得穿不上鞋了,"你把这双鞋送给别的同志穿吧"。说着,他的眼泪就掉下来,他自己感到实在走不动了,"眼看就不行了","不是我不坚持,我再走,就要拖累大家"。

政委和战士一起背着杨贵荣继续走。那一晚,他们在一个石崖下宿营。杨贵荣时而清醒,时而昏迷,嘴里说着胡话:"再坚持一会儿呀,再坚持一会儿呀,就要找到部队了……"一会儿又对同志们说:"我不行了,不能和同志们一起走了。"同志们还没有给他烧好一碗雪水,这位战士便闭上了眼睛。让袁学凯政委难忘的是,在弥留之际,这位叫杨贵荣的战士忽然大叫:"政委,我能走,我能走!"

爬雪山、过草地是在物质条件极其匮乏的情况下,与极度艰险的自然环境做斗争。杨贵荣在双脚走不了路的情况下,想到的不是自己的脚,而是节省一双鞋,给其他战士。在那漫漫雪山草地上,这样的故事并不是"特例"。

中央红军干部团一营政委丁秋生的回忆录中,也写过一个司号员郭亭饿得昏迷还想着给同志们节省一块肉的故事。那是在1935年8月,中央红军干部团过草地时发生的事情。他们在草地里走了五天,到第六天的时候,全部干粮都吃光了。为了走出那一望无际的草地,丁秋生决定把他带来的那匹马杀掉。

在分马肉的时候,连里的干部说人员多、病号多,他们不要;干部一"带头",战士们也都把马肉送到连部,要求分给其他人。这样一番争执,最后政委说服了连里的几个干部,才给每人分了一份马肉。在那个艰难时刻,一点马肉关系着一个人的生命呢!

司号员郭亭刚满十八岁,是带着病走进草地的。他一路上因为饥饿和疲劳,曾经昏倒过几次。分马肉的那天,他已经有一天多没有进食了。他的那份马肉送到跟前时,他坚决不要,指导员说:"吃下马肉是任务,共产党员要带头",他才收下。

政委丁秋生记着这位生病的小战士,于是,带着自己的那份马肉去看他。不料,这位小战士捧出了自己的那份马肉,还拿出半茶缸野菜。他几乎是用尽全身力气,断断续续对政委说:"我没有完成任务,留给同志们吧,走出草地……"不久,这位小战士就停止了呼吸,永远留在了那片草地上!

很多年后,丁秋生回忆草地中的经历,他写道:"一个十八岁的孩子,在那样艰苦的日子里,在生命的最后时刻,想到的是阶级兄弟,想到的是献出自己所能贡献的一切,是什么力量鼓舞着他呢?"

中央红军第三军团12团3营9连战士谭发贵留下了他和班长过雪山的记忆。他们是从四川天全县开始向雪山进发的。谭发贵是连里年龄最小的战士,背着一支短短的带尖钩的枪,长短和身高差不多,腰里还有两个麻辫子手榴弹,走起路来滴溜当啷打到屁股。

他们翻越的第一座雪山就是夹金山。翻山遇到的第一个问题是鞋。从江西苏区走出来的这支部队,一直穿着草鞋走路。当他们走过湘江,渡过乌江,四渡赤水,抢渡金沙江,跨过大渡河,来到那高耸的雪山脚下时,许多战士脚上依然只有草鞋,有的甚至连鞋也没有穿。所以,开始爬雪山时,谭发贵说,"班长在前面走,我的两只眼死死盯着他那一双沾满了烂泥的脚板"。

部队在夹金山下休息了一个多钟头,这段时间除了捡柴做饭外,一项重要的工作就是补草鞋。同志们知道他不会干这个活,说"你只管看火烧水就行了,别的事由我们大人来干!"尽管班长替他补了草鞋,但走到峡谷里,就已经烂了。他在路上捡了一些破旧草绳和碎布条,在脚上缠裹了一通,一步一拐地往上爬。后来,行走实在艰难,是班长架着他的膀子一步一步走过雪山的。

走到山顶上,谭发贵一步也挪不动了。同志们都在撕被单或者衣物当包脚布,准备赶紧下山。谭发贵什么也没有,发愁起来。光脚板怎么下山呢?他正在着急,班长把他仅有的一块破被单递了过来。谭发贵问班长:"你用什么呢?"班长笑着回答:"我是大人,火气旺,不用包也行。"谭发贵在回忆中写道:"他说得那么自然,那么乐观,叫我看不出他有任何勉强的神气,但我知道他是在宽我的心,我把被单还给他,他坚决制止了我。"

谭发贵问他的老班长,如此帮助这些与自己素不相识的战士,到底是为了什么?他考虑都没考虑,脱口而出:"为了什么?小鬼,在家靠父母,在革命队伍靠党,靠同志,因为咱们是阶级弟兄啊!"

这个回答,让我感慨万千。红军是怎么走出雪山草地的?今天,几乎到过那片草地的人,遥望过那巍巍雪山的人,都会情不自禁地发出这样的疑问。

答案可以是信念。那位红军战士在弥留之际,还顽强地喊出"我能走",令人回味。答案可以是顽强。雪山草地的极端艰险中,红军顽强前进的故事还有很多很多。而我更相信"温暖"。这个问题的答案不能少了"温暖"这两

个字。

　　在甘肃迭部县,我们曾经采访过一位失散红军战士的后代。回忆起父亲,这位妇女说,老父亲告诉她们,雪山草地并不可怕,因为有部队;掉队最可怕,因为离开了部队。"有部队就是温暖的,啥都不怕"。

　　重走长征路回来,我念念不忘雪山草地的艰险。找来很多回忆文章,看了一些研究长征历史的资料。"温暖"是一个时常跳进我心头的词汇。因为有了这份温暖,我们的战士才能克服那么艰苦的自然环境,最终走出草地,走出革命事业的新天地。

四、温暖,是一种力量

　　在所有情感中,也许温暖是一种最令人难忘的感受。而红军队伍正是一支时刻充溢着温暖的队伍。

　　今天,回望长征这段艰难的历程,我们可以看到冲锋陷阵的英勇,可以看到奋不顾身的牺牲,可以看到严明的纪律,可以看到理想的光焰,我们也可以感受到那份温暖。从某种意义上,我们甚至可以说,温暖是红军队伍的情感底色。这支队伍温暖着每一位红军战士,也温暖着红军经过的每一个地方。

　　"半条被子"的故事如今流传甚广。那是发生在湖南汝城县文明乡沙洲村的一段充满温情的佳话。1934年11

月,中央红军从江西和广东一路走来。有三位女红军借宿沙洲村的徐解秀老人家。当时,老人家里条件十分艰苦,只有一张铺满稻草的床铺,连一床被子也拿不出来。三位女红军就和徐解秀住在一起,盖着她们带的行军被。住了几天,三位女红军离开时,执意要把她们的被子送给徐解秀。"她们还要行军赶路,我怎么能要她们的被子呢?"徐解秀与女红军推搡之间,大部队就走过去了。最后,红军提议把被子剪下一半,送给徐解秀。

　　长征一去五十年。1984年11月,在纪念红军长征胜利五十周年之际,《经济日报》记者罗开富重走长征路,也在初秋时节来到这里。徐解秀已经是一位老大娘了,听说来了走长征路的人,她默默地跟着罗开富大半天。后来,罗开富坐下来向老人问话,老人开口就问:"你能见到三位女红军吗?她们为什么不来看我?"

　　这没有来头的一句问话,让罗开富听到了那个感人的故事。徐解秀老人感慨地说:"天底下哪有这样的好人!什么是共产党?共产党就是自己有一条被子也要剪一半给人民。"

　　今天,在通往沙洲村的公路边,有一句标语:"半条被子,温暖中国"。这一段往事,让人们看到了红军战士对老百姓那一腔温暖的情谊。

　　这股温暖也流淌在红军战士们之间。且不说雪山草地上战士们互助互爱,也不说在战斗中的并肩支持,就是那些发生在失散红军之间的故事,也令人感动。我们在甘

肃迭部县听说了很多失散红军的故事。在茨日那村里,留下了几位失散红军战士。那是一个普通的藏族村落,这几位红军战士则是不同部队四散流落下来的,其中,有一位红军战士终生一个人过日子,晚年的时候,日子过得凄苦,而另一位藏族名字叫乔加的红军战士,坚持照顾他的生活。乔加的女儿回忆说,逢年过节,父亲都要去给那位红军送这送那。在很长一段时间里,吃喝在这里是大问题。而家里只要新添了米或面,乔加都要先给那位红军送去一些。这种相互温暖,伴随了两位老人一生。

今天的茨日那已经是红色旅游村,游客来来往往。两位老人都已作古。乔加的女儿说起这段往事,讲起来的都是生活琐事,没有曲折的情节。但是,在过去那漫长沉寂的岁月里,两个流落到这里的红军战士相互帮助的点点滴滴,还是让我们感受到一股暖流。这不依然是红军战士之间传承不息的那份兄弟情谊吗?

一路走来,我们在长征历史中感受着这种浓浓的温暖。在这支英雄的队伍里,我们看到的有官兵之间平等互帮的温暖,有战友之间亲如一家的温暖。有一位江西于都籍的战士,给部队首长担任警卫通讯任务。这位从来没有上过学的少年,在长征路上开始学习写字。首长每天给他们警通班三位小红军布置识字任务,还要检查。这样,走完长征路,他竟然认识了一千多个汉字。官兵之间这样的关系,恐怕在历史上也是少有的。

长征路上,温暖不仅是一种人人能感受到的情感体验,更是一种顽强的力量。为什么许多掉队的红军战士还要回去寻找部队？为什么在那么艰难的情况下,战士们还要坚定地跟着队伍前进？为什么我们的事业能够团结越来越多的人？在旧社会旧军队里难以感受到的这种人与人之间不带杂质的温暖,一定是一个不能忽视的原因。

红军是一支什么样的部队？我想,那是一个温暖的集体。红军战士是一群怎样的人？从长征经过的地方回来,我想,红军战士是一群在任何极端条件下都能够相互温暖的人。他们甚至可以牺牲自己,去温暖战友。

长征让我坚信:温暖,是一种力量。

重走长征路

藏起来的信念

有些东西,曾经被深深地藏起来。当它们被找出来时,并没有因为时间的流逝而黯淡,反而散发出更加熠熠生辉的光芒。

长征已经过去八十多年了。在当年残酷的斗争环境中,红军留下来的许多物件都被老百姓藏了起来。今天,我们已经见不到藏这些东西的主人了,但这些旧物却经过岁月磨洗,一次次闪亮起来。重走长征路时,我们几乎在每一个红军经过的地方,都见到过这样的东西。最初遇见,我们心怀好奇,想看看那些英勇的先辈们用的都是怎样的物件;后来,知之越多,我们体会到的是一种情谊,是经过岁月洗礼仍然不失本色的军民深情。一次次端详红军留下来的东西,一次次听人们讲起那些"藏起来"的故事,我们不能不深深思考。这些藏着的东西,凝结着的不仅仅是怀念,是情谊,还有更多的内容。我想来想去,想到的是一个词:信念。那些物件里藏着群众对红军的信念,对革命必胜的信念。

重走长征路归来,那些"藏起来"的故事仍然留在脑海里,让我一次次地回味和思索。

一、土墙里藏着一张借据

湖南汝城县距离红军长征出发地江西于都,并不遥远。今天,有高速公路相通,我们走四个多小时就能到达。当年,红军走了二十多天,才沿着赣粤边界走到湘粤交界处,进入湖南汝城县。长征途中著名的"半条被子"故事就发生在汝城县沙洲村。

汝城县地处五岭深处。车入县境,我们看到的是相对开阔的地域,农民现在大都住着上下两层的小楼。白墙红瓦掩映在绿树之中,村庄透出宁静的南方神韵。走在汝城农村,已经不大能看到土墙了,而说起红军的记忆,人们却总要一次次提到土墙。有一张红军的借据,在那厚厚的土墙里,一藏就是六十多年。

借据是从一位叫胡运海的农民家墙洞里挖出来的。那是在1996年春天,延寿瑶族乡官亨村村民胡运海准备给自己垒砌一个新灶。就在他把旧灶拆除,准备新砌的时候,在墙洞中看到一个锈迹斑斑的铁盒子。好奇地打开一看,他惊呆了:原来里面有一张已经发黄的借据!

今天,这张借据收藏在汝城县档案馆。借据上写着:"今借到胡四德伯伯稻穀壹佰零伍担牲猪叁头重量伍佰零叁斤鸡拾贰只重量肆拾贰斤。此据。"这张借据的落款是中国工农红军第三军团叶祖令,留下的时间是"1934年"。

胡四德是胡运海的爷爷。一张在土墙里保存了六十多年的借据,引出了一段难忘的历史。今天,党史部门经过一番查证,已经弄清楚了这张借据的来龙去脉。

中央红军进入汝城县的确切时间是1934年10月29日至11月13日。据说,中央红军第一、第三、第五、第八、第九等军团,加中央纵队,共计八万六千余人,分五路进入汝城多个乡镇。11月6日,中央红军长征经过汝城县延寿乡。

由于敌人反动宣传,当地瑶民已经在红军到来前急忙赶着鸡鸭牛猪,扛着稻谷,逃往偏僻无人的山谷。红军在宗祠、学校旁自扎草棚,严令各连队不得在农户家借宿,更不得私拿农户的一钱一物。瑶民开始慢慢地了解了红军部队,东躲西藏的群众也陆续回到瑶寨里。

几天来一直关注着红军的胡四德与叶祖令有过短暂接触。得知红军严重缺粮,有的红军战士几天几夜没进食,他心里很难受。当天晚上便召集族人,一同商讨如何帮助红军筹集粮食。第二天下午,在胡四德带领下,从各家各户筹集来的105担稻谷、3头生猪、12只鸡便送到司务长叶祖令手中。

就在红军撤出延寿向西转移时,叶祖令找到了胡四德,取出纸笔,铺开纸,对照那天所收粮食、生猪和鸡的数量,写下一张借据,在借据的下方盖上了自己的印章后交给胡四德。红军走后,胡四德偷偷地将这张借据藏了起来,不向外人透露半点风声,甚至连自己的儿子、孙子都没有告知。

胡运海看到这张借据时,它已在墙洞里深藏了62年之久!

胡运海挖到红军借据之后,立即上报汝城县有关部门。汝城县又报告上级有关部门,想查找当事人叶祖令的下落。不久,他们得到回音:"据查实,写借据的叶祖令同志系中国工农红军第三军团司务长,于1934年12月在长征路上作战时英勇牺牲,时年28岁……"

这位书写借据的红军司务长,离开汝城不久,就牺牲在战场上。1934年12月,正是湘江战役发生的时间,也许他英勇地牺牲在那次的奋力拼杀中,给人们留下的只有深深的怀念。

当然,这张借据的故事有一个亮丽的结尾。经过请示上级部门,汝城县决定如数兑现红军立下的借据,按时价折款,归还给胡四德唯一的继承人胡运海。

1997年5月,在一个阳光灿烂的日子,中共汝城县委、县人民政府、县人民武装部在官亨村举行隆重的"兑现仪式",把1.5万元人民币交给了胡运海。胡运海将其中的一万元捐献给村里新建学校。

二、三代人守护一面红旗

红军长征离开赣南苏区,一路在山里行进。那是"五岭逶迤"的大山。走到湖南、广西交界地带，便是都庞岭。这条山脉绵延起伏，层峦叠嶂。广西灌阳、兴安和全州三个县，就在这山水之间。惨烈的湘江战役1934年11月底、12月初，就在这三个县交界的狭窄地带展开。数万名红军将士血洒桂北这片土地，留下许多流传不息的往事。黄和林一家与一面红旗的故事就是其中一个。

枫树脚屯是灌阳县灌阳镇排埠江村的一个屯，绿水青山，今天是距离湘江战役纪念馆不远的一个小村落。当年，这个小村庄不到10户人家，深藏在大山中。1934年初冬的湘江战役之后，一位腿部受伤的小红军战士趁着夜色，敲开了黄和林的家门。

黄和林看到这样一位受伤的小战士，便收留了他。战士腿部的伤比较严重，黄和林就用自己熟悉的当地草药，捣碎了帮小战士包扎伤口。几天之后，伤口略有好转，小战士便要去找部队。临行前，他拿出一面红旗，交给黄和林保管，说革命胜利了，他就回来取。

这个事情我最早是从《经济日报》记者罗开富重走长征路的日记体著作《红军长征追踪》一书中看到的。罗开富记载，1984年11月28日，那天他从水口山下来，"下到半山腰，终于见到了一个村子，名叫枫树脚村，约有10多户人家"。他们一行几人在村口讨口水喝，一坐下来，意外地了解到当年黄家曾经收留过一位红军伤员。

这户主人叫黄光文，而收留红军的是他爷爷黄和林。当年收下红旗之后，黄和林一家很快就面临着敌人的搜查。红军过湘江西进之后,尾追的敌人立即前来。黄和林冒着杀头的危险,把红旗装进一只小木箱里,背着箱子就到深山里去了。1941年黄和林临终前,把红旗交给了儿子黄荣清和孙子黄光文。1944年,日本侵略军占领了灌阳,到处烧杀抢掠,黄荣清父子背着这只箱子四处逃难。到1979年,黄荣清也去世了,他嘱托黄光文把这面红旗交给政府。后来,这面红旗辗转捐赠给广西博物馆收藏。

我们后来听到的介绍是,黄家为了保护好这面红旗,冒着危险想出了各种办法。敌人搜查时,黄家曾把红旗藏在老人的棺材里;国民党军进村搜查时,他们曾把红旗藏在猪圈里,后来又绑在8岁的黄家小儿子身上,躲过了一劫;1944年日军入侵灌阳,黄家人将所有家产都舍弃了,却唯独把这面红旗带在身边……

今天,排埠江村枫树脚屯成为红色旅游文化地,红军战士浸染过鲜血的这片土地,正以新的面貌呈现在人们面前。时光带走了战乱和凄苦,新时代的人们以新生活来报答这片土地。但是,红军故事仍然流传在都庞岭的山间乡村,在枫树脚屯,三代人保存红旗的故事成为游客最感兴趣的故事。

三、树洞里埋着一盏马灯

贵州山大。毕节地区是以贫困出名的。这些年,这里的人们谱写出一曲曲脱贫攻坚的壮歌。而红军长征也在这层层叠叠的大山里,留下许多动人的回忆。赫章县就有一个藏在土洞里的马灯故事。

赫章县水塘乡白果村曾经有一位叫夏奠川的农民。1936年3月上旬,红二、六军团长征路过这个小村庄,部分人员借住夏家。和其他地方的情况一样,红军一开始在这里也遇到了猜忌和躲避。夏奠川的母亲怀着战战兢兢的心情,观察着这支有些特殊的队伍。

战士们告诉她,红军是"干人"的队伍,是为穷人而战斗的。更重要的是,红军战士住在夏家,帮助挑水、劈柴、扫地、做饭,做很多他们能做的事情。他们还和夏家母子一起吃饭。这对于当年一个偏远山乡的妇女来说,是从来也无法想象的。夏家母子十分感动,尽心尽力招待红军。

当这支部队就要离开的时候,炊事员提了一盏马灯,要送给夏奠川的母亲。这位炊事员亲切地嘱咐说:"老伯娘,我们就要走了。这盏马灯送给您,请您保存好,作为纪念。我们红军一定要回来的。"

红军走了之后,夏奠川的母亲把这盏马灯藏到自家屋后一棵核桃树下面的土洞里。她用石板把土洞盖好,没有对任何人说过此事。这一藏就是十多年。直到临终前,她才把夏奠川叫到床前,告诉了他这件事,而且嘱咐他继续保密,等红军回来,好好地将马灯物归原主。

1950年,赫章县解放之后,夏奠川从屋后那个土洞里挖出了这盏马灯。他把马灯送交给了当地的武装部门,算是遂了母亲的心愿。

四、藏的是物件，更是信念

藏在土坯墙里的"红军书"，藏在墙角的"红军借据"，埋在土洞里的"马灯"……重走长征路，我们在许多地方都听到群众当年把"红军信物"藏起来的故事。老百姓"藏"起来的是什么呢？他们为什么要冒着生命危险去"藏"这些东西？今天回想那遥远的过去，也许，"信念"是最好的答案。老百姓把对红军的信念、对革命必胜的信念"藏"在了那些土坯墙里，埋在敌人找不到的泥土里，更深深地"藏"在他们的心中。

红军离开汝城县西进之后，胡四德老人把借据藏起来，他一定不是为了将来"讨账"。否则，老人为什么直到去世都不肯告诉自己的家人呢？他悄悄地藏起这样一张借据，固然有避开敌人搜查的原因，但绝不是留着将来"讨账"的。在汝城县的纪念馆里，端详那张纸质发黄、有些残缺的借据，我想，这一张薄薄的纸张里，寄托着多么丰富的内容啊，有记忆，有思念，也该有一种久别之后还能重逢的期盼。

广西的黄和林东奔西跑保护那一面红旗，又是为什么呢？红军走开之后，他就知道，家里留存这样一面红旗是危险的。当抗日的炮火燃烧到这片土地上时，他连家都舍弃了,却在逃难的奔跑中始终带着这面红旗,甚至想出很多保存的办法。把红旗缠在8岁孩子的腰里,放进棺材里……这样费尽心劲地保存,他是为了什么呢?如果心中没有一份牢固的念想,他怎么能做到这些呢?

还有贵州的那位农妇。她保存的是一盏马灯,这要比一张借据、一面红旗保存起来更难。然而,她却想尽办法,藏到土洞里,一藏就是十多年,对谁都不说。一个人临终的时候,托付的无疑是生命中最牵挂、最重要的事情,她托付儿子的却是这盏马灯。一盏再没有使用过的马灯,如何成了这位农妇告别人世时最牵挂的物件?我们能说这马灯仅仅是马灯,没有寄托她的一份念想吗?

在汝城县延寿瑶族乡官亨村,在湘江边上,在贵州的大山里,这些故事一次次激发起我的追问和想象。红军在走过的地方给人们留下一份念想,这份念想后来无疑成了一种信念,那就是对革命必胜的信念,对红军一定能够回来的信念。这份信念鼓舞着人们,也给了我们这支队伍巨大的支持。但是,这份信念是怎么来的呢?是如何在那么短的时间里,就那么深刻地印在了老百姓心中的?

我们不能忘记的一个历史背景是,红军长征离开苏区不久,就进入了湖南、广西,后来到了云南、四川、甘肃等地。当年,这些地方其实并没有多少革命宣传的影响,普通老百姓不知道红军是什么样的。再加上反动派的宣传,老百姓对红军的到来可能恐惧大于欢迎。所以,红军所到

藏起来的信念

之处常常遇到老百姓都躲起来的情景。可是,用不了多久,只要和红军一接触,老百姓就立即认可了这支队伍。红军仿佛有一种"魔力",总能迅速得到老百姓的拥护。这种"魔力"是什么呢?

今天,我们沿途走来,还能看到不少地方留存下来的红军标语。那些标语简洁明快,通俗易懂。但是,红军能把革命信念深深刻写在老百姓心中,靠的不仅仅是这种宣传,更重要的是他们的行动。

在汝城,红军不进老百姓的房屋,自扎草棚居住。即使借住农民家里,看到老百姓艰苦,也要剪下半条被子给老百姓留下来。在汝城不远处的宁远县,村里人至今还在流传红军露宿野地的故事。红军长征路过这里时,村里找不到人,他们就在村外路边的红薯地里宿营。当时正是深秋时节,满地红薯刚熟。红军在路边的红薯地里拉起警戒线,宿营路边又不破坏老百姓的红薯。为了解决吃饭问题,他们挖了地里的红薯,每个坑里都放了钱。在贵州习水县,老百姓说了一句意味深长的话:红军和群众一样吃苦,吃群众吃不了的苦。因为红军走到这里时,常常在老百姓的茅屋屋檐下宿营,不打扰老百姓。"老百姓住草屋,红军睡屋檐",他们吃的是老百姓吃不了的苦,比老百姓还苦!

回味那段历史,品味那些已经在岁月磨蚀中有些残破的"红军信物",我们一次次被老百姓对红军的信念所感动。这份信念,是红军战士用他们严明的纪律和对老百姓深情热爱的行动所铸就的。所以,老百姓盼着红军胜利,盼着红军回来;所以,很多年之后,当人民解放军重新回到这片土地上,只要一说"当年的红军回来了",就会得到很多人的拥护和支持。

江山就是人民,人民就是江山。人民对革命的信念,是最顽强的力量。今天,我们说,守护江山就是守护民心。如何守护得好?也许,我们从长征中找到的答案是行动,只有我们为人民做得更好,人民才会永远对我们抱有必胜信念。

回不去的故乡

只有远行,才更能深刻地体会"故乡"两个字所包含的浓浓情意。

长征是一次跋涉万里的远行,这漫漫长路上充满了英雄主义的豪情。很长时间,我们并没有想起行进在这条长路上的战士心头那份故乡情。直到岁月的烟尘渐渐平息,生活的平静慢慢浮现出来,我们才从那些年老的红军战士,还有他们的传说中,开始感受"故乡"两个字在那些英雄先辈心中的分量。

重走长征路出发的时候,一位江西朋友提醒说,不要忘记红军离开于都时,大部分战士来自赣南和闽西,而他们许多都是客家人。他感叹说,客家人最留恋故乡,而红军战士却走到离故乡最远的地方,有些人甚至再也没有回来。

故乡,在许多红军战士心中,是一生的牵挂、一辈子无法割舍的地方。故乡,也凝结着红军战士一份独特的情感。无论他们是不是有机会再回到生养他们的那片土地上,他们的故乡情都值得我们慢慢品味,细细回想。

重走长征路

一、归途漫漫

在四川西部的茫茫草原上,有一个县叫红原县。这是周恩来总理20世纪60年代亲自命名的,意思是红军走过的大草原。日干乔湿地就在这个县的瓦切乡。今天,这里是许多旅行者喜欢的地方,也是人们能够体验长征过草地艰辛的一个地段。

罗尔吾老人一生就生活在这片草原上。他与家乡的故事现在已经流传很广。我们重走长征路来到日干乔湿地,老人已经过世几年,但他的儿媳给我们讲述先辈的经历,还是令人荡气回肠。

罗尔吾是"零岁红军"。1935年7月,身怀六甲的红二方面军战士刘大梅长征经过这里,被敌人的马队冲散,流落到瓦切乡,不久生下了罗尔吾。他的汉族名字叫侯德明。侯德明出生不久,他的母亲刘大梅就和姑姑侯幺妹在茫茫草地上"失踪"了。罗尔吾后来被当地一个活佛收养,给他取了这个名字。罗尔吾的汉语意思就是"宝贝"。全村人都知道他的身世,所以,人们叫他"甲罗尔吾",就是汉族宝贝。

罗尔吾始终没有学会说汉语,生活习惯完全和藏族同胞一样。但是,他一生都记得故乡的名字,那是活佛在去世前告诉他的。"大庸、桑植、瑞塔铺六斗溪",就这样几个不连贯的词汇,罗尔吾牢记几十年,而且最终凭着这几个汉语词汇,找到了他的故乡。

湖南桑植地处湘西,是贺龙元帅的故乡。罗尔吾的母亲刘大梅就是跟随贺龙的队伍离开这片土地,走上长征路的。带着他们家八口人出发的是罗尔吾的奶奶殷成福,这位当年已经年近五十岁的普通妇女,动员全家八口人参加红军,跟着红二方面军走上了长征路。

算上后来出生的罗尔吾,殷成福一家九口人参加长征,2人牺牲在路上,4人散落过草地时和甘南的大山里,只有3人成功到达胜利的终点。长征胜利后,因为年龄较大,殷成福带着二儿子返回湘西老家,从此开始了30多年的寻亲努力。她找回了当年仅有8岁、流落在甘肃的小儿子,得到了丈夫牺牲的确切消息。一直到1973年87岁离世前,她还在惦记着大儿媳刘大梅、女儿侯幺妹和大孙子的消息。

殷成福老人去世后,他的儿孙们始终没有停止寻亲行动。又是几十年时间,他们给长征沿途的县乡写去许多信,通过各种途径打听亲人的信息。一直到2004年,北京的一位画家到红原县写生,听说了罗尔吾的故事,专程到瓦切乡找到罗尔吾,并与他一同过春节。中央电视台拍摄了《老红军过年》的特别节目,六十多岁的罗尔吾在节目中表达了他寻找亲人和故乡的心愿。就是"大庸、桑植"这简单的几个字,让远在湖南的侯家获得了信息。8位亲属组成寻亲团,沿着红军走过的路,来到红原县,在这片茫茫草原上找到了已经改名罗尔吾的亲人侯德明。

罗尔吾老人不会说汉语,只记得那几个词汇。当从湖南赶来的人们确证,老人口中的那几个词汇正是他准确的故乡,眼前这位老人就是他们两三代人在寻找的亲人时,当时的场景十分感人。罗尔吾听不懂亲人们的话,亲人们也不知道罗尔吾在说什么,他们唯有抱作一团,以流不尽的眼泪表达着几十年的思念和寻找。

第二年,2005年的春天,罗尔吾老人终于回到了他几十年不曾忘记的大庸,回到了他们一家人的故乡。虽然,牵挂她的奶奶殷成福老人已经去世了,虽然,他的父母都已经牺牲在那漫漫征途上,但他终于回来了,回到这片英雄的土地上。

对于罗尔吾的故事,有人说,"母亲是怀着他参加长征的。他的出生是个奇迹,他的散落是个奇迹,他的出现是个奇迹,他的回归是个奇迹,他的全家人长征牺牲和散落更是奇迹"。尽管如此,罗尔吾找到了他的故乡,这个圆满的结尾让我们长长地舒了一口气。

在数万名红军战士中,罗尔吾走回故乡的路充满了曲折,但一定不是最难的。我们在湖南道县听到的是另一个经历了三代人才回到故乡的红军故事。

潇水河在道县静静流过。中央红军走过潇水,直奔湘江,在那里发生了惨烈的湘江战役。那是红军建军以来伤亡最大的一次战争。在九天时间里红军从八万多人锐减到三万多人。当这三万多红军主力匆忙渡过湘江向西开进的时候，一些受伤的红军战士就留在了这片土地上。红三十四师担任后卫，师长陈树湘率领被截断的部队后撤，从湖南江华一直退守到了道县。他在这里断肠明志，壮烈牺牲。

陈树湘部队中一名叫林中辉的福建籍战士，从此在道县遥望故乡，此后经历三代人才走完回乡的路。道县宣传部的领导周镜忠详细走访了陈树湘经过道县先后停留过的十三个地方，在这些寻访中也看到了林中辉对故乡绵延不绝的思念。

1934年12月12日，陈树湘师长在富足湾村（小周塘村）后一个叫做馒头岭的地方，刚布置好掩护阵地，江华、道县、宁远三个县的保安团就蜂拥而至，猛扑过来。湖南省保安军成铁侠部队也从宁远鲁观洞方向赶来。前有阻敌，后有追兵，形势十分严峻，陈树湘师长不顾两位警卫员的再三劝阻，挣扎着走下担架，命令一个班在馒头岭，另一个班抢占馒头岭对面山头打掩护，让王光道率领一支部队突围。陈树湘率两个班战士奋勇阻击敌人，突围的同志们安全脱险了。

林中辉当时就在这支突围队伍中，他当时担任传令班班长。经过一个叫清水塘的地方，林中辉被尾追民团的机枪打断右脚脚掌，无法随队行军。战士们把他隐蔽在四马桥的道南书院里。林中辉在这个书院里不知道过了多久，被四马桥村一位叫黄永良的老人发现，这位来附近放鸭子的老人收留了林中辉。但是，在黄永良家养伤三年，林中辉的脚伤始终未能治愈。后来，附近塘坪村水牯庵一个姓唐的和尚给林中辉治好了脚。为了躲过敌人一次次的搜索,林中辉改名林玉芝。

我们现在已经无法想象林中辉在后来的十多年里,是如何拖着一只残废的脚孤独地生活的。我们所能知道的是,1952年农村土改,他分得9间房屋和7.5亩土地。1953年,四十多岁的他才与村里一位丧偶妇女结婚,算是有了一个家。这位妇女带着两个孩子,1956年又生下一个儿子。林中辉给儿子取了一个特别的名字:林福建。他的意思很简单,要让孩子记住自己是福建人,永远记住根在福建。

儿子的名字寄托着林中辉对故乡的思念,也写下一段长长的遗憾。当时,他以行动不便的腿脚,负担着妻子带来的两个孩子,又要养育自己的儿子,根本没有可能拿出路费,回到千里之遥的福建。直到1960年去世,林中辉也没有再踏上故乡的土地。

这是一个艰难的家庭。林中辉去世之后,爱人带着三个孩子艰难度日。女儿出嫁,大儿子因为家穷终身未娶,且双目失明,是当地的五保户。林福建一直到59岁才与附近一个智障妇女成婚,后来,他们生下一个儿子。林福建从小记得父亲说过根在福建上杭,那里有一个很出名的地方叫古田。于是,他给儿子取名林古田,用这个名字来传承父亲对故乡的思念。

林福建从20世纪90年代就开始寻找父亲的故乡。他曾经按照父亲留下的不多信息,回到福建上杭寻找亲人,但都无果而归。后来,他寻访失落在道县附近的红三十四师战士,整理了父亲的资料,邮寄给上杭民政部门,但民政部门答复是"查遍全县,未见证明林中辉为上杭英烈"。红三十四师有6000多闽西子弟在湘江战役中牺牲,据说有名有姓的只有1060个,没有留下姓名的人比写进英烈名册里的人更多。林福建根据母亲的零星口述,一次次寻找,一次次无果,但他始终没有放弃。

这漫长的寻找一直到2018年才迎来转机。当时,福建有媒体记者沿着长征路来到道县,听说了林福建一家的故事,找到林福建,认真查验了他们提供的资料,又根据家谱作了技术鉴定,终于找到了林中辉的老家——上杭县官庄畲族乡蕉坑村。这年冬天,林福建带着孩子在这些好心人的帮助下回到了福建上杭县的蕉坑村。

那依然是一场感人的团聚。林中辉的一位已是92岁高龄的表弟,与林福建相拥而泣。他说:"你怎么才回啊,你奶奶等你父亲回家等了整整三十年,她眼睛都哭瞎了。"林中辉的老屋早已不在,只存部分地基。林福建带着儿子林古田站在老屋的地基上告慰父亲:回家了!

后来,道县和福建龙岩市两地政府帮助林福建一家把户籍迁回到了蕉坑村。在爱心人士帮助下,林福建在老屋地基上建起了房子,他们终于回到了这片土地上。

这是多么长的一段归途啊!从1934年的离去,到2019年的回归,时光整整过去了85年,经历了三代人!林中辉把自己留在遥远的道县,和他的师长长眠在同一块土地上。我们不知道在那些艰难的日子里,他是如何顽强地把"福建""古田"这样一些故乡的信息一遍遍告诉儿辈的,也不知道他是带着怎样的牵挂告别人世的。我们庆幸他的后辈终于回到了他出发的故乡,故乡人依然热情地接纳了这些归来的"游子"!

  故乡是中国人最深的牵挂,也是最富有情感的地方。我在很多资料上看到,人们回忆起长征途中的经历,总会说到"兴国山歌"。在草地上的漫漫长夜里,在红军会师的联欢中,在甘肃通渭的集会中,都有关于"兴国山歌"的记忆。这南方山歌的曲调一直被带到了陕北的茫茫高原上。今天再来品味这几个字,其间,凝结了多少思乡的情结?包含了多少浓浓的思念?而长征路上,还有多少红军战士一走就再也回不到故乡!

二、有家难回

  中央红军走过雪山草地,就来到了甘肃南部的迭部县。许多人记住这个地方是因为一个叫高吉的村庄。党中央在这里召开俄界会议,进一步确定了红军北上的方针。我们从高吉村出来后,开车的师傅说,他的一个亲戚也是红军后代。于是,我们来到了茨日那村一个普通院落。

  曾在这里生活的老红军有一个藏族名字叫乔加。女儿记得他是云南人,姓赵,叫赵云彪。走完雪山草地之后,行进在达拉沟里的他掉队了。当时,赵云彪在饥寒交加中被当地一位藏族人收留下来。后来,老人就留在这里,成为一个叫"乔加"的藏族人。据说,"乔加"的汉语意思就是红军。

这位老人在新中国成立后辗转与家里人取得了联系,每年还要给家里的妹妹写几封信。女儿不记得父亲多么直白地表达过对故乡的情感,她所知道的是,作为最小的女儿,父亲给他取了一个汉族名字赵桂兰。而这几个字正是父亲老家那位妹妹的名字,也许,父亲希望她记住老家的亲人,记住遥远的故乡。

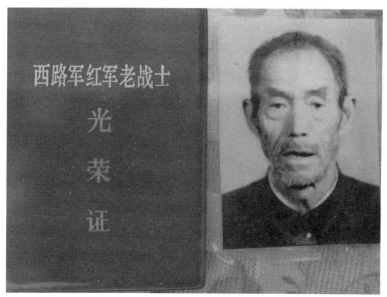

在甘肃省迭部县生活的红军战士赵云彪和他的红军证件

重走长征路

当战争的烟尘散去，岁月静静流淌，人们对故乡的思念便会浮现出来，成为一份越来越厚重的情感。赵桂兰说，到了晚年，父亲非常盼望能回云南老家看看，但是，他只是催促家里人给故乡一年写几次信，而自己却再也没有踏上回家的路。最直接的原因是，路费太贵。云南和甘肃在地图上只隔着一个四川省，但行进起来却要翻山越岭走很远。几十年的拮据生活，家里拿不出那么多钱做路费。

乔加老人在新中国成立后曾经在村里当干部，在乡里工作过，领有一份工资。但是，赵桂兰记忆中从来没有见过父亲往家里拿钱。只要谁有困难，他就把钱借给谁；而借出去多少，他从来不记得，也没有要求还钱。老人1987年去世，赵桂兰说2000年一次藏族同胞的节日聚会上，当知道她是乔加的女儿时，还有不少人找上来说曾经得到过乔加的资助。

达拉沟今天因为红军长征走过而成为红色旅游景点，来来往往的人很多。在过去很长时间里，这条沟虽然也是一条大路，却不好走。许多年来，行路人、做买卖的商贩甚至讨饭的人都需要沿途借宿。在赵桂兰的记忆中，家里从来没有缺少过外人。她至今记得父亲常说一句话："只要有我一口吃的，就不能让他们饿着！"

赵云彪老人不知道拿钱帮助过多少人，却没有攒下回乡的路费！带着这样一个感叹号走出赵桂兰家的那个小院，我们一直无法忘记这位叫"乔加"的老人那些零碎的故事。他从雪山草地走来，却生活得像一团火，一生都燃烧在这个偏远的山沟里,不知道照亮过多少人。今天,老人已经去世几十年,除赵桂兰珍藏着的失散红军证件外,有关老人的信息越来越少,但是我们无法忘记他,也不应该忘记他。

当年流落在达拉沟一带的失散红军还有好几位,他们失散的原因各不相同,但每个人心中都有一个回不去的故乡。李全明说起他父亲的故事,也是满心酸楚。

李全明的父亲叫李加西。这是一位从四川巴中参加红军的战士,在红四方面军担任司号员。1935年9月,走过了雪山草地的李加西在甘南一次战斗中左胳膊和右脚受伤溃烂,再也走不动了,因此流落在达拉沟,后来在茨日那村留了下来。

李加西参加红军离开巴中的时候,并不是一个人,他是跟着父亲和哥哥三个人一起走进这支队伍的。但是,经过雪山草地,走到甘肃南部的迭部县,走进山路艰险的达拉沟时,就只有他一个人了。父子三人只留下他一个人流落到这人生地不熟的藏族村落里。一位藏族老人收养了他,李加西在这里娶妻生子,过上了正常生活,先后养育了4个孩子。

当日子平静下来时,这位少小离家的老人也老了。李全明回忆说,父亲临终前还在念叨自己的亲人。但是,他终生再没有回过四川。也是因为没有路费吗?李全明立即否定这个问题。当时,李加西老人每月可以领取120元补贴。按说,他是有条件重回四川老家的,但他直到走完

这不平凡的一生,也没有回过故乡。李全明记得,说到回故乡,父亲就会问:"回去看谁呢?"

是啊,艰难的革命和无情的时间,带走了太多东西。与那些牺牲在漫漫征途上的烈士相比,失散红军也是幸运的。他们终于看到了革命的胜利,看到了共和国的成立,看到了红旗插遍祖国山河。然而,当这些红军战士在和平的阳光中有了回乡的机会,他们却发现,故乡回不去了!

三、他乡即故乡

今天在红军长征的路途上,有许多红军散落在不同的村落里。长征途中,一些受伤严重和由于各种原因掉队的战士,会被就地安置,他们就有了另一个共同的名字:失散红军。

湘江战役是在广西的全州县、灌阳县和兴安县交界地带打响的。瑶族、侗族、苗族、壮族等不同民族同胞祖居在这连绵的大山里,宽厚善良的少数民族同胞救下了许许多多受伤的红军战士。他们以收养做儿子、招亲做上门女婿等各种民间的办法,收留了这些伤残重病、无亲无故、无依无靠的红军战士。这里至今绵延着无数感人的红军与故乡的往事,这片土地也是许多红军战士一生割舍不下的故乡。

《武汉晚报》记者汤华明曾经多次重走长征路,沿途寻访失散红军的往事。他在桂北的湘江战役战场附近记录了两位红军战士与故乡的感人故事。

一位叫陆绍禄。他原来姓练,叫练大梅。1932 年,年仅 15 岁的练大梅在家乡江西兴国县樟木乡牛岭村,与两个哥哥练大林和练大香一起参加红军,两个哥哥先后在保卫苏区的战斗中牺牲。练大梅 1934 年 7 月告别家乡,跟随红六军团作为先遣队突出赣南苏区。

据说练大梅受伤的日子是 1934 年 9 月 2 日。红六军这天在湘桂交界的宝界岭一带与敌人相遇,遭到两个团伏击。虽然红军在这次战斗中取得了胜利,但练大梅小腿中弹,因伤掉队,一路爬着乞讨,来到一个叫罗塘屯的地方。这是属于广西灌阳县新圩乡共耕村的一个自然屯。

在这里,一个叫陆俊川的老人发现了练大梅,把他接回村子里治伤。这位陆俊川老人没有儿子,他们夫妇就把练大梅收养做儿子,改名陆绍禄。老人对陆绍禄视如己出,还给他张罗了婚事。后来,陆绍禄在这个村子里养育了五个儿女,成为一大家子。

20 世纪 50 年代,陆俊川老人去世了,只留下养母刘七一和孩子们生活。陆绍禄在平静的生活中十分想念家乡。因为地名的变更,他费了好几年功夫才和家乡亲人联系上。1979 年,陆绍禄在离开家乡 45 年之后,第一次带着孩子回到了江西兴国县樟木乡牛岭村。

灌阳是萌渚岭和越城岭之间的山区,当时生活十分艰难。而兴国农民的日子相对要好一些,耕地也多。所以,一回到樟木乡,陆绍禄的儿子就动议迁回老家来生活。陆绍禄的两个哥哥都是烈士,他们的提议得到了县乡支持。他们很快办完兴国接收的手续,回灌阳办理迁出手续。

当所有手续办好,就要告别新圩乡罗塘屯时,陆绍禄突然提出不走了。他问了一个问题:怎么能说走就走呢?一家人走了,奶奶家的亲人谁来管?他说,这里也是家呀!罗塘屯的乡亲都曾帮助过我们,没有他们的帮助,哪能有我们的今天?他们都是我们家的恩人。

这位思念故乡几十年的老红军,对儿辈们说,兴国的牛岭再好,也不能不要罗塘屯!一家人一旦离开了就再没有机会报答乡亲!办好的迁移手续,就这样因为陆绍禄的坚决反对而泡汤了。

他的儿子说,他们兄弟几个人为此都不理解父亲。这样的心结一直到1987年父亲离世前,他们才明白:父亲的命是罗塘屯给的,还有什么比命更重要呢?对于这位从兴国走出来的红军战士而言,他乡早已是故乡!

汤华明讲的另一个故事更曲折,主人公叫刘德标。和陆绍禄一样,刘德标原来也有一个名字,叫张里时。1933年,他从家乡江西于都县葛坳乡窑背村参加红军。第二年秋天就跟随部队踏上了西去的长征之路。他在著名的红三十四师担任通信员。他的后人至今记得,张里时在1934年11月底的湘江战役中受伤。他受伤的地方是广西全州县的两河乡。

张里时生前曾经和家里人说起受伤的记忆。他说,在保护兄弟部队渡湘江的关键时刻,他的腿被子弹击中,子弹好像在腿上爆炸了一样,肉被炸掉一块,血流了一地。通信员和卫生员距离很近,很快有人跑来为他止血、包扎伤口,后来,因为失血过多,他昏倒在猫儿山的一个破庙里。正当他在死亡线上挣扎的时候,一个叫陆世祥的老人发现了他,从此开始了他一段曲折的人生经历。

陆世祥老人先是把他藏在自家牛栏里躲避敌人搜查,接着就收养他当儿子,改名刘德标。他在陆世祥所在的猫儿山生活了五年左右,陆世祥老人和他商量,按照民间的方式将他过继给了灌阳县平田村大背头屯的范玉贤。这样,因湘江战役受伤留下来的刘德标又成了范家的儿子。

无论在哪个家里,年轻的刘德标都很受关照。大约1955年,41岁仍然没有成家的刘德标,经过范家介绍,与一位丧偶妇女结婚。他以入赘的身份,进入到这个新家庭,抚养这位妇女与前夫生养的一儿一女。1956年,他们生下自己的孩子,刘德标坚决让儿子姓范,好让他记住范家的恩情。

刘德标的儿子记得,1972年父亲终于带着儿子辗转回到了故乡于都县。他在故乡见到了自己的三个妹妹和一个弟弟,妹妹、弟弟见到刘德标都哭得非常伤心。1958年,家里领到一张烈士证书,说张里时牺牲在长征路上了,没有料到,十多年之后他又回来了。了解了他们一家在灌阳的艰难生活,刘德标的弟弟提出让哥哥带着一家人迁回老家来。

刘德标知道,于都的土地比灌阳的梯田平整,地亩也多,搬回来自然日子要好过一些。但是,他还是拒绝了故乡人民的好意,没有答应回来。他儿子说,父亲知道他在全州、灌阳三个家庭都有救命恩人,他需要对他们尽赡养之责。

刘德标与故乡的弟弟、妹妹多年保持书信来往,但他再也没有提及迁回故乡的事。1983年,老人刚刚满七十岁,就在距离湘江旧战场不远的灌阳县去世了,把自己永远留在了这片异乡也是故乡的土地上。

每当看到这样一些故事,我就想起一位叫小朋的红军战士写的《离开老家的一天》。他说,长征出发走了两天,他们才意识到真正要离别老家苏区的土地了。小朋在这里表达了他们的愿望:"全国都成为我的老家——苏区,使更多的大众都过着快乐自由的生活……""脑中忽然想着:'我的老家,再会!'并且希望到处成为我的老家。"

红军战士就是抱着这样的决心走向征途的。革命征途不是一支浪漫曲,艰难行进中总有些人会掉队。无论是走完了长征的人,还是没有走完长征的人,他们都难以回到自己的故乡。失散红军是一个独特的群体,他们的人生际遇让我们今天回味起来都有种种说不出来的感受。在思乡这个最富有情感色彩的话题上,失落在不同地方的红军战士也给我们留下了无尽的思索。

对故乡思念不尽,却又有家而不回。这一对矛盾之间蕴含着今天的人们难以完全理解的情感。在残酷的战争中,他们能活下来,是人民保护了他们。人民不惜牺牲自己保护红军,是因为红军是一支为了老百姓的文明之师。红军本色体现在这支队伍所过之处秋毫无犯的严明纪律,也表现在这些失散红军每个个人的具体行动中。长征把他们带到了远离故乡的地方,他们以他乡为故乡,感恩人民,不忘百姓,有家也不回。

四、家在路上

湖南通道县是红军长征转折的地方。我们都知道,湘江战役之后,红军在这里召开了通道会议,采纳了毛泽东转战贵州的建议,从此,红军西进贵州开始了新的征程。这是一个侗族自治县,每一个侗族村寨都有高高的风雨桥和鼓楼。在一个叫流源村的侗族寨子里,我们听说了邱显达的故事。

杨昌彬已经九十多岁了,瘦小的个子,因为佝偻着背,显得更加干瘦。他的家人告诉我们,很多事情他已经记不清了,但是,说到邱显达,他依然能说得清楚。

他记得邱显达是甲戌年冬天来到他家的。当时,家人一开门,发现门口躺着一个人,脚上有伤。家里人赶紧把伤者接到家里,后来才知道他是红军,脚中枪伤,走不了路。善良的杨家人把这位红军战士留在家里,让他养伤。杨昌彬比他小几岁,所以,两个人更说得来。

重走长征路

　　这样的日子过了两个多月,邱显达的伤好些了,他要离开去找部队。他没有什么东西可以表达对这家人的感谢,于是就到山上砍了一些竹篾。他说,在江西老家时就会编篾子。邱显达给杨家编织了两只皮箩,就去追赶部队了。

　　杨昌彬把他送出村口,还走了一截,他们才相互告别。杨昌彬今天还称呼"邱显达哥哥"。后来的岁月里,他们一家人一直在打听邱显达的音信。这两只皮箩也珍藏在杨昌彬家里,直到两年前才被通道县纪念馆作为文物征集去。但是直到今天,杨昌彬也九十多岁了,他始终没有再找到邱显达的消息。

　　流源村是一个不大的村落,杨昌彬家就在村口不远处。从他家出来,站在村口,看着那郁郁葱葱的山林,我的思绪突然有些零乱起来。

　　邱显达离开这个小村庄时,红军已经离开湖南两个多月了。当时信息闭塞,他作为一个普通战士,不可能知道红军的确切去向。站在流源村口,邱显达有一个顺理成章的选择,就是向东,往江西方向走。他跟着队伍走来,路途是熟悉的,而且路的尽头是他的故乡。但是,杨昌彬记得,他的邱显达哥哥坚定地朝西边去追赶队伍了。

　　邱显达的选择,按照我们今天的逻辑来看,多少是不可理解的。难道还有什么地方比故乡更有吸引力?邱显达这个年轻的战士为什么养好了伤、找不到队伍了,还要坚定地去寻找红军队伍?一东一西,是两条不同的道路,难道他不清楚?带着这一连串的问号,我们离开流源村,走了很久,直到有一天听到了同样是红军战士的周友林的故事。

周友林是从福建长汀参加红军的。他是红五军团34师102团战士。1934年11月,他随部队走到道县时,在仙子脚与蒋家岭一带战斗中负伤。他拖着受伤的腿跟着部队继续行进,走到广西灌阳县文市镇的唐家田村,就再也走不动了。他被当地一位老人收养,经过三个多月才养好伤腿。从此,只有16岁的周友林就生活在了唐家田。

唐家田村都姓田,只有周友林一家姓周。新中国成立后,村里知道他是红军,不仅给他落了户籍,土改时还特别分给他一处没收地主的大房子。但是,这位从红军队伍里走出来的战士却选择了祠堂旁边一处简陋的房屋,而且只占一半。这让唐家田全村人都感到意外。

周友林一直到1962年才和外村一位丧偶妇女结婚,他们共同抚养了这位妇女前夫的女儿。在那个艰苦岁月里,他坚持供这位养女读书,一直读到高中。在同龄人中,他的养女是村里唯一一个读过高中的人。

尽管是异地他乡,周友林算是有了一个幸福的人生。但是,他心底却始终留着一个愿望:走完红军长征路。他的养女说,老人多年都保存着许多当红军时的物品:笔、本子和挎包等,每年桃花盛开的时候,周友林总会穿上红军的军装和草鞋,戴着斗笠,不管白天黑夜都要外出行走。

后来,老人和妻子、养女商量,决定去走一次长征路,而且表示一定要走到长征胜利的终点。家里人非常理解老人对长征这份心情,坚决支持他的想法。

重走长征路

那一年,也是春暖花开的时候,70多岁的周友林戴斗笠、穿军装、披蓑衣、蹬草鞋,一副红军战士的打扮就出发了,还随身带着几十年来保管的当红军时的物品。遗憾的是,出门刚刚一个月时间,他就病倒在路上,回家之后,老人再也没有起来。他的养女回忆说,直到去世前,老人还在念叨,一定要走完长征路。

周友林1996年去世。他在广西生活了六十多年,再没有回过福建的故乡。但是,他的心思却一直没有离开长征的漫漫征途。

看到周友林的故事,我又想起了邱显达,想起了赵云彪,想起许多听来的和"看"来的红军故事。他们都是怀着革命理想,怀着建设一个新社会的热情而离开了生养自己的土地。他们跟随革命队伍,走上了那条长长的征途。在艰难的人生中,长征是他们共同的思念、共同的记忆。无论是不是走完了长征路,他们都把自己的故乡抛到了很远很远的地方。在后来的人生中,有的人辗转回到了故乡;有的人已经把养育他们的异乡当作了故乡。对于邱显达、周友林他们而言,我们甚至可以说,长征的漫漫征途,寄托着他们故乡一般的情感和希望。如果说生养自己的土地仅仅是地理的故乡,那么,那个长长的、充满艰难和英勇牺牲的长征就是他们情感的故乡。作为红军中的一兵,这些英勇的战士一生都行走在这情感的故乡。

江西日记

再走长征路能"走"出什么

(2019年6月9日 晴 星期日)

端午节连同双休日可以休假三天,今天是休假最后一天,我却要在假期还没有结束时就赶到江西于都。这次是去参加"再走长征路"采访活动。

我很早就对长征的故事感兴趣,书架上有关长征的书籍大概有十来本。十多年前,有一段时间我非常喜欢看这方面的书,尤其是看了几本当事人的回忆录,还收集了好几张长征路线地图,幻想着自己某一天也有机会到这条艰险的路上去走一走。没有想到,这一天真的来了!

这些日子重新找到好几本关于长征的书,有的是翻一翻,有的是仔细读,心中又被那种英雄主义的热情所感染。出发时,往自己的行囊里放了一本又一本,似乎都想带着去,似乎要去"上学"一般。因为行李箱空间有限,所以挑来拣去,只带了其中的四五本。

重走长征路

今天打车去机场,和司机聊天,便说到了长征,说起要去走长征路,这位朴实的司机问了一句:"今天去走,能走出什么?"这实际上也是我心头的问题,至少在出发的路上,我自己还没有答案。我们一路东拉西扯聊天,快要下车时,我又把问题抛给了他,我说:"到长征路上应该走什么呢?"他回答:"还是民声民愿吧!"这位司机师傅特别强调是"愿望的愿,不是埋怨的怨。"

群众的智慧真是无穷的。"民声民愿",我们所有的报道难道不应该都围绕着这四个字展开吗?

从赣州机场来到于都,天色已经暗了。车走过一座桥,当地人介绍说,桥下就是于都河。两岸灯光闪烁,高高低低勾勒出一种错落的美。于都到了!

长征不是浪漫曲

(2019年6月10日 雨 于都 星期一)

今天,活动组织方请了三个人给我们授课,内容是长征和长征精神。

他们分别是中央党史研究室原副主任石仲泉、解放军作家王树增和我们《经济日报》的原副总编辑罗开富,他们都是"走"过长征路的。

我最熟悉的是罗开富副总编辑,他在长征胜利五十周年的时候,也就是1984年,开始徒步重走长征路,一共走了368天。他按照长征的原来路线,在长征走过的同一时间,用脚重新丈量了一遍这段两万五千里的行程。这不仅在当时引起轰动,而且成为新闻史上重要的一笔,更是《经济日报》的一个壮举。他也因此成为我们后辈学习的榜样。后来,罗开富副总编辑还几次重返长征经过的地方,去看望重走长征路时结识的向导和群众。长征成为他一生放不下的事情。

石仲泉"走"长征路,我是在2006年前后听说的。他当时出版了《长征行》,收录了对长征沿途各个地方和各场重大事件的考证和理解。他还提出要"走走党史",很是新颖。我第一次读这本书,看到了许多自己没有想到的事情,非常新奇。后来,这本书再版,补充增加了许多新内容。这些年,尽管他已是一位八十多岁的老人,但一直没有停下行走的脚步。今天听到他讲课,引发我一些思考。

从事社会科学工作的人们,其实都应该把"走"当作一种重要工作方式。古人就已经体会到"纸上得来终觉浅",所以嘱咐我们说,行万里路,读万卷书。今天要读万卷书,固然需要下苦功夫,依旧是一件不容易的事,但行万里路已经不是什么难事。难的是我们能不能围绕一个主题,或者围绕一个方向,坚持不懈地"走"下去!石仲泉是研究历史的,尚能这样"走"下来,而且走得那么丰富,那么有内容,我们作为新闻记者,更应该多走走。许多社会科学工作者都应该像这样去走!

王树增是一位作家。我读过他的书,但不知道他也

"走"过长征路。今天,他在讲台上神情严肃地告诉我们,也是在三十多年前,就是在罗开富副总编辑"走"长征路的那个年代,他作为一名解放军战士,开始利用各种机会"走"长征路。后来,断断续续地走过四五回,"走"下来的结果就是写了《长征》,已经发行了几百万册。

他毕竟是作家,语言带着文学化的激情,仿佛是宣泄而下,让人们来不及思考就被感染了。我其实这些年已经非常拒绝这种表现形式了,我更喜欢娓娓道来,波澜不惊。我深知,生活和历史更多时候是平静的,只有极端情况下才有那种激情和波涛。但是,我这次还是被他的激情感染了,长征实在是充满了英雄主义的一次远征。

王树增的讲述像抒情散文一般的慷慨。先辈们走过的这条长征路上,充满了太多激动人心的内容。他的话给我力量,也启发我思考。这一堂课,我深深记住了他的两句话:这几年的长征热乃至历史热,都说明我们的青年还保持着探究前辈精神历程认知的渴望,这是一种正能量。我们重走长征路,某种意义上说,就是要去唤起人们探究前辈精神历程的渴望,凝聚和放大这种正能量。历史已经远去,但是,精神力量永存。

王树增还说,长征不是浪漫曲。这是一句很深刻的话。过去很长时间,我们都知道长征是一次艰苦的行军,红军在漫漫征途中吃苦受罪很多。但是,这些年来,尤其是旅游兴起之后,很多人到长征走过的地方来看,看到的其实是壮美的山河,很难感受到当年的艰苦了。于是,"长征热"中充满了某种浪漫的气息,仿佛长征就是一次浪漫的旅行。王树增提醒大家,不要忘记路途上艰苦的生活和惨烈的战斗,我们要赞美祖国的大好河山,但也要体会先辈的战斗艰辛。

无论从那种角度来看,长征都是一次充满精神力量的艰难行军。我们要到长征路上去寻找精神的力量,去体会前辈探求中国道路的顽强和坚韧,而绝不能是感受旅途的浪漫。

长征的"民间故事"

(2019年6月11日 晴 于都 星期二)

今天开始"长征"。在于都河边的长征广场上,举办了一个启动仪式,还在瑞金、长汀、宁化等几个地方设立了分会场。

于都方面尽心尽力地设计各种路线,满足各路记者的采访需求。因为重走长征路的重要报道任务是找故事,而且都是历史故事,于都做了充分准备。尽管如此,我还是希望能到更多地方去走走,甚至幻想"剑走偏锋",能够发现一些新故事。于是,我们选择下乡。于都当年走出去数万名优秀儿女,许多人都成了烈士。他们的故事写在历史中,我想,也一定流传在乡间村落里。所以,参加完各项活动之后,我的心情就是急切地盼望下乡。

重走长征路

下午,我们到了一个叫利村的乡。首先被带着去参观了一个养殖场,这是一个村庄的扶贫项目,见到了乡长,他就是红军后代,爷爷参加了红军,走过了长征。接着我们回到利村,利村的村委会主任是一位年轻人,他爷爷也是参加了长征的红军。我们在他家里看到了一把红军战士用过的梭镖,还见到了他父亲。

老人显然比这位当村委会主任的年轻人更熟悉红军故事。老人介绍,他父亲是在长征路上受伤之后回来的,具体受伤的地点应该在江西信丰或者湖南一带,路程不远。因为他受伤之后,是走着回来的。回到于都,又在部队的医院住了一些日子。

村主任的父亲名字叫"扬辉",他自己解释说,原来不叫这个名字,自己小时候改的,就是表示要发扬红军的光辉。他小时候在人民公社的大集体里看到父亲受到格外的尊重,于是,更加敬仰红军,就给自己改成了这样一个名字。红军的故事确实是深入人心。

中午利用吃饭的间隙,我们还采访了一位老红军的后代,是一位已经退休的县领导。他父亲竟然是聂荣臻元帅的警卫员。他整理了老父亲的几件长征往事,包括聂荣臻用银元为他疗伤,脱下大衣帮他爬雪山,用马驮着他过草地,等等。发生在一位警卫员小战士与军队领导之间的故事,虽然是点点滴滴,但都很有意思,充满了教育意义。这位退休干部还带来了他珍藏的那块给父亲疗伤的银元。

于都人民为革命真是做出了太多贡献!虽然只有半

天时间,我们还是采访到很多个故事。红军在于都留下了太多故事,这些"民间故事"随着时间推移,也许都将"闻所未闻",但每个故事都让我们感慨万千。

寻访洪超旧事
(2019 年 6 月 12 日 大雨 信丰 星期三)

今天一早就告别于都,往信丰方向走。

信丰是赣州的一个县。红军长征出发之后,先路过赣县,然后就向西南方向的南雄进发了。这次接受了重走长征路的任务,我首先想到这个地方,因为洪超。

洪超是红军在长征路上牺牲的第一位师长,最近我才知道,他是湖北黄梅人。因为我 2013 年曾经在这个长江边上的县里挂职工作过一年,所以,对这位将军也多了一份亲切。但是,在黄梅那一年,我曾经到乡下走访过很多地方,人们纪念宛希先等先烈,却从来没有听说过洪超的往事。后来我才明白,洪超将军在黄梅的后人,也是几十年后才听说将军埋葬在信丰。

我最早听说这位将军大概是在 2006 年前后。那时,我读了许多本长征的书,在石仲泉的书中第一次看到这个名字。石仲泉记载,彭德怀元帅在临终前夕,还对他身边的人说,不要忘记洪超,他是长征路上牺牲的第一位师长。后来,我在多个地方看到过洪超的名字和故事。这些年,随着媒体传播广度的加大,关于他的故事也多了起来,但我并不知道他牺牲的确切地方。

这次重走长征路,我出发前的准备是匆忙的,但还是查找了一些资料,其中就有关于洪超的。经过小一番周折,终于找到了他牺牲的村庄,是一个叫作百石村的地方,也有写作白石或者百石圩的。来信丰之前,我当然地把这个地方列入我们的采访地。

我们在大雨中到达信丰,放下行李便立即朝百石村出发。今天,这里是属于信丰县新田镇的一个村,路上需要走一个多小时。县党史办主任与我们同行,这位先生长我四岁,在县党史部门已经工作了三十多年,他对洪超的历史非常熟悉。

说起来,洪超是一位孤独的将军。尽管彭德怀元帅对他念念不忘,但是,从1934年牺牲到1999年,漫长的六十多年里,其实没有多少人知道他。庆幸的是,他的"兵"并没有忘记他。据党史办这位叫做庄春贤的主任介绍,1999年,曾经担任军委副主席的张震将军卸任后专门来到信丰,召开党史和军史座谈会。他在即将散会的时候,提出希望去给自己的师长洪超将军上个坟。那时,洪超的墓在哪里,当地并不明确,而且百石村还不通路。

张震将军遗憾地走了,但是给党史部门留下一个沉甸甸的任务。于是,他们花费了一些时间来寻找洪超墓。费了一番功夫,才在百石村后一个小山坡上找到了掩埋将军的那个小土堆。此后,石仲泉曾经到这里来考察。然后,就不断有人来找寻了。其中,张爱萍上将的女儿2005年的到来,彻底改变了这座孤坟的样貌。她看到那一个可怜的土堆,提出要自己出钱把坟头整修一下。长征出发时,张爱萍也是洪超将军的士兵,对老师长念念不忘。这样,坟头才算立起来了,而且张震将军题写了碑文。从那个时候开始,洪超又回到了人们的视野中。

我们踏着雨后湿滑的台阶走到洪超墓前,这里已经是一个很规整且宽敞的纪念场地了。坟墓不远处就是当年战争留下的战壕,据说山顶还有指挥战争的碉堡。但是,雨后路滑,都是土坡,我们没有能够上去。在村里吃了午饭,也了解了一些洪超牺牲的往事。他是1934年10月21日牺牲的,红军离开于都长征刚刚六天。在这里指挥战斗牺牲之后,被村里人草草掩埋,主持事情的人姓陈。红军为了感谢他帮忙,送给他一件军大衣。红军过后,小村孤坟,默默一个甲子,他的士兵来寻访,人们才重新想起了洪超这个名字。

2006年,洪超牺牲已经72年了,有关这个坟墓的消息经过中央电视台报道,黄梅县下新镇老家的亲人才知道了他牺牲的确切地址,才找到这里来向他祭拜。这时,他所有的直系亲人大概都已经故去了,能赶来的只有他的晚辈甚至晚辈的晚辈!

下午,我们从新田出来,访问了古陂。陆定一曾经有诗句"古陂新田打胜仗",说的是红军突破第一道封锁线的情况。古陂正遇大水,看到抗洪的乡村干部,真是旱也不

易,捞也不易啊!好在现在基础设施有了很大改善,房屋没有倒塌,人员没有伤亡。

油山补课

(2019年6月13日 阴 信丰 星期四)

我过去从来没有听说过油山这个地名。这是江西信丰县一处崇山密林,属于大庾岭。

1934年红军长征出发之后,陈毅和项英带着留守红军开始了南方游击战争,写下了《梅岭三章》等著名诗篇。其实,他们的生活是非常艰难的。油山就是他们打游击的地方。

陈毅是在瑞金、赣县一带几次突围失败之后,被信丰的一位老红军战士也是他的老部下带上油山的。在这里他经历了九死一生。

我们参观了一个明代古塔,叫明乐塔。这座塔当年是南方红军藏机密文件的地方。这里也发生过许多红军故事。一位叫朱乙妹的妇女,去菜地干活,看到敌人进村准备搜山。她知道红军正在村里筹集粮食,来不及通风报信,她便大喊"白狗子来了,白狗子来了!"红军听到喊声,立即转移,而敌人则把村里人集中起来,要查出是谁给红军报信的。敌人揪出一位老人开始暴打,这位叫朱乙妹的妇女,当时只有四十岁,勇敢地站出来承认是自己给红军报信的。她把背上背着的孩子交给婆婆,据说还磕了个头,告诉婆婆自己无法养大孩子了。然后,勇敢地走向被集中起来的村里人前面。敌人当场就把她枪杀了!

这样的故事确实令人感慨,而在油山这也不是"孤例"。我们在油山的老屋下村,参观了陈毅疗伤的地方。他受伤之后,晕倒在村后一片竹林中,被上山砍柴的李桂花发现,收留他在家中阁楼上养伤。也是在敌人搜山的时候,眼看要搜到李桂花家的阁楼,这位沉着的妇女摔掉一个钵,然后狠狠地掐身边的孩子,孩子大哭,惊扰了敌人。敌人以为是游击队来了,于是离开。她就这样机智地救了陈毅。

如果没有群众的支持,而且是竭尽全力、不怕牺牲的支持,红军是走不出于都的,更不可能走到西北。血肉联系、鱼水情深等这些词并不是简单的比喻,它其实道出了一种历史的必然选择。

战争年代,群众的诉求是单一的,只要不被伤害、不被侵犯就好;部队的诉求也是单一的,只要打胜仗就好。而今天,我们要面对的是群众的不同诉求,甚至不同群众都有不同诉求;我们党虽然是代表群众根本利益的,但也面临不同利益诉求选择的交织,处理起来就不是简单地扫地、担水、秋毫无犯可以解决的,需要创新处理群众关系的方式方法。

油山下来,感到心中沉甸甸的。

重走长征路

粤北日记

看到一首红军的歌

（2020年1月17日 多云 星期五）

粤北是红军长征走过的一个"边"。红军从江西赣南苏区出发之后，沿着粤赣边境向西。所以，韶关北边的南雄、仁化、乐昌几个地方，就是红军走过的地域。

这里的天气也是湿冷的。虽然没有下雨，天气预报中气温还比较高，但身体的感觉已经有些寒冷了。我们走访了乌迳镇新田村和油山镇上朔村。红军在这一带留下很多足迹。20世纪20年代，中央苏区在赣南建立。这里是苏区与广东交界的地方。再早的时候，中国共产党创立初期就曾经发动过广州起义。红色基因在那个时候就开始在这一带生根，因此，我们在粤北的村庄里仍然看到许多红色遗迹。

有趣的是，这里的地名与一山之隔的赣南有很多重复，以至于我们常常需要留意区别。比如我们今天走访的新田村,江西信丰县就有一个新田镇;这里有一个油山镇,而信丰那边红军当年留下来打游击的地方也叫油山。有一首著名的诗写道"古陂新田打胜仗",信丰人们说,这指的是红军在信丰新田镇穿越第一道封锁线时打的那一仗。而粤北也有同志说,当年红军在赣粤边境交界的新田村附近打过胜仗,诗句说的是这里的新田打胜仗。

我们今天走访新田村,还真看到了红军遗迹。那是一首写在墙上的歌,还有一句标语。标语的内容是"烧掉田契借据"。那是用白色石灰写的字,最后两个字已经开始脱落。尽管今天只能看到这一段标语,但也可以让我们想见当年红军走过时,在这个小村庄宣传革命的浓浓氛围。

一首歌写在一家祠堂的墙上。据说,当年红军战士曾在这家祠堂里住过。歌的名字叫作《当红军歌》。歌词是这样的:

当兵就要当红军,处处工农来欢迎,官长士兵都一样,没有谁来压迫人。

当兵就要当红军,帮助工农打敌人,买办豪绅和地主,杀他一个不留情。

当兵就要当红军,退伍下来不愁贫,会做工的有工做,会做田的有田耕。

当兵就要当红军,冲锋陷阵杀敌人,消灭军阀和地主,民族革命快完成。

消灭军阀和地主,民族革命快完成。

这首歌后来传唱很久,在长征路上有过广泛流传。但是,它的"根"竟然就在这里。一首简洁的歌曲,唱出了红军的官兵关系,唱出了红军的使命,也唱出了当兵的出路,今天读来依然觉得十分通俗易懂。红军进行宣传的传统多好啊!

这几年,人们更加重视对红军和长征的宣传。在上朔村,就留下一条红军小路。我们沿着这曲里拐弯的路走了一圈,来回不到一公里。小路穿行在村庄的旧居中间,各种标识说明红军曾经从这里走过。历史资料可以证明,红军确实从这个小村庄走过,但是不是走了这条路,就难以确证了。不过,让人们重新走走这条小路,也是一种独特的体验。

尽管这条小路是曲折的,但是同红军离开这里之后的长征相比,和后面那些高山峻岭相比,这条路实在是太好走了。

走到了城口

(2020 年 1 月 18 日 阴有小雨 星期六)

城口是红军长征走出苏区之后经过的一个重要地方。今天,这里属于广东仁化县。这是粤北通向湖南和江西的一个重要隘口。1934 年深秋,刚刚开始长征的中央红军在这里进行了一场战斗,冲破敌人的又一道封锁线。在很多有关长征的回忆文章中,都有关于城口的记忆。今天,长征粤北纪念馆就建在城口这个小镇上。

今天早上到仁化,我就有些急不可耐地想到城口看看。和县里同志进行了一番座谈,我们决定到城口再吃午饭。几乎是马不停蹄奔向城口而来。正是春节回乡时节,公路上形成截然不同的两种景象:北上的一侧车辆拥堵,而南下的那一边则空空荡荡。我们走了一个多小时的路程,就到城口了。

城口在红军长征过粤北这一段,有着独特的地位,当地人也格外珍视这段红色历史。我们看到,城口专门把沿河的一条街道修缮布置,叫做红军街。而长征过粤北纪念馆就在河对岸,远远可以望见。我们从红军街走过,向纪念馆走去。冬日的粤北,还可以看到居民家门前盛开的鲜花。这些在北方看不到的花,给这静谧而安详的小镇增添了许多节日气氛,也让这整洁的街道显得更加美丽。

1934年的城口,应该没有今天这样的一份美丽。当年,城口是敌人阻击红军西进的一个重要关口,是敌人"围剿"红军第二道封锁线南端的中心据点。据说,那时仅仁化县内就有26座碉堡。敌人想把红军堵在外边,红军一定要突破城口继续战略转移。这样的"胶着"状态,没有想到却在红军的一次"智取"中结束了。

红军长征到达城口的时间是1934年11月2日。负责攻占城口的部队是红一军团第二师第六团。当晚,担任主攻任务的第一营经过急行军赶到城口。他们潜伏到距水东桥头近百米的地方时,被敌人发现。营长曾保棠带着几个人立即大摇大摆过桥。当敌人的哨兵喝令时,曾保棠回答"自己人",然后阔步过桥,迅速扑向几个哨兵,就进了城。

红军进城之后,割断电话线,包围了敌军连部、公安分局等要害驻地,展开政治攻势。敌人看到已经被包围,纷纷举手投降。城口很快就被占领了。这是长征出发以来打的一个胜仗,给许多红军战士都留下了深刻印象。多年以后,聂荣臻元帅在他的回忆录中还专门记录了这个城口之战。

来城口的路上,我们路过铜鼓岭战役纪念园。这是在公路边一侧依山而建的一个纪念园,园内有烈士纪念碑,还有一篇长长的《红军长征过粤北赋》。一个时期"赋"这种文体盛行,但为红军长征路过写"赋"这种情况,大概也是不多的。

其实,城口之战在铜鼓岭战役前面。1934年11月2日晚红军进占城口。铜鼓岭在城口到仁化的路上,是一个要冲隘口。进攻这个要冲的是红一军团第二师第六团一部。11月4日中午,红二师遭到敌人独立警卫旅第三团袭击,敌人居高临下,红军伤亡很大。后来,红军与敌人展开白刃格斗,敌人伤亡80多人,士气大降,固守在铜鼓岭顶阵地。11月5日,双方继续激战。战至午后,完成了阻击任务的红军一边警戒,一边悄悄向北方转移。这一仗,历时两昼夜,红军伤亡140多人。这个牺牲换来了掩护红军主力安全通过城口。

《红军长征过粤北赋》里写到铜鼓岭战役,有这么几句:

铜鼓岭之遇敌兮,枪声密而风狂。接短兵之白刃兮,洒碧血之山林。呼声起兮云飞扬,日昏沉兮暮以降。晨至夕兮草木腥,彼胆寒兮气憬憬。战翌日兮山火生,身既死兮化鬼雄。哀如山兮石如铅,千秋传兮旧战场。

拾级而上,站在高高的纪念碑前,默默诵读这几行诗句,仿佛耳边又能听到枪声,郁郁葱葱的山林间,似乎依然埋伏着先辈们英勇的身影。转身回望,公路在纪念园前面通过,车辆川流不息。在这繁荣而宁静的生活中怀想过去的战斗,确实是一种不一样的感受。

夜宿九峰山

(2020年1月19日 阴有小雨 星期日)

在天黑之前,我们终于赶到了九峰山。

中午告别仁化,我们一路向西,到乐昌市已经是下午三四点了。和市里同志座谈了一个多小时,晚上计划住到九峰山。从市里出来,天色已晚。看到路边有农民卖荸荠,这种食物我曾经吃过一些,但看到农民那么一堆一堆地卖还是第一次。汽车很快就开始走向山里。

九峰九峰,顾名思义就是山啊。这里的山也确实是够大的。汽车沿着盘山公路,左一拐右一弯,上一座山又下一座山,似乎走在大西南的山里。走着走着,天色就暗了下来,还飘起零星雨滴。汽车在一个很窄的街道上走过,又拐了一个弯,才停下来。这就到了九峰。

我对九峰的认识要比乐昌更早,尽管九峰仅仅是乐昌市的一个镇。最早看到九峰,是在聂荣臻元帅的回忆录里。他说,"为了部署突破敌人第三道封锁线,发生了长征路上的第一次争吵"。"争吵"的原因就是这个九峰山。当时,红一军团领受的任务是派一支部队占领九峰山,掩护中央纵队从九峰山以北到五指峰之间安全通过。但是,林彪则主张不占领九峰山,企图走平原一下子穿过乐昌。他和林彪争执的时候,参谋长派了一个连去侦察。结果发现敌人已经出现在乐昌街道上。这样,他们派二师四团昼夜直奔九峰山,抢先占领阵地,保证了左翼安全。

九峰山原来是由九个山头组成的。九个大小不一的山头,在这里错落排列,形成一道独特的地形。今晚,我们就住在这山岭之间。镇党委宣传委员是一位五十多岁的老同志。因为喜欢骑行,这位老同志去过很多个长征经过的地方。他告诉我们,红军长征路过九峰山的时候,战士们准备了很多稻草,每个人还带了口粮。有一些伤病员就留在了这里,好几个村庄都有牺牲的红军战士。虽然几十年过去了,但是,九峰镇的老百姓对红军的感情依然不减,每年都有人去祭奠红军战士的坟墓。

冬日的九峰山,天气湿冷。我们住宿的这个旅馆,是一户农民开设的,只有空调,没有暖气。这个夜晚过得有些难受。我的心里一直想着红军当年走过的地方,想着红军战士在这狭窄的山峰间穿梭的艰辛,想着明天去村里走访的情景,想着想着,不知道什么时候就睡着了。

踏访一位见过红军战士的人
(2020年1月20日 多云间晴天 星期一)

早晨起得很早,天刚刚亮,我们就起床到街上来了。

所谓街,其实就是窄窄的过街公路。路两边的店铺都开门了,临近年关,挂满了红红绿绿的对联、挂历、灯笼和年画,也有各种水果和点心小吃。这时,我才有机会仔细端详这个小镇。

九峰镇作为乐昌市北部的一个镇,从街道上看去确实不大。街道两边排满了店铺,店铺和住户混杂在一起。因为地势所限,街道很窄,地形也不太平整。镇党委的宣传委员一早赶过来,陪我们吃早饭。我们就在街边的一个小饭店坐下来,要了两碗馄饨。饭铺里坐满了人,都是来赶集备年货的。饭铺的锅灶朝向街边,小屋里升腾着饭菜的气息,我仿佛回到了读中学时的街头。

吃过早饭,我们赶了一个多小时的路,到了浆源村。镇里的宣传委员非常熟悉情况,我们的车从村里穿过,一

重走长征路

直走到村后的山坡上。车停下来，遇到两位农民，正拿着镢头在铲除路边的草。他们说，春节会有人来这里参观祭奠，他们要把路修得更好一些。红军坟就在不远处。我们沿着他们指引的方向，又走了几百米才看见三座坟和一座纪念碑。

据说，这三位红军战士是在长征经过浆源村时因为受伤留下来的。红军大部队走后，当地伪乡长带人上山搜查，村里人为了保护他们，就把他们送到村外一排牛棚里藏起来。

至今，人们都不知道他们叫什么名字，是哪里人。在烈士纪念碑上只看到这样一段内容残缺的碑文：

一九三四年十一月十三日，中国工农红军部队十八名伤病战士途经五山镇石下村时，被当地保安搜捕杀害。红军战士邓××、莫××、赖××到达九峰镇浆源村大王山组时，因伤势严重，不能行走，被地主恶霸黎元勋（当时的乡长）指派团丁活埋。英烈们为中华民族的解放事业献出了自己的宝贵生命。

刘应吉大概是浆源村年龄最大的人。他生于1921年3月14日。红军长征走过的时候，他是十多岁的小孩。从红军墓地回来，我们直接到刘应吉老人家里来采访。老人还住在一个传统院落里，房间虽然有些暗，但收拾得还算整洁。即将百岁的老人，耳朵有些背，也不会说普通话，但神志清醒，许多事情都记得。我们借当地人的"翻译"，也依靠纸笔，请他讲述了对红军的记忆。

他清晰地说出红军路过浆源村的日期是1934年的农历十月初一。那时，他常常跟着父亲刘天昌上山，红军过来时，他们在山上看到了这支队伍。他说，红军是从江西走武山过来的。在他十多岁的记忆中，"来了好多好多人"，每个人肩上都带一个布袋子，装了干粮。他们带着背包，有些红军战士带着油布伞和斗笠。老人说，红军战士当年脚上穿着布鞋，打了绑腿，但绑腿外边绑着草鞋。他特别告诉我们，草鞋是用布缠绑在腿上的。当年，没有路，红军战士从北乡过来，走的是山路，那是一条只有巴掌宽的路。

刘应吉老人对村后坟里安葬的三位红军烈士记忆清晰。他说，红军大部队走了之后，这三位战士受了重伤，走不了路，只好留在村里。当时，村民为了躲避敌人的搜查，把他们安顿在村后一处牛棚里。因为自己还是小孩，父母就让他偷偷给红军战士送饭。他记得去送过水，也送过粥。当年，刘应吉是13岁。他说，"我看着他们很痛苦"。

后来，敌人派人上来，把这三位红军战士活埋了。村里人悄悄地在埋葬的地方放了一块石头，做了一个记号。一直到1949年新中国成立，人们才给三位红军烈士立了碑。"他们家是哪里的，还有没有亲戚和熟人，都不晓得"，老人说。

历史是无情的，时间带走了很多记忆。我们一路重走长征路,寻访到的长征见证人已经很少很少了。尽管老人对红军的记忆是残缺破碎的,但这样的见证人也十分宝贵。告别这位老人时,他一定要和我们照一张相。于是,我们在老人家门口与老人合影。

从浆源村出来,我们到了茶寮村。这也是一个四周是山的小村庄。村里人指给我们看远处的山头,那就是当年茶寮阻击战的战场。红军就是在那几个山头上阻击敌人,保证了大部队从北边安全通过的。我又想起了聂荣臻元帅的回忆。多么惊险的九峰山啊!

午饭后,我们又走访上廊村。这是九峰镇另外一个方向的村庄。沿途看到路标是通往宜章、蓝田,还有汝城的,这都是湖南的地名,也是我在红军长征的诸多文字中时常看到的地名。站在广东的地界,看着湖南的名字,遥想着长征的漫漫征途。1934年的那个深秋,红军就是沿着这条路,一路西去了!

湖南日记

走到汝城看"半条被子"
（2019年6月14日 晴 湖南汝城 星期五）

湖南汝城这几年以"半条被子"而闻名。

这个故事是《经济日报》记者罗开富发现的。1984年,他徒步重走长征路时,在汝城县文明乡沙洲村看到一位名叫徐解秀的老太太。老太太听说他是采访红军的,就问他能不能见到红军。得到肯定答复之后,老太太说出了她的心愿:希望找到三位红军战士。五十年前,有三位红军女战士留宿她家。住了五六天,要出发的时候,女战士看到老人家里困难,就把一条被子留下。在推搡之间,一位女红军战士用剪刀剪下半条被子,留给了徐解秀大娘。老人说了这样一番话:"天底下哪有这样的好人啊!自己有一条被子,也要剪一半给老百姓,这就是共产党。"

我们还没有进入沙洲村,在高速公路上就看到"半条被子故事发生地""半条被子 温暖中国"等标语。这几年,这里建立了纪念馆,竖立了雕像,沙洲成为一个有名的教育基地。我们到来时,看到好几辆大巴车,拉着青年学生。他们排起一列列长队走进场馆,听解说员讲解。

展馆是两层,从汝城县的党史讲起,讲到第二层就有"半条被子"的故事。这里以声光电和电影等形式在强化着故事的精神内涵。记者罗开富和《经济日报》的故事放在了一个展柜里。距此不远,还连续展出了好几个有关红军的故事。有趣的是,徐解秀老人的曾孙女现在是展馆的解说员,我们一路听着她的讲解。间隙,也请她讲了自己的故事。

徐解秀住过的房子在村子后面,是几间富有地方特色的民居。她的儿子朱中雄将近八十岁,每天都到老房子里来,看着人们来来往往。老人一脸慈祥,透出瑶族百姓那种宽厚和淳朴。八十多年之后,长征沿途有许多个故居和纪念地,而徐解秀老人家的这个房子可能是唯一的一处有关普通红军战士的故地。我走进那个房子里,感到有一种别样的意义。

在这个村里,我想到更多的是一个"走"字。罗开富是用双脚重走长征路的,也是走到这个村里时,"发现"了这个动人故事。后来,他不仅到处讲这件事情,而且在1991年把几床被子送到徐解秀老人家里来。当地人告诉我们,他迄今为止已经来过八次沙洲村。某种程度上可以说,这个故事改变了沙洲村。村里今年修了好几座桥,有一座桥叫望红桥,还有一座桥就叫罗开富桥。

前些年人们喜欢问的一个问题是：一个记者能走多远？这好像是从报告文学中"抄"来的一个问题。20世纪80年代，记不得是哪位作家写过一篇关于李四光的报告文学，题目好像就是《一个人能走多远》。罗开富真正走完了两万五千里长征路。

喜欢行走的人，大概石仲泉也可以算一个。他退休之后提出"走走党史"，到党史上重大事件和重要战争的发生地去走走，并且写了《长征行》。我对他这种行走方式一开始就很有兴趣。但是，他毕竟是一个历史学者，他所能走的或者说着力去做的是考证和考察。后来还有许多红军将领的后代成群结队地行走在长征路上，行走在革命老区。他们的行走，某种程度上是一种情感补给，是一种怀旧。

对社会科学工作者而言，行走是非常必要的，甚至应该成为开展工作的原则。但是，如何行走却同样值得思考。我听说罗开富曾经八次到这个村里来，情不自禁地又想起了费孝通，想起了江村。一个人对某个地方产生感情之后，一次次回访是一种常情。但是，作为一个社科工作者究竟应该如何回访？回访什么？和其他人相比，费老对江村的回访，始终保持了一种社会学研究的视角。因为有过二十多次的回访，其中必然包含了情感的慰藉，甚至是办一些事情的回馈。但是，更难能可贵的是，费老每次回访几乎都有社会学的收获，江村在他的眼中始终是鲜活的，是一个鲜活的认识对象，而不仅仅是情感的寄托。所以,他的三访江村、九访江村都写出了名篇,提出了一些新鲜观点。

在比较中,也许能够获得一些启示。行走是我们的原则,但是要带着思考行走,而且要始终保持学者的新鲜感和敏锐性,重新回到我们熟悉的现场。重访是一个行走的重要方面,但重访并不是感情慰藉,也不是故地访旧,而是要以时间为坐标来重新思考自己过去思考过的问题。

我这样理解,不知道算不算在沙洲村的一点收获?

无目的采访

(2019年6月15日 晴 宁远 星期六)

如果没有在于都碰上罗开富副总编辑,如果不是重读了他当年重走长征路的著作,我不知道自己会不会到宁远来。

宁远在长征途中好像没有发生什么重要事件。在于都的时候,翻阅罗副总编辑的书和石仲泉的书,突然看到了宁远。宁远虽然是长征路过的地方,但是,它是长征路上安岗总编辑第一次看望罗开富的地方。罗开富副总编辑1984年10月出发,在长征路上走了368天,安岗总编辑到路上去看望了他五次。第一次,就在罗副总编辑走出于都不久,刚刚进入湖南的这个宁远县。

我对安岗的名字,很早就知道了。这是八路军时代的一位报人,一生都为报纸和新闻事业而奋斗。他是《经济日报》的主要创办人,也是《经济日报》第一任总编辑,对《经济日报》的发展做出了很大贡献,是直接支持和指挥罗开富重走长征路的领导。罗开富副总编辑多次说过,没有安岗就没有他重走长征路的壮举。六十六岁的年龄,他还五次跑到长征路上去看望行走中的罗开富,实在令人感动。

这都是我心中的故事了。昨天下午,看过沙洲村之后,我们又在汝城县采访了延寿镇。看完延寿阻击战和青石寨的战场,我们就向宁远进发了。大概走了两个多小时,六点左右到了宁远。和汝城相比,这个县城的管理确实有些乱。

我几乎是硬着头皮开始了今天的采访。我们先去了一个叫包家的村庄,全村人都姓包。红军当年曾经在包家祠堂留宿,还写下很多标语。我们被带去参观那些标语,是在一座散发着秸秆腐烂气味的老房子里,前面的墙体已经倒塌。那些写在墙上的标语,有的已经斑驳,有的则笔迹如新。同行一位当过教师的人说,他们20世纪70年代曾经按照笔画描画过。可见,这些东西也都不是红军那时的"旧物"了。

从包家出来,我们被带到一个叫下灌的村庄。村支书说出了村庄确切的建制年代,公元449年。村里一万一千人,98%都姓李,祠堂还有七个,以前有十三四个之多。他们的祖先从甘肃临洮奉命讨伐南部少数民族,所以来到这里。村里还有家谱,村支书的名字排列起来是第六十五代。千百年来,这个村竟然出过两个状元、二十八个进士,还出过三位将军,其中两位是国民党军队的。

老支书当了六十年村干部,对村庄的历史和自己的家族又十分熟悉,给我们介绍了很多历史知识和干部心得。结束座谈之后,我们在这个巨大的村子里走了一个小圈子,然后,就回县城了。

其实他们记不得安岗,更不知道罗开富重走长征路。看着一路上的青山绿水,我想象不出安岗总编辑为什么选择到这里来看望罗开富。回到县城已是午后一点钟,我们又在住宿的宾馆吃了午饭,就向道县出发了。

回想起来,到宁远这里来绕一圈,实在有些浪费。我选择这个地方的时候,就没有找到"新闻标准"。我总想是否可以找到长征以外的题目,这个问题从于都出发的时候就存在了,但走了一半也没有想出个名堂来。曾经想过要围绕脱贫和增加收入问题,调研沿途的农户,以随机形式采访;曾经想过围绕乡村振兴,了解长征路上不同地方的特点;曾经想去不同的县域了解他们对脱贫的体会,但是,都没有想清楚。

因为目标不明确,去的地方也就非常随意。这个地方本来仅仅是红军匆匆走过的地域,没有太多红军故事,我们又找不到新的题目。这一个半天就"浪费"了!由此想到,采访还是要有明确目的,最好自己能围绕这个目的画好地图,设计出一条路线。这样,我们的行动才能掌握主动,也才更有效果。

空树岩往事

(2019 年 6 月 16 日 阴 道县 星期日)

我来到道县才知道有一个叫空树岩的山村。

15 日下午,我们到达道县时间尚早,才刚刚两点。在住处安排停当,宣传部联系的同志还没有到。我在房间里看了道县的地图,又找了陈树湘牺牲的地方,就想着自己出去看看陈树湘的墓地。正在这个时候,道县宣传部那位姓周的副部长来找我们了。

我记不得是什么时候听说了陈树湘的故事,但很多年来他确实一直记在我心里。我记住的是他所率领的红五军团三十四师全军覆没,还有他本人在被俘路上扯断肠子牺牲的壮烈。我知道他是湘江战役之后,指挥后卫部队与敌人发生激战的,但并不知道湘江是在广西,而且他自己受伤之后牺牲的地方是湖南道县。这次重走长征路,听说道县有他的坟墓,我当即决定要去看看。

这位姓周的宣传部副部长已经成为"长征通"。他不仅走访本县范围的知情人,还到附近的江西、广西甚至贵州等地,联系相关部门,查阅了当地的档案资料。在这个基础上,他梳理出陈树湘牺牲前在道县走过的十三个村庄,还有陈树湘居住过的地方。他一一道来,我听到了空

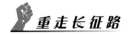

树岩这个村子。

15日下午,周部长给我们介绍了十三个地方之后,带着我们参观了刚刚建成的陈树湘烈士事迹陈列馆。这是用了两三个月时间建设起来的一个新馆。馆内的资料,关于陈树湘的其实并不多,依然沿用了那种粗线条勾勒史实的办法。

晚上确定第二天行程的时候,周部长介绍了陈树湘将军躲藏、被俘和牺牲的三个地点,然后就说到了空树岩村。那三个地方已经整理开发出来了,以供人们参观和纪念。他一口气介绍完十三个点,给了我们两个选择:去这十三个点参观,或者去空树岩,而空树岩是一个他自己也没有去过的地方。我当即选择了去空树岩。

今天一早,我五点多就出门,去道县城外看了红军渡口和红军墙。红军墙上写了一行标语,据说,是三个小红军战士写的,其中的一个写完标语就被远处打来的子弹击中了。这个故事我是在罗开富副总编辑的书里看到的。今天,墙也从潇水河的那边移到了城外一侧。没有想到的是,道县的古城门还在,是一座石拱城门,墙上长了斑驳的青苔。当年,红军就从那样一个渡口,沿着几座浮桥进入了道县。因为涨水,浮桥被撤了,我没有能看见。

早饭后,我们就往空树岩去了。空树岩是属于寿雁镇的一个村庄,所以,我们先到了寿雁镇。其实,村里的人口已经很少。村支书也住在寿雁镇上,村里有二十多户都住在寿雁镇的一排房子里。所以,寻访就从寿雁镇开始了。

在这里听了一位老人的诉说,找到了一位对村里掌故颇为熟悉的人。从他们的讲述中,我们知道了三个红军的故事,其中一个叫兰老二。

没有人记得兰老二叫什么名字,村里人习惯性地称他兰老二。这个人的一生真是令人叹息。我们从不同的讲述中大致勾勒出这位红军战士的人生轨迹。湘江血战之后,有受伤的战士从广西越过大山,来到空树岩村后的山上。大概是四个人相伴而行,好几天都没有找到吃的。在山上遇到空树岩种地的农民,农民把带来的干粮给他们吃了。这样,几个战士才下山来到空树岩,在老百姓家里落脚养伤。

四个人的命运各不相同。一个叫兰金铺,一个叫童旺武,他们两人几年之后长大,被村里人牵线,到附近的广西一个村庄成家过日子。还有一个叫冬狗,显然是一个乳名。这位红军战士养好了伤之后,就回江西老家了。而兰老二留在了村里。大概是四五年之后,有人记得是1938年,他和村里人去地里栽红薯,回来路上突然遇到山洪暴发,同行的两位妇女走不快,他便站在水里推他们上岸。两位妇女上岸了,他自己却被洪水冲走了。村里人找了很久,从十多里外找到他的遗体,抬回来安葬在他生活的自然村落易家对面。

现在的村里人都知道"红军祖",就是兰老二的墓地。但是,易家已经没有人居住了,原来的窝棚早已看不出踪影,一片密林中,枯叶遍地,还能看出一处荒丘,那就是兰老二的归宿了。我们走了两个多小时的路，才找到空树岩。这是深山沟里的一个小山村。原来上上下下有七个自然村落，现在就剩下一处了。房子趴在山坡上，被茂密的林木遮掩，从下面往上看，几乎看不到全貌。走到坡上，才能看到那些用杉木搭盖起来的房屋。村支书一直强调村里还有六十多户人家的户口，但我们看到的房屋，加起来不够十户。四位失散红军战士，住过三座房子，除了一座已经拆除，其余两座房子还竖立在那里，但已经是墙倒屋斜，怕也支撑不了多少时日了。

望着四周密不透风的大山，我就想，当年这几位红军战士流落这里，他们该有多么无奈啊！可能一生都再也走不出去了。故乡、战友、革命，都成了遥远的往事！真是无法想象他们的情感和思绪。在村里吃了午饭，我们便去寻找兰老二的墓地。

费了一番周折，才走到河边。这几天涨水，沟里这条叫作陡矿河的小河水流湍急。要到对岸去，只能涉水过河。周部长和村支书挂了一根棍子，脱鞋光脚就过去了。他们在林子里走了一圈，才找到兰老二的坟墓。可惜的是，至今不知道兰老二的籍贯，更不知道他叫什么名字。

回来的路上，我心头突然涌起一个问号：兰老二，你的家在哪里？想着想着，竟有几分伤感。我真应该写这样一篇文章，算作我们的"长征故事"。

下午，告别道县，赶赴下一个采访点江华瑶族自治县。

认识瑶族

（2019年6月17日 晴 江华 星期一）

16日下午，我们从空树岩回来，就告别了道县赶赴江华。

江华是一个瑶族自治县。我来到这里才知道，这是全国最大的瑶族自治县，被费孝通称之为"神州瑶都"。我们在天色将晚的时候来到江华，直接就去乡下寻找长征故事了。距离县城不远处，有一条流入潇水河的河流叫牯子江。1934年的冬天，陈树湘就是过这条河的时候，在河中心的竹排上被敌人击中腹部受伤的。他在这个叫作牯子江（古芝江）的村子里还住了一个晚上，才往道县方向转移。

我们傍晚来到村外的渡口。依然是一排简单的石阶路，依然是一棵棵大树。但江水滚滚，已经找不到当年的一丝痕迹了。这些年农民建房的速度很快，村外的两处老房屋虽然还在，但也开始倒塌了。据说，陈树湘和他的战士当年就是在那些房子里过夜的。时光带走了一切，没有人能找到什么。我们随着村里人从那里轻轻走过，听着故事，已经无法感受到血雨腥风和行军急迫了。

陈树湘牺牲时只有29岁！

古芝江村现在和另外的村庄合并，叫作赤卫村。我们的话题很快从长征故事转换到了村庄发展和瑶族变迁。

如何看待少数民族地区的变化?究竟发生了哪些变化?我们来到江华之前,还没有找到答案。但是,江华的变化还是给了我们一些启示。

对瑶族的深刻感受就是山大。他们有一句话说"无山不成瑶"。这里的大山是萌渚岭。江华县被分为岭东和岭西两个部分。岭东是大山,住着过山瑶,是以红色和黑色为主要服装色系的瑶族;岭西是平原,住着平地瑶,他们的服饰以蓝色和红色为主。岭东的大山里,人们主要从事林业;岭西平地多,人们主要从事农业生产。

我希望能看到这个民族地区七十年的变化,但是,这种"平面搜索"已经很难满足需要了。尽管如此,走在那些山里,还是能有一些感触。归纳起来,工业发展是瑶族变化的一个重要内容。大山里,现在都在进行"小微企业入农村",五百多个村庄已经建立起450多个小微企业。我们在村里看到年纪大的老人,都能坐在家门口从事简单的加工,增加一些收入。我想起了费孝通的一句话,他说盼望能有一股风,把香港的小厂都吹到内地,发展内地工业。现在看来,这股风已经吹过岭南,直接吹到了这茫茫萌渚岭里来了。

生活和生产的变化是这个民族最直观的改变。这种变化背后的原因,当然是时代发展和国家支持了,而这种支持的直接体现就是重大工程建设。瑶族通了火车、高铁,修了水库,都是国家重大工程带来的变化。只有从这里,我们才能感受到民族发展与国家发展的关系。

重点工程支撑着这里,民生工程温暖着这里,工业化富裕着这里,这就是我在瑶族看到的变化。

走过湘江旧地

(2019年6月18日 多云转晴 通道 星期二)

一早向通道县出发。江华距离通道县很远,路上需要走四个多小时。

这趟行程是穿广西而过的。我们出江华不远就看到许多熟悉的地名:水安关、界首、灌阳、兴安、全州,等等,都是我在书上看到过的地名。这些地名与湘江战役紧密相连。我们已经无法想象那场战斗的惨烈了,但那股豪气和英雄气概确实感动了人们几十年。

我们一路走来,用了四个多小时,才走到通道县。很长时间,我对道县和通道县是分不清楚的。实际走了一趟,才对这里的地形和情况有所了解。通道县古称罗蒙,后来打通了进出贵州的路线,因此叫作通道。长征时,在这里召开了一次中央领导人紧急临时会议,改变了红军的行程。红军本来计划经过湘江之后,继续北上,到湖南北部与贺龙部队会师的。但是,湘江一战让人们明白了很多道理。来到通道县停顿下来之后,毛泽东与中央领导进行了一次谈话,开了两个多小时的会。他说服了大家,红军

重走长征路

立即掉头,朝兵力相对薄弱的贵州去了,从此,改变了红军被动挨打的局面,史称"通道转兵"。

我们一到通道县,午饭后休息片刻就去了通道转兵纪念馆。通道县城原来在一个叫县溪的地方,现在叫县溪镇。通道转兵的重要会议就是在那里召开的,所以纪念馆也建在那里。现在的县城是20世纪50年代迁来的,叫双江镇。这个县城两边是山,显得窄小而拥挤,但很干净。

在这个县的感觉已经完全不同于江华了。这里的山更大,生态是一种天然优势,据说县里没有工业。一时间,我们都不知道该如何来认识这个县了,所以参观完通道转兵纪念馆之后,我们就到附近一个叫作播阳的镇里,直接到了一个叫作上湘的村庄。进村不久,迎面走来一位扛着锄头、穿着蓝褂子的侗族妇女,还戴着斗篷。不知道这个民族为什么如此顽强地选择蓝色作为自己服装的颜色!侗族同胞这身传统的天蓝色服装,在这绿水蓝天之间真是一道绝美的风景。

我们在上湘村还听说当地一个节日,是祭祀祖先的。他们感谢祖先在三四百年前留下了村子对面的这片森林。据说,黄姓祖先是从江西过广西来到这里的。山上的森林曾经被大火烧过。为了防止人们上山不小心失火,村里一位黄姓祖先就提出,谁要是上山点燃了森林,全村人吃他们养的猪。为了表示这句话是算数的,这位黄姓祖先还悄悄动员他的妻子到山上去烧火,故意让村里人发现,然后,他就把自家的猪宰了,招待全村人。从此以后,这就成为一条村规而且再没有人上山去烧过树。

村里人大都姓黄。他们选择每年的农历十月十一日，祭祀黄姓祖先。据说，这个节日的隆重程度要超过春节。大家不仅要聚会吃饭喝酒，还要宣读村里的村规，重温祖先不砍树的古训。我听了这个故事，多少也有一些感慨。少数民族地处深山中，山林是他们祖辈遮风挡雨的场所。千百年繁衍中，形成了丰富的生态文化，这些文化的发扬应该成为今天生态文明建设的动力。这大概也可以成为我们乡村文化建设的一项重要内容。

在村里还采访了一个小微工厂，是搞食品加工的，名字叫好嚼头有限公司，公司是由一个退伍军人办起来的。他在一个小山腰上竟然层层叠叠建起了食品加工厂，而且把平原地带铺展很长的生产线，也弯弯曲曲摆进了上下重叠的车间里。他说，这就是实事求是。这个人的实践很让我感动。

我们在村子里找了一位老人，了解他的生计，从普通人的角度来感悟地区变迁。晚上很晚回到县城。

行走在通道县

（2019年6月19日 晴 通道 星期三）

最早听说通道这个县，大概是十多年前看长征书籍的时候。我们来这个县，一方面走长征路，一方面看变迁。

我的办法就是一个字:跑。

今天就安排下乡去"跑"。通道侗族自治县山大沟深,到处郁郁葱葱。他们说,这里没有工业。发展旅游业,是通道县必然而又自觉的选择。因此,宣传部门的同志就带着我们去看旅游业。走了好几个小时,走到一个叫皇都的侗寨。对我们这样的外地人来说,这里的风景确实令人惊奇。当地人说,"侗族有三宝:鼓楼、寨门和风雨桥"。

先说鼓楼吧。一般都是五六层高,越往高处楼层越矮。每个楼层都是挑檐结构,出檐的地方雕刻着龙凤。还没有进到寨子里,远远就可以看到这个高楼。最重要的是,鼓楼里面要置一面鼓。过去,危险来临,遇到有人来偷袭或者其他紧急情况,鼓楼里的人最先瞭望到,就会击鼓报信。村里人听到鼓声,跑出来集中到鼓楼里议事。现在,鼓楼里的鼓都看不到了,但鼓楼的作用依然存在,它成为村里公共聚会的场所。我们这两天走了几个村寨,看到鼓楼一层的四周都是长条座位。鼓楼的中心,都留了位置给火塘。冬天的时候,可以烧火取暖。一些上了年岁的老人便聚集在这里聊天。

风雨桥也是一种有民族风格的独特建筑。西南河水多,所以桥也多。寨子口上往往都有一座桥连接河水两岸。这不是普通的桥梁,桥的两头各有一座楼阁,而整个桥身也是盖了顶的。因此,刚看到这种桥,我就顾名思义,风雨桥该是遮挡风雨的桥了。然而,当地人告诉我,这个理解是不对的。风雨桥,其实是从挡风水的角度命名的。

意思是,用这样一座桥来遮住村里的风水,保佑村庄兴旺。

寨门当然就是每个寨子的门了,现在的寨门修建得都比较宽阔,汽车可以平稳地开进去,而且没有见到门扇。所谓"门",也仅仅是象征意义和文化意义了。每一个寨门里面都是一道独特的风景,风景就掩藏在那些寨子里。

旅游发展并不是一件简单的事情。我们在村里随机走访了一家饭店和一家民宿。侗寨的人们都很淳朴,一位曾经在广东打工多年的女青年说了一句让我十分感动的话。她说,她是跟着游客学旅游的。我于是坐下来听她讲自己的创业故事。中午时分,我们又赶到另外一个村寨。一方面看了红军写在墙上的诗,另一方面继续探讨旅游的话题。

下午,我们去看了一位收留过红军伤员的老人。老人虽然已经97岁,但还很硬朗,而且愿意一次次讲述他们家和红军的故事。当年,一位叫邱显达的受伤红军战士流落到他们家,家里人便留下这位红军战士养伤。两三个月以后,养好伤的红军战士要去找部队。他没有什么可以留给这家人表示感谢,想起自己是个篾匠,就送了他们一担两只皮箩,然后告别这个小山村去追赶部队了。这位老人一直盼望着能再见到这位红军战士!但是光阴一去八十多年,他也是九十多岁的老人了,究竟还能不能找到邱显达的下落呢?

我们还到一个叫百灵侗寨的小山村去看了看,同一位热心创业的青年谈了话,就"收工"回县城了。相比这几天的紧张行程,今天确实是早了一点。走了十多天,自己也

感觉到有些累了。

走过"五岭"

(2019年6月20日 多云 通道 星期四)

9日离开北京到江西参加重走长征路的报道,今天告一段落,就要回去了。

十多天时间,从江西东南边走到了湖南西南边,路途虽然不算长,但也算是了却了一个早有的心愿。

我也算是听着长征故事长大的。成年之后,看到许多人重走长征路,曾经有过幻想。因此,十多年前曾经搜集了不少红军长征的书,一本一本地读。然而,我当时并没有想着去走这样一条路,毕竟,那是长长的数万里呢。不期然,这样一个机会真的能降临到我的头上。

按照我的理解,长征可以分成几个阶段:从江西于都走到湖南通道县,这应该是第一个阶段。这个阶段的行军特点是被围追堵截,而且连连失败,最后在湘江边上的那次血战,数万人牺牲在那条南北走向的江水里。这个阶段充分暴露了"左"倾错误带来的巨大危害。从湖南通道县进入贵州,长征开始了第二个阶段。这个阶段的特点是东奔西跑,四渡赤水。红军在云贵之间的奔跑中实现了从被动到主动的转变,至少在战略战术上掌握了主动权,而且打了几个胜仗。这个阶段的行军体现出的是指挥者的智慧。从贵州进入四川之后,红军长征进入第三个阶段,特点就是艰苦。这是与大自然极端困难做斗争的阶段。爬雪山、过草地,体现的是红军的顽强。走出草地之后,进入甘肃和宁夏,到最后结束长征,这该是第四个阶段。这个阶段当然是以昂扬的胜利为底色的,但它也包含着自觉的历史使命和担当。因为这个阶段,民族矛盾上升为主要矛盾,抗日的使命天然地落在了共产党人身上。

我这次走的正好是第一阶段,就是从江西到湖南的路程。对这段的概括可以有各种参照和坐标,但我想到最多的是"五岭"。

五岭是指南岭中的五座山脉,分别是大庾岭、都庞岭、萌渚岭、越城岭和骑田岭。我大概在小学读书时就记住了这五个岭的名字。记得在故乡的窑洞里学习毛主席的《七律·长征》,讲到长征走过的路途时,第一句就是"五岭逶迤腾细浪"。老师给这"五岭"做了一个长长的注解,这五条岭的名字刻写在了我的脑海里。这次有机会走长征路,我当然记得这五座山脉。但我的行走是以不同县域为单位进行的,我并不知道每一个县在哪个"岭"。许多时候,你只有到了那里才能知道地理状况。我们从于都出发到达的第一个县是江西信丰县。旁边有一个大庾县(今大余县),我于是知道,这里是大庾岭附近。

五岭真是连绵的大山。和我熟悉的太行山不同的是,这些山上满是郁郁葱葱的树木,几乎看不到山体。但山与山之间,也是沟壑起伏,行走起来并不容易。我坐在汽车

重走长征路

里从高速公路上看两边的山,感受到的是浪漫和气势,而红军当年靠两条腿行走,恐怕就没有这份兴致了。一路走来,不知不觉走过了五岭。到湖南通道县,当地人说,他们把这座山叫骑田岭。过了这道岭,"五岭"就走完了,接下来的山该属贵州了。我没有机会继续到贵州去体验长征的艰辛,从这里折返回北京。

通道去桂林机场是最近的,我们便取道桂林回京。在去桂林的路上,我又想起这些天走过的五岭,于是,凑几句来记录我走过的长征路。

大庾岭前寻旧村,将军遗骨守孤坟。
都庞深山空树岩,红军往事励后人。
萌渚岭西访石渡,牯子江恨流不尽。
越城远眺湘江水,群峰如浪祭忠魂。
骑田岭下转兵忙,侗寨鼓楼笑语频。
五岭逶迤藏旧事,乌蒙遥遥记前尘。

洪超将军牺牲在大庾岭的百石村战斗中;陈树湘将军在萌渚岭下的牯子江受伤,从江华县一个石头渡口上岸;陈树湘将军旧部失散在都庞岭深山中,空树岩村曾有几位养伤的红军战士;湘江战役在越城岭边的湘江打响;骑田岭下就是实现转兵的通道县。

中午时分,我们到达桂林机场,乘途经南阳的飞机回京。傍晚时分回到北京。

贵州日记

娄山关前读词

(2021年3月28日 晴 星期日)

毛主席填过一首著名的词,叫《忆秦娥·娄山关》。我在中学课本上就背诵过这首词,但是,站在娄山关上重读,感受是完全不同的。

今天下午,我走上娄山关,在通过关口的公路一侧墙壁上,看到了这首词。遒劲有力的毛体字,让这座山增添了一份独特的意蕴。我们站在墙壁前,一字一句读了起来:

西风烈,长空雁叫霜晨月。
霜晨月,马蹄声碎,喇叭声咽。
雄关漫道真如铁,而今迈步从头越。
从头越,苍山如海,残阳如血。

这首词是毛泽东同志在1935年1月第二次攻占遵义时写下的。这是对一次战役的礼赞,也是对红军长征转折到来的期盼。

娄山关是大娄山中段的一个险隘,它雄踞遵义北面,像一道屏障,保护着南边的遵义城。1935年1月初,红军第一次走进遵义城,派了先锋团红四团马不停蹄去攻占娄山关。杨成武率领这个团,守住了娄山关,保证了遵义的安全。红军在遵义城召开了遵义会议,改变行军策略,然后主动撤出,开始朝贵州西北方向突围,准备渡长江到四川,后来就有了著名的"四渡赤水"。

红军主动离开遵义,一路奔走,到达习水县土城镇。因为在那里遇到川敌的阻挡,只好渡过赤水河,到了云南扎西一带,然后掉头返回,二渡赤水,再回黔北,第二次攻占遵义。就是这次,红军从北而来,红三军团在娄山关打了一个大胜仗。这个胜仗,可以说是红军长征几个月来打的第一个胜仗,也是遵义会议之后,毛泽东重返领导岗位打的第一个胜仗。这一仗,打出了红军的威风,也打出了红军的信心,所以,毛泽东的词里写下"雄关漫道真如铁,而今迈步从头越"的句子。那是多么豪迈的一种情感啊!

娄山关包括大尖山、小尖山和点金山等几个山头。点金山相对较远一些,大小尖山则犬牙交错,形成一道难以逾越的关隘。敌人重兵把守,而且在北边不远处的桐梓县有驻军,随时可以增援。就是在这样的情况下,红军两度攻占这个隘口,第一次是从南边而来,第二次则是由北向南。我在当地人陪同下走上小尖山,然后绕道而下,去参观建在山脚下的娄山关战役纪念馆。今天,在山腰间还有当年留下的战壕,从山下向上望去,真是无法想象当年漫山遍野的冲锋,是怎样的场景了!

中午在娄山关镇用餐,幸运地遇到了孔宪权老红军的儿子孔庆堂。孔宪权从江西出发一路走来。在攻打娄山关时,他担任团参谋,腿部受伤,最后留在了遵义。从1935年1月留下来,一直到新中国成立,十多年时间里,他装聋作哑,几乎是以乞讨的形式生活在遵义附近的农村。直到新中国成立,他才重新融入社会生活。后来,遵义纪念馆建立,他是首任馆长,老人为纪念馆的建立费尽了心血。今天,他的孙女依然在纪念馆里担任解说员。

孔宪权的事迹,我在过去曾经听说过,没有想到,今天遇到了他的儿子。孔庆堂老人从卫生院的岗位上退休,也多年了。说起父亲,他记忆中就是一个老红军的形象。他说,父亲一生都保留着军人的生活习惯,从来不允许他们兄弟几个留长头发,发型必须是短短的,像战士那样。因为他在红军中就是团参谋,所以,后来很多担任领导干部的老战友来村里看望过他。他要求自己的孩子不要把这些事情向外炫耀,自己要当个普通人。

午饭间,当地宣传部门的同志还在不停地了解另一位红军军官钟赤兵的事迹。钟赤兵当年担任团长,在攻打娄山关时受伤,只好截肢。他以一条腿坚持走完了长征路。今天,人们仍在传诵着他的故事,题目就是"一条腿的长

征"。当地同志说,他是在黑神庙受伤的。我们从遵义去娄山关的路上,路过了黑神庙这个地方。但是,已经看不到庙的踪影,仅留下一个地名。毕竟,八十多年的时光过去了。

在娄山关脚下,流传着很多红军英勇作战的故事。娄山关的胜利,鼓舞了红军的士气,也是红军战士以英勇顽强的拼杀赢得的。听着大家讲那些红军的故事,心头总想着毛泽东的词句:

马蹄声碎,喇叭声咽……

那是怎样的残阳如血啊,又是怎样的"霜晨月"!

寻找桑木垭

(2021年3月29日 晴 星期一)

今天一早去了遵义凤凰山上的烈士陵园,拜谒了邓萍将军的墓,也看到了女红军龙思泉的雕像。时间过去了八十多年,龙思泉留在人们心中的依然是一个可敬可爱的女红军形象。上午,先到播州区的苟坝村,参观了苟坝会议旧址和纪念馆。午后,我们匆忙返回遵义,去寻找桑木垭,心中想着的依然是那个叫龙思泉的女红军。

我记起桑木垭这个名字,已经弄不清最早是什么时候了。知道这个故事,就是从龙思泉开始的。红军长征到达遵义之后,龙思泉是某部的卫生员。她到遵义城外的农村去给农民看病,因为赶回来的时候耽误了时间,在路上被敌人的枪打中,当场牺牲。她牺牲的地方就叫桑木垭。

关于她的牺牲,我查找到的资料有两种说法:一种说法是她在回来的路上被敌人打中牺牲;还有一种说法是她赶回了宿营地,部队已经转移,于是,她一个人去追赶部队,走到桑木垭被敌人打中。无论如何,这都是一个充满情感的长征故事。2014年我曾经来过遵义,但没有顾得上寻找桑木垭。所以,这次一进入遵义,就想着要去桑木垭看看。

从苟坝回来,又到遵义城外一个村庄去看几座无名烈士墓,等我们找到桑木垭的时候,天色将晚。现在的桑木垭属于镇隆村一个村民小组。八十多年光阴如水,一代一代桑木垭人来了去了,而龙思泉的名字在这一带还被很多人记得,可以说妇孺皆知。我们很容易就找到了村边的坟墓旧址。

龙思泉的坟在20世纪50年代就迁到了遵义凤凰山烈士陵园。但当地老百姓还是常常要到坟墓旧址来祭拜,几十年来那里依然香火旺盛,紧靠着坟墓的一块石头都被烧成了一片黑色。这个坟墓旧址上,大大小小竖立着好几块墓碑,都写着"红军坟"三个大字。墓碑形状和碑文书写,清晰地显示出刻碑的不同年代。尽管至今不知道这位女红军是哪里人,但是,这个村落的人们几十年为她扫墓供香，从来没有间断过。

  一名叫王兴会的老人就住在龙思泉坟墓旧址的坡下。她说，自己家在这里已经住了两三辈人，辈辈都是龙思泉的守墓人。从她口中，我们再次听到了一个"桑木垭记忆"中的龙思泉。老人72岁了，从19岁嫁到这里，就跟着公公、婆婆为红军坟守墓。她说，公公姓尚，婆婆叫雷天新。婆婆是1982年去世的，那年66岁。她婆婆是见过龙思泉的。王兴会老人嫁到这里，就听婆婆和村里人讲述龙思泉的故事。他们并不知道女红军的名字叫什么，喜欢称她"小红"。

  当年，龙思泉和部队的其他卫生员到村里来给老百姓看病。天快黑的时候，赵家坝村一位儿童跑来找到龙思泉，想让她去看看父亲的病。于是，龙思泉就多走了十五里山路，到赵家坝去了。等回来的时候，天色已晚，这位小战士走到桑木垭村时，被敌人发现，中枪牺牲。因为她牺牲时还背着药箱，村民很快认出了她，就把她掩埋在牺牲地不远的地方。王兴会老人的公公、婆婆都参加了掩埋这位女红军。他们都记得，龙思泉牺牲时身上还背着药箱。

  龙思泉的墓原来在接近河滩更低的地方。当时，人们来往走过，就给她的坟上垒几块石头，堆一点土。年长日久，竟然堆出一个很大的坟堆。红军走过之后，敌人几次到这里铲坟，但这个坟堆却是铲了又堆起，反复好几次，一直留存了下来。

  20世纪50年代，遵义凤凰山烈士陵园建成，人们就把她迁移到了烈士陵园,还给她竖立起一座雕像。然而,桑木垭的坟地原址却依然留着,当地人还要到这里来烧香祭拜。前几年,这个村庄修公路,正好要穿过坟墓原址。于是,村民又把坟墓中的石块等物件移到村后的山坡上,再次给龙思泉"立坟"。我们今天看到的就是这个坟墓。因为时近清明,来这里举行祭拜活动的人还很多,据说,今天就来了三四拨。

龙思泉的故事真是耐人寻味。她就是一个普通的卫生员,也仅仅是给当地的老百姓看了病,看病途中不幸牺牲在这片异乡的土地上。很长时间,人们都不知道她的名字,只知道她背着药箱,是一位红军。在桑木垭百姓口中,"小红"依然是人们对她的记忆。几代人过去了,她的故事不仅没有隐没在时间长河中,还越来越清晰地被人们一次次记起,而且繁衍成一段段充满温情的传说。看着这迁了几次的坟墓,我心中一直默念着臧克家那首著名的诗:

有的人活着,他已经死了;
有的人死了,他还活着……

茅台渡口的桥

(2021年3月30日 晴 星期二)

茅台渡口位于今天的贵州茅台镇。茅台镇是以茅台

重走长征路

酒而出名的。许多人都知道茅台酒,但也应该记得,红军长征四渡赤水,第三次就是从茅台渡口过赤水河的。红军与茅台酒的故事,在三渡赤水纪念馆里专门列出了一个单元。赤水河边的山坡上,高高地耸立着四渡赤水纪念塔。这段红色历史与山河同在,让人们久久回味。

我参观完纪念馆,一走出门口,看见了赤水河上的桥。不是一座,而是几座桥。有浮桥,有公路桥,远处还有一座像彩虹一样的弓形铁架桥。这些形状各异、用途不同的桥,让我浮想联翩。

红军三渡赤水时,从茅台镇的北边架设浮桥,渡过赤水河。过河就得有桥。为了能在河上架起桥,哪怕是简单的浮桥,红军长征途中费了多少周折啊!三渡赤水纪念馆建在赤水河北岸的山坡上,紧临流淌的赤水河。站在纪念馆的门口,向着河面眺望,可以看到好几座桥,浮桥与公路桥甚至是"重叠"在河面上的。今天,赤水河上有多少座桥,已经数不过来,每一座桥都应该记录着一段不寻常的历史。

红军长征胜利五十周年的时候,《经济日报》记者罗开富徒步重走长征路,曾经在四渡赤水的渡口遇到几个老人。他们提出,能不能在赤水河上修一座桥。老人说,当年红军过赤水河时,河面上还有浮桥,后来,浮桥也没有了,过河很不方便,每年都要淹死人。罗开富把老人们的诉求写进了报道里。走完长征路,一位老将军接见罗开富。他说,老将军一看到他,没有任何寒暄,直接问:"赤水河的几个渡口有几座桥?是不是每一个渡口都有了桥?"

桥,是赤水河两岸人们的期盼,也是走过长征的那些将军们的牵挂。如今,桥已经把茅台镇"延展"到了赤水河北岸,真是"天堑变通途"。历史就这样翻开了一页页新的篇章。看着那高高的桥,我想,总有一些东西会留下来,甚至是岁月也带不走的。比如这桥,这对于桥的期盼!

此行,走走四渡赤水的各个渡口,我也应该数数,赤水河上架设了几座桥。红军将士看不到这些桥了,但是,每一座桥都应该刻写着他们的牵挂。

土城记忆

(2021年3月31日 晴 星期三)

土城并不是因为红军来过才出名的,这原来就是茶马古道上的一个重要驿站。今天,当地人恢复了一条老街,盐铺、邮局等带有不同时代印记的建筑,又出现在街道两边,仿佛要把人们拉回到几十年前的生活场景中。

在乡村旅游大发展的今天,这样的老街在很多地方都可以见到,所以,进入土城老街,也免不了有似曾相识之感。但土城就是土城,它因为红军来过而不同。

在红军长征的历史上,土城是一个绕不过去的地方。1935年1月下旬,中央红军从遵义一路走来,涌进这个不大的小镇。人们想不到的是,红军队伍在这个小镇"拐了一个弯儿"。因为青杠坡战役的失利,也因为追敌的顽强,红军只好从土城跨过赤水河,一路向西,从此开始四渡赤水。红军穿梭在川滇黔交界地带,声东击西,忽北忽南,先后四次渡过赤水河,终于把重重包围的敌人甩在黔西北一带,直插云南,巧渡金沙江,走出了一段新的胜利。

红军在土城留下了丰富的历史记忆。

建在土城镇的四渡赤水纪念馆,大概是唯一的一座以四渡赤水为主题的专题纪念馆。纪念馆依地势而建,几个展厅高低错落,排列在山坡上,以丰富的实物和各种电子设备,向人们介绍着红军在赤水河上几度往来的过程。土城镇还建设了一座女红军纪念馆,这大概也是全国唯一的。纪念馆前面的广场上,树立着一顶巨大的红军帽,红五星闪耀出一片独特的光亮。这些纪念场所不仅有附近的中小学生来开展各种教育活动,还是不少像我们这样从外地赶来的人寻访历史必去的地方。

土城人的"红军记忆"也流传在红军帮老百姓办过的各种好事中,最著名的就是开仓放盐。在我们住处附近,有一座传统民居,当年据说是盐仓。土城一带,山大沟深,河流阻隔,物资交流在漫长的过去十分不便,其中,老百姓最稀罕的就是食盐。但是,当地豪绅控制着镇里的盐仓,对于普通老百姓而言,想要一粒盐都十分艰难。红军到来之后,了解到这样的情况,立即开仓放盐。这在当年的土城街上,真是破天荒的事情。当地穷苦人过去叫"干人",今天,我们只能从图片上看到模糊不清的"干人"背盐的情景,在当时却给人们思想和情感上留下了太深的冲击。至今,土城依然流传着红军分盐的传说,成为这座小城百姓对红军抹不去的"民间记忆"。

土城人对红军更深刻的记忆,留存在他们与因伤残而留下来的红军战士漫长的相处中。青杠坡一役,我军伤亡惨重,很多受伤战士就只能散落到百姓家中养伤。这次,我没有统计到土城附近究竟留下了多少位红军战士,但我听到了几位战士背后的感人故事。

从老百姓的回忆中,大致可以梳理出这些伤残红军战士共同的经历:有的是被部队动员留下来的,部队通常会给他们留下一些银元;还有一部分是战斗过后,被当地老百姓救下来的,他们度日艰难。因为红军走后,敌人即来搜查。为了躲过搜查,失散红军战士很长一个时期都隐姓埋名,其中好几位战士都有装哑巴的经历,一装就是十多年,直到共和国成立才重新开口说话。

他们后来大多在当地成家,与土城人生活在一起,直到前十多年还有红军战士健在。我们今天到这里寻访,已经看不到他们的身影了,但听到很多他们的故事。晚上从赤水河边过来,路过一处旧宅,当地人告诉我这家人的上辈就是红军战士,名字叫何木林。

我们冒昧敲开何家的门,女主人竟然还没有休息。于是,我们走进那狭小的房间里,听她讲何木林的故事。何木林是江西会昌人,在青杠坡战役中负重伤昏迷。第二天,有两个小孩到山上去找自己家的铁锹,才发现了他。

傍晚,孩子的父亲趁天黑把他背到附近山洞藏起来,多日偷偷给他送饭疗伤,他才保住了一条命。

和很多失散红军战士一样,何木林身体恢复以后,装哑巴十多年,就在附近村庄以打短工为生。一直到新中国成立,他才张口说话。红军身份被认定之后,他在土城镇供销社负责卖货。直到1979年8月去世,老人一直生活在土城镇。土地改革中,他分到一处房子,但邻居家人多房屋紧张,他把自己家的大房子让给了邻居住,带着家人搬到村下靠近赤水河的这处小屋来;逢年过节卖鱼,出同样价钱他会把好的部位卖给百姓,自己留些骨头、刺多的部位带回家里来;儿子可以安置工作了,他提出红军后代不能去坐办公室、找好工作,最后把儿子安置到了煤矿;自己看病可以报销,但他直至去世都没有花过国家一分钱……一晚上,听了好多个这样的故事,我突然想到了"吃苦"二字。

那一代人吃了很多苦,但他们不怕吃苦。可以说,他们以吃苦换得了百姓拥护。今天,我们已经无法想象他们吃的苦了,更不能想象吃他们那样的苦。但是,不能忘记,他们是以吃别人吃不了的苦而赢得老百姓支持的。老人到去世的时候,还叮嘱后人,身上穿一身单衣就好,不要把衣服埋在泥巴里!

何家的墙上挂着何木林老人的照片,一位留了长长胡须的老人,尽管是黑白照片,但也可以清晰地看到那满脸的微笑。起身离别时,我又在那张照片前停留了一下,端详着照片上的老人,仿佛想和他说点什么,又不知道该说什么。离开何家时,天色已晚,土城的街道已经安静下来,隐隐约约还可以听到河水流淌的声音。

从二郎滩到太平渡

(2021年4月1日 晴 星期四)

红军当年四渡赤水,大致经过了四个渡口,一渡赤水主要是从土城过河的,二渡赤水则经过了二郎滩和太平渡,三渡赤水走的是茅台渡,四渡赤水时再一次从二郎滩和太平渡经过。今天,我们就到了二郎滩,傍晚时分去了太平渡,沿途寻访到两个普通红军战士的感人故事。

二郎滩如今已经是一个酒厂的所在地。因为依然在建设中,二郎滩并没有明确的标识,所以,我们第一次寻访竟然走错了路。今天,在当地人指引下,我们才来到这个渡口。张爱萍将军的题字写在高高的墙上。走到河边,我们眺望了一下悠悠流淌的赤水河,继续赶路。

今天,我们首先想找的是一个叫淋滩的村子。这个村的一处民房是省级文物保护单位。习水县第一个党组织就是在这座房子里产生的。房子的主人叫宋加通。他从青杠坡战役中受伤留下来,辗转来到淋滩,被一位叫冉吴氏的老太太收留。老人用各种办法医治好了宋加通的伤,他就留在了村里。前前后后,还有六七个受伤红军战士来

到这个村里。

听着这些久远的故事,我有两点十分感动。第一个是这些红军战士身负重伤,无处可去,留在了村里。但是,他们始终记着红军的责任。宋加通在部队就入了党,在那些远离组织的日子里,他一直坚持寻找组织;第二个令人感动之处是,当地老百姓冒着生命危险,收留了这些伤员,而且想尽办法为他们疗伤。

宋加通后来按照自己熟悉的江西民居风格,在村里建起五间房子。如今,他的儿子宋光平也年过七十了。他说,父亲就在这座房子里和几位地下党员秘密聚会,想办法寻找党组织。三年后,他们才与河对面的四川古蔺县地下党组织取得联系,在当地成立了党支部。所以,这座房子后来就成为当地的重点文物。

宋加通的坟就在院子背后的梯田里。站在他的坟前,可以看到院子外边的一棵柚子树,枝繁叶茂。这是宋加通从江西故乡带来的。宋光平告诉我们,赤水河边本来也是产柚子的,但生产的柚子个头小、味道苦涩。20世纪80年代前后,宋加通回江西老家探亲,看到当地的柚子又大又好吃,他就带了几株树苗回来,栽在自家屋后。

后来,树栽活了,他又在村里无偿进行嫁接,改造原有的柚子。几年功夫,村里的柚子树都得到了改造嫁接,柚子也成为这个村脱贫致富的重要产业。村民们亲切地把这些改造过的柚子称为"红军柚"。我们在那个不高的柚子树下走来走去,转了几圈,心中总是想起这位流落他乡的老红军。

他跟着红军队伍走出故乡,一直走到这遥远的贵州来。伤痛让他无法继续行走,但他始终相信党。在那么艰难的情况下,他和其他战友团结起来寻找党组织,几年的努力之后,终于找到了党。无论在什么情况下,他心中都想着老百姓。回家探亲,还想着把家乡的树苗带到贵州来。这一棵棵柚子树,便是一个红军战士的情怀。

告别淋滩,我们继续沿着赤水河行进。走过一座桥,到了赤水河的对岸,那已经是四川古蔺县了。红军二渡和四渡赤水的渡口太平渡,就在这里。今天,太平渡所在的地方是四川古蔺县太平镇。小镇打造出一条红军街,还原了当年红军走过的场景,也建了纪念馆。我来这里,想寻访一位叫胡敬华的红军后人。

胡敬华的故事,是我以前从书上读来的。胡敬华的父亲叫胡道财,在青杠坡战役中受伤,一直跟着红军队伍在黔北与川黔滇交界地带周旋。几个月之后,当红军第四次渡过赤水河来到太平渡的时候,他旧伤复发,走不了路,只好留在这里养伤。为了躲过敌人搜查,他十多年装成哑巴,而且改名胡云清。1946年,他终于学会了四川话,才开口说话,还艰难地组建了家庭,养育了三个儿子。20世纪50年代初,他就去世了,只有43岁。

胡道财的三个儿子并不清楚父亲的经历。直到20世纪80年代,其中的一个儿子入党,为了弄清楚家庭关系,他们兄弟才凑齐路费,回了一趟江西老家。到江西,他们

重走长征路

带回来一块"光荣烈属"的牌子。原来,江西老家在50年代查找不到胡道财的下落,就按烈士对待,每月还给他的老母亲发生活费。

今天,好不容易来到了太平街,我没有费太大力气,就打听到了胡敬华的住处。拐了几个弯,走过曲曲折折的石板路,在一片低矮的民居中,我找到了这位老人。七十多岁的胡敬华,身体硬朗,泡了一大缸子茶,坐在自家门口的一方小桌子旁。我这个不速之客突然到来,有些打扰了老人家。他正在整理材料,准备过几天去给一个机关讲党课。老人翻动着一个小本子告诉我,去年给单位、学校做报告,讲红军故事有七八十次,今年都在学党史,请他去讲课的地方更多。

我们直接说到父辈的故事。胡敬华走到一张桌子跟前,说起了姜银万。姜银万是和胡道财一起留下来的红军战士之一。后来,姜银万带着胡敬华在赤水河上跑船,他们白天奋力当纤夫,晚上在一起摆龙门阵,姜银万就给他讲述了父亲胡道财的故事。姜银万与胡道财情同兄弟,流落在这个村里,始终相依为命,建房子也紧挨着,一直是邻居。前些年,姜银万的后人陆续离开了这里,留下来的只有一张桌子。胡敬华说,当时处理旧物,他把桌子留下来了。

今天,赤水河上早已没有了拉船的纤夫,胡敬华离开赤水河也几十年了。但是,他家老屋前还挂着一盘篾索,那是一种用当地藤蔓植物编成的绳索。老人走到篾索前,抽出一截,展示给我看。他说,红军长征过赤水河时,就用的是这样的篾索,他自己当年在赤水河上也是靠这种篾索拉船。"再没有用了!"老人感叹说,可能整个太平镇也不好找这种篾索了,但是,他自己坚定地保留了这一盘。"舍不得丢弃",他再次重复说,"红军就是用这样的东西过河的呀!"

我匆匆告别老人,返回的路上,又一次走过太平渡不远处的大桥,又一次眺望悠悠流淌的赤水河。

走上青杠坡

(2021年4月2日 晴 星期五)

青杠坡距离土城有五里路。昨晚,我就和当地的同志约定一大早去青杠坡。"大早"有多早呢?我说六点。当地同志便要安排车来接送我们。我立即制止了,提议走着去。所以,今天早晨早早起床,我们两个人走过土城宁静的石板街,向青杠坡走去。

路上,这位小我十多岁的宣传干部感慨地说,他从事新闻宣传工作十多年了,到青杠坡不下一百次,但走着去,这是第一次。我开玩笑说,"走着去,是宽待了咱俩。青杠坡牺牲了那么多战士,我们应该磕着头去"。说罢,我们都笑了。这些年,我们修建了很多烈士纪念馆,开展各种教育活动,但有些活动确实太"铺张"了。不远的路,动不动

重走长征路

也开着几辆大巴,拉着一大群人呼啦啦下车,嘻嘻哈哈地走过纪念地,很不严肃。中国革命是以许许多多的牺牲换来的,我们固然不必像宗教徒那样磕着头去朝拜,但后人确实应该理解这份牺牲,记住这份牺牲,崇敬这份牺牲。

今天去青杠坡的路已经修得非常好。时令到了清明,路边的树已经泛绿,有些树上还开了花。趁着早上的时候,走这么一趟,其实不是什么了不起的事情,甚至还有几分郊游的浪漫。我们用一个多小时就走到了。因为是双脚走来,更能体会到地形和距离,更能理解当时的战事是多么危急。

在土城外不远处的山坡上,现在留着当年指挥所的旧址。从那里,用望远镜就可以直接看见青杠坡战场,直线距离就是一公里多。在山坡与青杠坡之间,今天有一条公路通过,山坡上还架起一座长长的水泥桥,那就是我们来的时候经过的高速公路桥。桥上穿行的车辆,传递出来的是我们这个时代繁忙的气息。但是,八十多年前,这里没有桥,也没有车。那该是怎样的一份危急!

红军与敌人在青杠坡的厮杀,从早上进行到晚上。那是十分艰难的一天,从于都出发一路行军的干部团,这次也被迫上了前线,还牺牲了几位优秀干部。敌人占领了山头,红军在山腰。红军装备不及敌人,又处于艰难的仰攻,其中的困难不言而喻。

我们沿着公路转了几个弯就看到了青杠坡。纪念碑高高地耸立在山坡上。山坡对面是一个小村落,晨起的人们已经开始劳作,升腾着农村特有的那种嘈杂声。因为时近清明节,这里正在准备纪念活动。山坡下的广场上,已经有汽车和人们走动的身影。同行的人问我,还要不要上山?

山是当然要上的,走到这里来,就是为了到那浸染着先烈血迹的山上去看看的。我们攀登的这座山头,在当地叫作营棚顶。它的对面是一座叫作桐梓窝的山头,山脚下有一个小村庄;营棚顶的一边还有一个山头,是尖山子。青杠坡战役就是在营棚顶展开的。山后不远的地方可以看到一座庙宇,叫永安寺。那里曾经是敌人的指挥所。

沿着六百多级台阶,我们一步一步走上当年的战场营棚顶。抬头仰望,山顶的树木郁郁葱葱,坡度很大。我们拾级而上,尚且感到有些不易,当年的红军仰攻冲锋又该是怎样的艰难呢?历史的硝烟已经飘散在时间的长河中,我们心头留下的只有无尽的思索。

营棚顶台阶两旁有许多烈士墓。我们一排一排走过,走到了何木林的墓前。老人去世时曾经嘱咐家人,把他和青杠坡的战友埋在一起。这些从江西、福建、湖南一路走来的先烈们,把自己的生命定格在这片血染的山坡上。那些整齐的墓碑,在山坡上层层叠叠地排开,仿佛是无言的诉说。

青杠坡战役烈士纪念碑就高高耸立在营棚顶的半山腰。今天,纪念碑上刻写着这样一段文字:

重走长征路

在这场惨烈的战斗中,党的两代领导核心、共和国三任国家主席、一任国务院总理、五任国防部长、七大元帅、二百余位将军参加了战斗。红五团政委赵云龙等一千多红军将士壮烈牺牲,张宗逊、杨成武、杨勇、张震等指挥员负伤,红军伤亡三千多人,歼敌三千多人……

绕着纪念碑走了一圈,仰望青杠坡,清明时节,漫坡绿色正在浓郁起来。环顾四周,已经不留一丝战争的气息。我们继续攀登,又走上近百个台阶,看到的是一座巨大的烈士墓。

清明节前夕,当地组织了一些人们到陵园来描画烈士墓碑的名字。看着那些人跪在碑前认真描画的情形,心中生出无限感慨。

山下的广场上正在为清明节祭拜活动做准备,一阵歌声在山谷间飘荡开来:

悠悠赤水河,巍巍青杠坡,
爷爷拉着我的手,深情告诉我,
红军长征从这里走过,先辈的热血洒满山河,
……

四川日记

走向雪山草地

(2019年7月21日 多云 北京 星期日)

"再走长征路"的报道还在进行,经历过贵州和云南之后,路途应该延伸到四川,我要走的便是四川的一段。

经过这段时间学习,我把长征的行程分为四段。第一段就是江西湖南那一截,当然包括擦边走过的广东、广西,也包括出发的福建。这一个阶段的中心词是围追堵截,一路被敌人围堵,经过了四道防线,最后在湘江战役中达到"极点";第二段是贵州和云南,中心词是战略转折,通过猴场、黎平、遵义、苟坝等一系列会议,解决了领导问题,又通过四渡赤水、再渡乌江、佯攻贵阳、威逼昆明等,摆脱了敌人的追堵,实现了战略上的主动;第三段就是在四川,从云南巧渡金沙江进入四川之后,这一段行程的中心词是英勇斗争。强渡大渡河、飞夺泸定桥等,都是和敌人进行顽强斗争。过了大渡河之后,爬雪山过草地,是与大自然进行顽强斗争。过了草地之后，实现了一、四方面军会师，又与张国焘等进行了艰苦的路线斗争。经过了这些斗争之后才进入甘肃、宁夏和陕西。第四段就是在甘陕宁，中心词可以说是走向胜利。

四川这段是最艰难的，爬雪山过草地是红军长征艰难的象征。所以，我毫不犹豫选择到四川来。

没有想到的是到四川并不顺利。原计划经过冕宁、德昌、越西等地，直接到石棉县的安顺场，再去泸定，然后加入爬雪山的队伍。来来回回几次商量行程，最后，我决定从安顺场开始。

好在许多年前我曾经去过冕宁，对于那里的情况还有一点点了解。再往南边的会理，距离攀枝花并不遥远，我去年秋天还到了攀枝花，感受了那里的大山。这样算来，尽管没有能走完全程，但总算还有一些感性记忆。

周六上午在单位加班之余，打开百度地图反复查看自己要去的地方，突然之间发现那里有许多客栈，而且有些客栈在地图上是登记了电话的。于是，我试着联系了一家。没有想到的是，对方非常热情地向我介绍了一些情况。

安顺场就是一个村庄，我相信，只要进入这个村庄，我就一定能够找到我需要找的人。有了这样的思想准备，我便订了机票，认真了解成都到雅安到石棉到安顺场的路线，而且给自己订了安顺场的客栈，准备开启一次别样的行程。

风雨中出发

(2019年7月22日 大雨 四川 星期一)

早上五点多就离家出发了。我订的是7点40分去往成都的航班。北京的早晨是安静的,无风无雨也无太阳,我庆幸自己选择了这么一天出行。但是,到机场就赶上飞机延误。不过,耽误了一个小时之后,飞机还是起飞了。幸运的是,延误一个多小时起飞,到成都却只迟到半个小时,还算圆满。

飞机准备降落的时候,我看到的是浓密的云层,而穿过云层,就要看到西南大地的时候,则是瓢泼大雨。走出机场,本来准备乘坐地铁去往成都西站换乘火车,然而,雨太大了。于是,我顺手打了一辆出租车。车刚刚开出机场,挡风玻璃就被密密麻麻的雨珠子挡住了,几乎看不到前面的路。车从立交桥上走过去,轰起很大的水花。就这样行进了一个多小时,才到火车站。我要坐的是1点15分从成都开往雅安的城际列车,车次也晚点了,好在只晚了七八分钟。

一路赶车,连午饭也找不到吃处。走进成都西站的候车厅,只好买两个面包先垫垫。火车开动,车窗外的雨小了。一个多小时行进在向西的大山里,又看见郁郁葱葱的山林,还有山林间闪现的村庄,白色的墙体,各色屋顶,透出一种别样生机。南方的山和我熟悉的北方，最大的不同就是那翠绿的树木。经过一场透雨，那份翠绿显得更加苍翠，更加温润。如果不是对前路充满了担忧，我还是很愿意观察和感悟这份绿色的。

车到雅安，雨变小了。我打着雨伞走出车站，就看见客运汽车站的牌子。车站是新建的，高铁车站大概也在城外，售票大厅有些空空荡荡，而且灯光不亮，低沉昏暗，这多少让我的心情也沉重起来。买了去石棉的车票，还得等半个多小时，我又有了空闲坐下来喝口水，整理一下行李。这时，已经明显感到有些累了。

坐上去石棉的大巴车，我又担心到石棉能不能赶上去安顺场的车。当地人告诉我，过了六点就很少有公交车。但是，这种担心并没有持续多久，车开出去不远，我就沉沉地睡着了，确实感到一阵困倦。等我醒来的时候，大巴车已经开始爬山。

雅安到石棉走的是京昆高速公路的一段，在四川境内叫作雅西高速，意指从雅安到西昌。听说这条路被称为"云端上的天路"，因为走在上面总有云雾缭绕，车好像在云里走。我没有感受到这种"天上的体会"，但确实看到了高高低低的很多桥。西南的高速公路离不开桥梁和隧道。

四川人非常好客。在车上，遇到两个当地人，分别坐在我的两边，一位是六十多岁的老人，看上去只有四五十岁的样子；一位是从事水电工作的年轻人，四十多岁。听说我从北京来，而且来走长征路，他们非常热心地向我介绍当地情况。我们就这样一路轻松地到了石棉。沿途看见了大渡河，看见了两边的高山，还有滑坡留下的痕迹，有时候，高速公路的桥梁就在河边较远处通过，在车上看，仿佛车行水中。

我是五点半到达石棉县的。同车那位六十多岁的老人和我同路，一直走到县内的汽车站，然后还帮我找到了去安顺场的中巴，他才离去。去往安顺场的路，比我想象的好多了。这些年城乡公路建设的成果，在各个地方都能体会得到。大概用了半个小时左右，就到了安顺场。

安顺场位于道路的外侧，下面就是大渡河。这时，雨仍然在下着。我撑起一把伞，沿着石头铺设的大路，向下面走去。边走边问，打听我要投宿的长征客栈在哪个位置。没有费多大劲，就找到了那个地方。安顿好行李，真的感到有些累了，也很饿。房东老太太刚刚蒸好了一锅玉米面窝窝头，还炖了一锅排骨汤。于是，我盛了一碗，拿起一个窝窝头就吃起来。这顿饭就算有了着落。

安顺场之夜

（2019年7月23日 多云 安顺场 星期二）

昨日傍晚到达安顺场，我从黄昏开始认识这个小地方。

细雨蒙蒙，我撑一把伞沿街走去。安顺场在过去就是一条街，两边是几栋木头房子。今天，则从山脚下铺排出三条街道。今天早上，我遇到村支书，他告诉我，村里现在有960多户3000多口人，分为10个村民小组，其中5个是非农业户口。5个农业户口的村民小组中，有2个是本地人，有3个是从库区迁移来的。上游建设水库，2006年就有一部分库区移民安置到了安顺场。

安顺场的变化，应该有两个重要节点：一个是2006年的库区移民，增加了这里的人口数量；再一个是2008年汶川地震之后，灾后重建改变了这里的面貌。现在，村里大部分房子都是灾后重新建设的。灾后重建的房子和原来的房子相比，面积更大，设施更全。村里的老街上还留下一栋原来的房子，碎石头和泥垒砌的墙，上面住人，下面是厨房，面积大概60平方米。而新修建的房子，一般规模是120平方米，上下两层，有七八个房间。有的住户，面积还要大一些。

有关红军的记忆，留在大渡河边上。这不大的一块地方，凝结着多少红军将士的记忆！现在，那里以建筑的形式留存着当年的记忆。先是一块纪念碑，是一个战士的头部雕像，红军帽子上是一颗五角星，那是1985年红军强渡大渡河五十周年的时候塑造的。雕像的背后就是中国工农红军强渡大渡河纪念馆，是2004年建起来的。雕像靠近大渡河一侧，耸立着一块石碑，上面是杨得志将军题写的三个大字：红军渡。

1935年5月24日夜，是杨得志率领红一团最先来到这里的。据说是十点多钟,他们从安顺场西南方向的马鞍山上摸黑进入安顺场村。当时,国民党军一个叫赖志中的营长正在吃饭。红军战士在戏台的一个地方,堵住了正要给营长送饭的人,敌人先开了枪。红军战士冲进去,就和敌人打了起来。红军在这里通过当地老百姓,找到了一条船,有了第一船的17位勇士。

当年,红军在这里渡河用了一天时间,才渡过一部分。先后有77名船工帮忙渡河,他们的说法是人歇船不歇。这是忙碌的一个昼夜,也是令人难忘的一昼夜。聂荣臻元帅和刘伯承元帅都在现场指挥渡河。

我傍晚在河边走动,碰见一位当地人,闲谈之中获得了船工龚万才的信息。他领着我找到了龚万才的后人,先是找到了他的外甥,后来找到了他的女儿龚凤珍。龚凤珍是1945年出生的,也是七十多岁的老人了。她和爱人一起回忆起父亲的往事。龚万才个子很高,当年是第二船的掌舵者,他记得敌人的手榴弹落在河里,溅起的浪花比人还高。他们就这样冒着危险,一船一船把红军送到了对岸。他的弟弟龚万福后来就跟着红军走了,一直流落到甘肃一个村子里,再也没有回来。龚凤珍老人说,到了她这个年龄,很希望能对这位叔叔的下落有个说法。她还反复说,她是叔叔唯一的亲人了!

今天上午,我辗转找到了最著名的船工帅士高的儿子帅希林和孙子帅飞。为什么帅士高的名字最先出现在各种记载中,我也不知道。当时,帅士高是一个19岁的青年,据说力气很大,划船是一把好手。他是红军最早找到的船工,但一个人划船过不了河,于是,他又帮忙找了张子云、龚万才等几个人。帅飞是一名"八〇"后,他说,爷爷是1995年去世的,小时候跟着爷爷,多次听爷爷讲渡河的故事。但是,帅希林还是把话头接过去,和我讲了很多。帅家两代人都当了兵,帅希林1973年当兵,在内蒙古巴林右旗,帅飞是2001年当兵,2003年转业回来。

　　早晨在公鸡的打鸣声中醒来,我就在村里走动,连早饭也没有吃。从帅飞家里出来,已经快要中午了。从昨天到这里,我莫名其妙地就特别想吃鱼。因此,找了一个小店,坐下来给自己要了一条酸汤鱼来吃。好大一盆鱼,还有一大碗大米饭,我竟然一个人就吃完了。吃完午饭,收拾东西,已经快一点钟了。我又回到安顺场的广场,等了一辆乡间的中巴车,告别了著名的安顺场。

泸定记事

（2019年7月24日 多云 泸定 星期三）

　　23日中午,我匆匆忙忙感到石棉县,坐上了去泸定的车。

　　时间在下午两点半,我通过车窗,开始打量窗外峡谷及河面的风景。1935年5月,中央红军就是在这条峡谷之间,奔走了三百多里路,最后到达泸定,实现了飞夺泸定桥这一壮举的。

一路走来,浮想联翩。那些峡谷时而狭窄,时而宽敞。而公路则在大渡河东西两岸拐来拐去,走不远就是一座桥。今天的桥,那么随意地横穿大渡河,让我们无法想象1935年的那个夏天的夜晚,两支部队在河的两岸竞相奔跑的艰辛。这是一段逆着大渡河而上的山路,山越走越高。路过的好几个地段,都是塌方重灾区,地质灾害的提示牌竖立在路边,让人心里一紧。我就这样走了三个多小时,五点半到达泸定县。

泸定是一个夹在两山之间的小县城。全县80000多人生活在大部分都是山的2400多平方公里的土地上。红军到这里来,最重要的就是夺桥。有了桥,才能躲过敌人的尾追,才能从被动转入主动。晚饭过后,我踱步不远就来到泸定桥头。现在,县城在东边,几根铁索横跨大渡河,连接东西两岸。红军当年就是从西岸强攻过来的。

如今,这里成了一个旅游景点。尽管已是傍晚,但桥上游人还是很多。越过那个检票的闸口,就要靠近桥头的时候,心里突然有些担心起来。我不就是奔着这几根铁索来的吗?走到铁索桥前,难道能不过去?同行的一位直呼自己过不去。我于是"自告奋勇"承担起了帮助他一起过桥的任务。他在身后双手扶着我的肩膀,我则走在前面,坚定地走上了那铁链拴起来的桥。

这是康熙年间建立的几根铁索。当时,为了沟通四川与西康的联系,康熙下令用铁索在大渡河上建桥,而且亲

重走长征路

自取名"泸定"。传说,取名"泸定"还是一个误会。当时,康熙认为这里就是三国时期诸葛亮在《出师表》中说的"五月渡泸,深入不毛"的地方,所以,取名"泸定"。其实,这里不是诸葛亮说的地方。但既然错了,也只好将错就错,有了"泸定"这个名字。

红军到来的时候,敌人的一个团坚守在这里。本来,国民党已经得到情报,说红军要从这里过河,要求他们把桥上的桥板全部拆除。但是,第一天下午,负责拆桥的士兵累了,要求抽鸦片。于是,团长说,明天早上起来再拆吧。所以,当时的桥板只拆去了三分之二,还有三分之一是留着的。没想到,第二天清早,红军就到了西岸,敌人永远失去了拆除桥板的机会。

我们知道的一个细节是,当年勇夺泸定桥的22位勇士,最后是站起来冲进对面的熊熊大火中。他们能站起来冲进去,是因为最后那三分之一的桥板还在。否则,如果桥面只剩下铁索,我们的勇士们就只能爬着,不可能站起来冲过去了。

历史给我们留下无尽的思索。我从桥上晃晃悠悠走过去,又走了回来。桥对岸已经有一条小路,可以直通远处的泸定桥纪念馆。但是,因为山上落石严重,小路被封闭了,我们没有从那里直接走下去。第二天早晨,我从县城另一侧又去了泸定桥纪念馆。泸定桥纪念馆里分成好几个部分,第一个部分是飞夺泸定桥的内容;第二个部分是泸定县马帮的故事;第三个部分是红军在甘孜州经过的情况;第四个部分是红军老将士的题词和书法等。

飞夺泸定桥的细节,其实很少有人讲得清楚了。我也是从聂荣臻元帅、杨成武将军等人的回忆录中看到一些资料。这次到泸定来,找到了一位叫董祖信的老人,他已经81岁了,曾经徒步从安顺场走到泸定来,而且来回走过几次。老人原来是党校老师,从1985年开始被抽调搜集长征往事,接触到一些资料。他讲述了一些情况,值得记录下来。

红军夺取泸定桥有将军们的回忆,也有百姓记忆。当年,红军所到之处,有钱的人都会跑掉,而老百姓并没有跑。泸定县靠近桥头的是河西街。据说,飞夺泸定桥那天下午,许多城里人都躲在自己家里,通过窗户看着桥上的动静,老百姓为红军从铁索上爬过去的壮举所震撼。红军是早上到达泸定桥桥边的,而下午四点才发起攻击。

1935年5月27日,先头部队红四团从安顺场出发奔向泸定,路程是320里(160公里)。当天,他们走到了野大坪,这还属于石棉县的地界,在这里消灭了敌人的运粮队。他们到了菩萨岗,这是一个悬崖,附近没有老百姓,敌人据险死守。红四团就绕到敌人后面,进行前后夹攻,打了一个胜仗,俘虏了敌人一个营长和一个连长。27日晚上,红军住在一个叫什月坪的地方,在这里,也打了一仗。这样两天,走了80多里。途中,他们还架了一座浮桥。

28日早晨,据说红军很早就出发了。刚出发不久,他们就接到命令,要求在29日夺下泸定桥,保证大部队通过。这样，部队进入急行军状态。这一天，他们打了两个仗，奔走240里，在夜晚赶到了泸定。29日早晨大概5点多钟，红军到了泸定的田坝乡田坝村。

28日，红军经过了猛虎岗和桂花坪两个地方，与敌人交战两次，还翻过了磨西面和磨岗岭两座大山。之后沿着大渡河一路北上，到达奎武村。这时天下起大雨。这场大雨在某种程度上给了红军机遇，有了这场大雨，负责拆桥板的敌人淋了雨，只拆了三分之二就要求休息。这样，桥上留下了三分之一的桥板，让红军有机会站起来冲锋。

红军兵分两路，一路走河边，沿河而上；一路从泸定城外就开始爬山，从泸定县城对面的海子山来。这样，很快就走到了无人防守的泸定桥西头。敌人的守兵其实看到了红军，他们看见对面山上有人影，就开始喊话。红军打了一发子弹过去，他们知道红军到了，但仍然固执地认为红军过不了桥。所以，从早上发现红军到下午四点红军发起总攻，敌人并没有进行任何抵抗的准备。

这个上午，红军在不远处的沙坝头村一个天主教堂里集中。政委杨成武和团长王开湘亲自到河边来进行了一番侦察，然后就开始挑选冲锋的战士，挑出了政治可靠、身体素质好的22个人，以二连连长廖大珠为队长组成突击队。为什么上午不发起总攻呢？一方面是因为红军赶路240里确实很累，需要休息。另一方面是红军的重武器包括机枪、炮等都在后面，需要后续部队带来。这样，下午四点，重武器到了，而且突击队也组建起来。全团所有的号手集中起来,一起进入阵地。一时间,泸定桥两边号声震天,总攻开始了。

整个战斗据说只有一个多小时,而22位勇士爬着铁索过桥的时间大约是四十多分钟,整个泸定县城在两个多小时的时间里就解决了。22位勇士中,牺牲了四个人,他们分别是魏小三、刘大贵、王洪山、李富仁;在22位勇士的背后是工兵连,工兵连在铺设桥板的过程中也牺牲了三个人,他们是李文斌、张金元、陈亦民。工兵连连长叫王有才。

这便是老人了解到的泸定桥故事。我和老人聊完之后,又到纪念馆去看了一番,午饭之后就离开了。依旧是坐大巴车,先从泸定到雅安,又从雅安到宝兴县。

翻越夹金山

(2019年7月25日 阴 四川宝兴 星期四)

我是24日天黑的时候到达宝兴县的。汽车从雅安出发,不久就进入曲曲折折的山沟里,沿着一条河,一直走到宝兴县城。县城有一个古色古香的城门,当地同志就安排我在城门不远处住了下来。

晚饭过后,我自己在这个不大的县城走了一圈。县城主要在河流的一侧,对面虽然也有人家,但并不多。整个县城沿河铺展,南高北低。走在街上,间或能看到身着盛

重走长征路

装的藏族妇女,当然以中老年人居多。我从这头走到那头,原本想爬上高高的山坡,去一个叫雪村的地方看看,但天色将晚,又飘起雨来,只好作罢。

今天约定八点多到红军翻越夹金山纪念馆采访当地党史办主任,同时,等采访这一路的记者队伍到来,我就"归队"和大家一起开始采访的路程。所以,我八点前就到了纪念馆门前。县城确实不大,我昨晚两次走过这个纪念馆,路并不难找,但党史办主任来得稍微晚了一些。他给我介绍了红军翻越这座大山的时间,还有一些具体困难。我则和他交流了自己再走长征路的体会和感受。陈云是在宝兴离开长征队伍,到上海去寻找党组织,去苏联汇报情况的。宝兴的纪念馆里专门有一个展厅记载和宣传这件事情。

我和党史办主任只在一楼看了红军翻越大雪山的情况。据介绍,中央红军是1935年6月8日和9日翻第一座雪山夹金山的。宝兴是一个县城,当年红军并没有在这里停留,而是去一个叫硗碛的镇里。许多史料都记载,红军在这个镇里休整补充给养,然后开始爬夹金山。翻过夹金山,就到了小金县。其实,过去当地居民也时常走这条路,所以,红军可以找到向导。

马登红就是当年的向导之一。我们今天见到了他的儿子马文礼,老人与共和国同龄,是1949年出生的。他有姐弟四人,现在只剩下自己了。他父亲原名特巴米,是藏族。1935年,他为红军带路来回走了十多趟,红军后来送了他一盏马灯,他把自己的名字改成一个汉族名字,就叫马登红。他们家是夹金山下第一户人家,父亲小时候是农民,但常常到处打猎。马文礼的妈妈就是小金县人,他舅舅是当地的一位通司(翻译)。他们经常来往宝兴和小金之间,熟悉夹金山的路,又住在夹金山下,因此被选为向导。

马登红生于1916年,1976年9月去世。他给红军带路的时候正好是19岁。马登红对于红军的记忆,质朴而生动。他说,红军的队伍走得很整齐,即使在爬雪山的时候,他们也是排着队,一个挨一个,不乱走。红军在山下的泽根村召开了动员会,马登红给战士们讲了爬山注意事项。当时,红军的向导有三个,除了马登红,还有莫尔间和杨孟才,他们三个人是中央红军翻越夹金山的带路人。

红军翻越夹金山的路线是过了泽根村,走上小水沟、大水沟、小脚窝、大脚窝,然后走过五道拐、头道拐,再走过"九坳十三坡",就上到了夹金山的高处王母寨。最难走的是"九坳十三坡",那是由九个山坳和十三面坡组成的一段路。当地有句话说,"九坳十三坡,鬼要拉着过"。意思是说,就是鬼要走过,也得相互拉着才行。红军当时走的时候是6月初,上到山顶上会有雪塘,有的地方厚一些,有的地方容易滑进去,而只要滑进去,就难以活命。当时,雪不滑,是下面的雪先化开了,上面的雪还没有化。因此,看不准踩上去,很容易跌入雪水中。走雪塘,要看"望干",就是要看别人走过的方向。

重走长征路

　　为红军当向导,并不是一件容易的事。红军走过之后,敌人来抓捕给红军办过事的人。马登红听说以后,就逃跑了。他跑到另一个地方,给当地头人做长工,这样才躲过了抓捕,得以活命。1950年,马登红回到村里,分到了一间房和一头牛。马文礼就是在头人家的一个猪圈里出生的。

　　泽根村今天还保留着朱德、毛泽东曾经住过的旧居。我们参观了这个很大的院落,就告别宝兴,开始爬山了。当年,红军背着行囊和武器,第一次爬上高高的雪山。因为许多人不知道海拔高的地方氧气少,又走又唱,没有走出多远,就有人牺牲。今天,我们则是坐着一辆中巴车缓缓爬山,而且我们走的并不是当年红军走的原路。尽管是从另一侧爬山,我们还是体会到了不一样的感受。沿途看到许多修路工人,从他们脸上,我似乎看到了红军的坚毅和顽强。也许,他们中的很多人并不一定熟悉红军的故事,不一定熟悉翻越夹金山的壮举,但是,他们确实像当年的红军一样,在这座高高的雪山上创造着属于我们这个时代的奇迹。他们也是普通人,就像当年的红军战士一样。

　　我们的车在半山腰一个地方停下来休息。路边有一个手握冲锋号的雕塑,上面写着"挑战极限,不胜不休"。这是我们开始爬山后看到的第一个红军印记。汽车绕着这个雕塑,东拐西拐,才慢慢地走向山顶。山顶是一个垭口,就是在泽根村时马文礼所讲的王母寨,翻过这个垭口就告别了宝兴而到了小金县。

垭口那里竖立着一面巨大的红军军旗。一群少年儿童在这里举行夏令营活动,这是当地学校组织的一场活动。虽然是盛夏时节,孩子们却穿着长袖红军服,旁边的当地人还有的穿着羽绒服。我走下汽车,感到阵阵寒意,像是深秋。这是海拔4100多米的地方。孩子们在写着"夹金山"三个字的大石头前列队表演唱歌。歌声在山顶上回荡,营造出一种独特的意境,也让我的思绪飘荡到了久远的过去。我突然想起那些从江西、福建走来的小红军战士,心绪一下子有些低沉起来。

告别了送行的宝兴的同志,汽车翻过夹金山,开始向小金县走去。山这边的风景和山那边的风景截然不同,刚刚拐过两个盘旋,就看到了密密麻麻的森林,看见一棵挨着一棵的油松树。路旁有一股泉水,仿佛在追赶我们,忽左忽右,总是在我们的视线里,一直伴随着我们走到山下,变成一泻而下的清水,从山间流出来,形成一个不大的瀑布。

我们走过一片草地,上面插了一个牌子,写着"红军坪"三个字。下到山下,我们才知道,那里是当年中央红军翻过夹金山之后第一次宿营休息的地方。走过"红军坪"不远,是下山之后的第一个村子,叫作小金县达维镇夹金山村。一进村,就见竖立着的一个浮雕,暗红色的主体上是红军牵马爬山,两个方面军会师的情景。雕塑旁边是村里的小学和幼儿园。

村里一位八十多岁的藏族老支书李连云给我们讲述

了当年红军翻山的故事。他说,要翻越夹金山,就得强者扶着弱者走,红军当年的要求是不能丢失一匹马。当年的雪很大,找不到路。红军从垭口下来时,铺木板通过。下到山下有树林的地方,他们就砍树开路向下走。

这位老人也说到了雪塘这个词。在夹金山的那边,雪塘是马文礼老人最先提到的。他解释说,雪塘就是上面还是完整的雪,而下面的雪则已化开。人一走上去,就容易陷进去。这位李老先生说,夹金山上有四道雪塘,走错了就会陷进去丧命。红军走过的时候,把木棍子插在路边。下山的时候,红军有滚下来的,有走下来,也有滑下来的。他说,红军是1935年6月12日从夹金山上来到夹金村的。两天之后,6月14日中央领导翻过夹金山,来到了村里,当时天气恶劣,还有冰雹。

老人的舅舅当时就住在夹金山下第一家。他用青稞给红军做饭,红军给了他十块银元,还送了他一把刀。老人说,中央红军应该是前前后后走了四五天才翻过夹金山的,但村里也有老百姓说是走了七天七夜。

过雪山是红军长征中一段艰难的记忆,甚至成为红军长征的一个标志。但是,翻过了雪山,中央红军意外地遇到了红四方面军,实现了两军会师。这是红军长征途中令人振奋的一件事。我是从杨成武将军的回忆录中知道这份振奋的。所以,一翻过夹金山,我就渴望着看到会师的地方,想用心来感悟一下红军会师的兴奋。

据李连云老人说,中央红军过了夹金山村之后,向沟口走去,不远就是达维村了。我们离开夹金山村,走了十几分钟就到了达维村,在村边停车去看达维桥。那是一段不长的木板桥,没有桥墩,是用当地传统样式建造的一座木头桥。1935年6月12日,两大红军就是在这里实现了会师。

位于四川省小金县达维镇达维村以东300多米的达维桥。1935年6月12日下午,红一方面军先头部队二师四团与红四方面军九军二十师七十四团在这座小木桥上胜利会师

会师之后,红军到了达维喇嘛寺里。达维喇嘛寺的僧人留下的记忆是,当时很多红军战士走得连鞋子也没有了。穿着草鞋爬雪山的红军战士,确实留下了太多艰难在这第一座雪山上。两支红军在这里开了会,还进行了联欢。我从书上看到过,说达维喇嘛寺前面的空地就是他们联欢的场所。杨成武将军回忆,在这个遥远的村落里,红军战士还唱起了"兴国山歌"。今天,

站在这个寺庙前面,我看到的是一块玉米地,两边是将要成熟的苹果。当地人告诉我,这块地没有多大变化,大概有二十多亩。当年,红军就是在这里联欢的。

夕阳西下,金色的阳光洒在山上,绿色显得更绿。大家都要上车了,我还在后面打量那块空地:这里曾经唱起过"兴国山歌"。在那块空地上曾经留下过红军战士多少欢乐和思念啊!我久久打量着这块玉米地,心中浮想联翩。

感受梦笔山

(2019年7月26日 阴 四川小金 星期五)

25日晚,我们住在小金县。这个县城确实小,一条河从旁边的深沟流过,县城就在岸边的山坡上。除了一条穿城而过的公路,好像没有看到什么街道。昨天晚上我住到这里时,并没有注意到这县城的小。当时,我们匆匆忙忙办好住宿手续,天色已晚,又安排第二天很早出发,所以,就早早休息了。我在早饭之后,才得空在街道遥望了一下这个县城。

我们向新的采访地点出发,目的地是两河口。1935年6月,中央红军长征翻过夹金山到这里之后,与红四方面军欣喜地相逢,然后中央在两河口召开会议,讨论今后的方针。我们现在看到的资料是,大会通过了北上川陕甘建立根据地的方针。但是,张国焘有了其他想法,也就从这个时候开始,埋下了他分裂中央、迟滞行军,让红军大部队在这片雪山草地之间徘徊多日的伏笔。

我们走了两个多小时,到达两河口会议旧址。其实,旧址已经全部不存在了。原来,中央是在两河口村一个关帝庙里面召开会议的。如今,整个关帝庙都已经不存在,只留了一个亭子。据熟悉情况的同志介绍,亭子曾经是朱德总司令住过的地方。但是,在这个关帝庙旧址的旁边建立起了一个巨大的两河口会议纪念馆。纪念馆不仅建了一个院子,而且连背后的山坡也一并划入到遗址建设范围。我们跟着解说员,在这个遗址的院落和山坡范围内走了一圈。

午饭是在一个山村里吃的。吃完午饭,我们就开始去爬另一座雪山梦笔山。中央红军长征一共翻越了五座雪山。我们此行涉及三座,驱车翻越了夹金山,徒步走了梦笔山的一截,还要到雅克夏雪山脚下。梦笔山也是一座海拔4300米以上的雪山。我们从3800多米开始爬山。这是长征干部学院的一段教学之路,他们取了一个浪漫的名字,叫"雪山红路"。起点的地方依然是一面鲜红的红军军旗,还有一个雪山造型。从这面军旗一侧,我们走上了爬雪山的道路。

据长征干部学院的老师介绍,这条路一直通到雪山垭口,翻过雪山就到达了马尔康市。我们跟着这些学员,走上了这条路。短短3公里的路途,看上去并不遥远,站在拐角的点,就能望见山顶垭口,心理感觉上似乎很近。但是,走起来就是另一种感觉了。因为海拔高,稍微快走几步,就感到胸口憋闷。

我走得很慢。路边,可看到一匹白马在悠闲地吃草。路是沿着山势顺坡而上的,蹚过一条小河,也走过几丛灌木林,路越来越陡。我几次停下来休息,放慢前进的脚步。走在这条路上确实是困难的,感受到自然对生命的挑战。但是,我们这种感受

重走长征路

还不能和红军长征爬雪山相比,我们所体会到的仅仅是一小部分。首先,我们的装备是齐全的,有医生跟随,后勤保障非常好;其次,我们的基础是好的,不是经过长途跋涉之后,饿着肚子来爬雪山;最后,我们的状态是不一样的,我们没有找不到前路的危机感,也没有被堵截的危险,在时间上是充裕的。尽管如此,我们还是感受到一份艰难,而红军的艰难一定要超过我们数倍。庆幸的是,我们看到这条路上还有人在走,还有很多人在走,这至少说明,红军的长征精神还在,还有人在继承和发扬这种精神。

我们用了两个多小时,才走完那短短3公里的路。走到山顶,是一面巨大的红军军旗,还有一块写着梦笔山高度的石头。走上这个垭口,真感到胸腔都是空的。爬雪山,并不是一件轻松的事。但是,因为这是红军长征走过的第二座雪山,所以,回忆这条路的人并不多,更多的回忆集中在夹金山上。我们翻过这座山,改乘汽车,走了43公里的路,到了马尔康市。这是红军长征路过的另一个地方。

需要补叙一笔的是,我在这遥远的梦笔山下,竟然遇到一位山西老乡。当地人找来一位红军后人给我们讲述红军故事,我并没有太在意。但是,午饭前夕,这位老人说起了山西左权,引起了我的兴趣。和她聊天才知道,这位叫廖学英的妇女现在是小金县新桥乡龙王村人。他爷爷叫廖忠文,是四川遂宁人,1935年前后在遂宁参加了红军,应该是红四方面军。在参加红军前,她爷爷已经成家,奶奶叫李绍珍,还养育了两个儿子。听说红军过草地要路过小金,她奶奶就带着两个儿子来到了小金县,还真找到了即将过草地的爷爷。但是,当时军队有严格要求,过草地不能带家属。廖学英的奶奶只好留在当地。红军走了之后,因为有敌人搜查,他们母子回到了遂宁。后来遂宁生活艰苦,没有吃喝,她奶奶又带着两个孩子回到小金,坚持在这里生活。

爷爷随红军长征之后,到了左权县。部队改编之后,他是八路军一二九师三六九团三营十连战士。1946 年因为受伤被派往左权县从事地方武装工作,一直工作到 1954 年。其间,他在当地结婚,妻子叫霍保莲。1954 年,爷爷廖忠文回小金县寻找亲人,没有想到,妻子和两个儿子都还在。于是,他就留下来在当地工作,抚养两个孩子。一直到 1979 年,这边的奶奶去世了,廖忠文又回到左权县,把霍保莲接到这里来。这位老人一直到 20 世纪 80 年代去世,都生活在这遥远的小金县里。老红军廖忠文 1990 年去世。

红军后代的故事都充满了传奇,令人感叹。

土司与红军的交情

(2019 年 7 月 27 日 阴 四川马尔康 星期六)

马尔康是一个不大的城市,今天属于阿坝州,而且是阿坝党政机关所在地。一条梭磨河紧紧从山脚流过,城市被逼在河流一侧,甚至一直延展到背后的山坡上。昨天晚饭过后,我们沿着河流走了一段,水流湍急。但在河流另一侧,修建了可供步行的木头栈道,走起来很有几分惬意。

27 日一早,我们出发去了西索村。这里有一位土司的碉楼和住宅,因为当年曾经留宿过中央领导而出名。这是一座三面环抱、一面敞开的建筑，三面都是五层，只有一面建筑了三层，院子留出一个天井。第一层据说是堆放杂物，以及供奴隶和下人居住的。二层以上才是土司居住的地方。四层则是土司念经的地方，有经堂，也有塑像。五层是厨房，还有防御设施。每一层之间的楼梯都很陡，木梯子的扶手同时可以做吊杆，有外人入侵，很容易拖着吊杆把楼梯撤掉。

土司制度从明朝开始就有了，是中央政府管理藏区和少数民族地区的重要制度设置。我记得，在湖北和湖南交界的武陵山区，也有当年管理苗族的土司官衙。这种制度一直延续到清朝末年甚至民国时期。马尔康这里留存的是卓克基土司，最末代的土司叫索观瀛。红军到这里的时候，正是这位土司执掌权力。

这里发生过两件事情，至今被人们传颂。一是当年毛主席留宿这里时，在他住的房间里看到一个书架，上面竟然有藏区版本的《三国演义》。他不仅拿来看过而且写了一张借条。新中国成立之后，土司到北京参加民族团结的大会，毛主席还曾经说起过这件事情；二是中央在这个土司的碉楼里召开了一次政治局会议，这个会议发表了告西藩各族群众书，第一次完整地表述了我们党的民族政策。

长征刚走不远，其实在湖南就遇到了这个问题。长征所过的好几个地区都是瑶族区，据说，在道县不远的一个村子里，遇到了下山来找红军的瑶民。后来，在四川的冕宁县，红军将领刘伯承与小叶丹歃血为盟。这成为长征途中处理少数民族关系的佳话。而一直到了马尔康的卓克基，红军才有机会稳定下来讨论这个问题，形成一些基本的政策主张。从这个意义上讲，卓克基不是一个小地方。

　　我走进那间位于三楼的会议室,墙上挂着当年参加会议的领导人相片。房子中央摆放着一张桌子,象征性地放了几个茶碗,营造出一番当年会议的气氛。在中国革命的征途中,总有一些不起眼的会场,解决了重大的中国革命问题。这个卓克基土司的住处,是又一个例证。

　　卓克基土司对面的村落,据说过去是为了安顿土司的奴隶的,现在叫西索村。在这个村里,民宿经营非常热闹,几乎家家户户都在经营民宿。村里的房子还是那种老式石头房,我们在村里走了一圈,爬在斜坡上的村落,曲曲折折的石径,很有几分浪漫气息。让我感叹的是村民对于花的喜爱。每家每户的窗台上和院子里几乎都养了花,而且繁花盛开,一簇一簇,把这个石头为主的小村落打扮得格外美丽。中午,我们就在这里的一个农家乐吃了饭,然后才回住处。

　　下午,我们被带到一个革命烈士广场。这个广场是以一位叫胡底的烈士姓名命名的。胡底是隐蔽战线的重要人物。这位出生于安徽的革命者,在南京、上海等地国民党内部工作多年,后来还参加了长征。但是,长征途中他被调到红四方面军,被张国焘杀害在遥远的马尔康。听完这个故事,不胜唏嘘。漫长的革命征途中,许多烈士牺牲在了敌人的枪口下,还有不少人是牺牲在自己人手里,这也是令人痛心的一页。

高山上的红军坟

（2019 年 7 月 28 日 晴 四川红原县 星期日）

　　一早离开马尔康,沿着一条山谷向红原县走去。

重走长征路

红原大概是唯一的一个与红军长征有直接关系的地名。据说,1960年7月,国务院确定要建立这个县,周恩来总理亲自命名"红军长征走过的草原",因此取名红原。我本来以为这个草原在很高的地方,需要翻山才可以到达,没有想到,从马尔康出发却一直是沿着一个河谷在走。

我们走了两个多小时,车在一个叫亚休村的地方停了下来。今天的第一个采访地点是一座红军坟,在红原县刷经寺镇亚休村的背后,下车要徒步走三公里多才能到达。因为是第一个采访点,而且海拔并不太高,大家下车行走,兴致很高。走了大概一个多小时,到了一个山下的荒坡,路边不远处耸立着一通高大的墓碑,那就是红军坟了。

从江西出发再走长征路,沿途我们祭拜过很多红军坟。第一次看到的是信丰县的洪超将军墓,后来到了汝城,在延寿乡看到过河边的红军坟,到了通道县的一个侗家村寨,看到过山坡上的红军坟。今天,当地人专门安排我们来参拜的这个红军坟,多少和其他地方是不一样的。

这座处于雅克夏雪山上的红军坟,海拔4800米。据说,是海拔最高的红军坟。当年,不知道是哪一支部队的战士牺牲在了这里。一直到1952年,解放军路过这里,才发现十二具遗骸整齐地排列在路边。他们统一都是脚北头南,身体间距几乎相等。根据查找和回忆,可能是红四方面军某个班的战士,他们过雪山时在这里宿营,因为海拔高,缺氧窒息而牺牲了。当地政府在那里给他们修建了红军坟。我们看到的这个坟是从山上搬下来的,可以称作"衣冠冢",是1977年当地在路边修建的一处纪念场所。坟头虽然高高堆起,其实并没有埋葬烈士的遗骸。

青山处处埋忠骨,这是人们的一种美好祝愿,所以,我们到了这里,还是沿着坟墓走了三圈,以表达敬意。这些战士牺牲时都是青少年,他们爬过了那么多雪山,即将走出草地,却牺牲在了这样一个山口,真是令人痛惜!

在这个叫刷经寺的小镇上匆匆用过午餐,我们继续向红原县奔走。一直走了四五个小时,才走到红原。第一个采访地是烈士陵园。陵园位于红原县邛溪镇,陵园的故事并不独特,里面除了有七个坟头是过草地时牺牲的红军战士,其余180多座坟墓都是后来剿匪和各种斗争中牺牲的战士。这个陵园的独特之处在于其守墓人。

20世纪60年代有了这个烈士陵园之后,受伤失散的老红军战士罗大学被民政部门调来守墓。这位老人1936年跟着红军过草地时腿上受伤,从此留下来。他为了活命,给当地头人"当娃子",就像当奴隶那样。新中国成立之后,他才得到政府救济。从1967年到1995年,罗大学伴随着这些没有生机的墓碑生活了28年。1995年这一年,他把儿子罗建国叫回来,要求罗建国接着他的"事业",在这里守墓。他还特别提出要求,不许儿子找政府要钱,要自己谋生,义务守墓。

我们见到的就是罗建国。他说,自己刚开始也是非常抵触的,但后来慢慢理解了父亲作为一个红军战士的心愿,就坚持了下来。如今,他自己也是57岁的人了。在路上,当地党史部门的人说,县里给罗建国购买了养老保险,每个月也按照公益岗位的规格发给他一些工资补贴。

当晚,我们住在红原县。这个县如今不到五万人,而每年旅游人口却过百万。这一片红军长征走过的草原,现在确实是大

大不同于过去了。县里已经摘了贫困帽。晚饭的时候,县委书记说,发展最缺的还是产业和人才。这里的基础产业是牧业,而牦牛等深加工一直跟不上来。把工作概括到产业和人才这样的高度,好像许多地方都是这样的困境。也许,扶贫事业就是要探索如何在不发达地区发展好产业,吸引人才的问题。这是长征之外的另一个话题,我们没有机会深入讨论下去。

草地上的思索

(2019 年 7 月 29 日 多云 四川红原县 星期一)

来四川参加再走长征路这一采访活动,我的一个心愿就是要爬雪山过草地。雪山草地是红军长征途中最艰难的经历,如果没有机会去那里走走,是一个遗憾。今天,我们走过了三座雪山之后,要体验的是草地。

红军过草地时,是沿着不同的几个方向行走的。他们从毛尔盖出发,向北走过了日干乔草地和松潘草地。那时候,真正的草地就是沼泽地,水很深,人陷进去再难爬起来。而今天,这样的草地已经很难找到了。

我们走了几个小时路程,来到日干乔沼泽地。这里耸立着一块纪念碑,叫红军过草地纪念碑。这里是左路军指挥员一部分通过的地方。

我们在草地上走了一圈。草地绵延到一片沼泽地里,而且一直伸展到远处的山边,从那远处的山边就可以走向松潘了。现在的草地里,不仅有人牵着马招徕客人,而且还铺设了木栈道,挂着"红军过草地体验大道"的牌子,供人们走动。我们沿着木栈道走了一段距离,两边是高高的蒿草,还有各种颜色的野花。在草根下面,隐约可见水迹,那就是容易陷入的沼泽了。说实话,没有紧张的战事,没有衣食之忧,这草地给人们展示的是美丽的一面。苍穹之下,绿草茵茵,我们已经很难想象当年红军的艰辛了。

中央红军在长征路上跋涉了一年多,历经368天,其实,爬雪山过草地的时间并不长。夹金山是一座趁太阳升起的时候就开始爬,下午就到了山下的大山。梦笔山百十公里,红军也就走了一两天。过草地,聂荣臻元帅回忆走了四天,还有些战士回忆走了七天,大概最多的战士也就是走了十多天,恐怕超过十五天的人很少。但这确实是非常艰难的一段行程。

首先,没有粮食,红军进入草地之前进行了紧张的筹粮活动,但在茫茫草原上,在海拔很高的这片高原上,要找到几万人的粮食,实在不是容易的事。有一种说法是,红军在马尔康耽误四十多天才开始过草地,就是为了等青稞熟了。草地几百里,不见人烟。红军一进入这茫茫草地,就陷入孤军奋战,找不到可以补给的途径。其次,据说当时最缺的是盐巴,食盐自古以来就是这片高原上最紧缺的物资之一。红军当时是从外边走进来的,更加缺乏这种战略物资。没有盐吃,几天之后,人就困乏无力,而走过草原是更加需要力气的。最后,当地党史部门一位同志说,红军面临的另一个考验是孤独。茫茫草原,一望无际,红军的主体都是福建和江西人,虽然途中补充有贵州、四川籍的战士,但大都不是在草原上长大的。他们靠着集体的力量和以集体为依托走进这草地。一旦掉队,精神上的孤独和恐惧足以击

垮一个人。

红军就是经历着这样的考验进入了这片泥泞的土地,而且一走就是好几天。他们是靠着什么力量走出这片草地的?我到来之前就在思考这个问题,来到这里之后依然在寻求答案。答案并不在这茫茫草地上,大概还是隐藏在红军自身的历史中。

最大的力量是这支队伍给予人的温暖。红军进入草地之后,有一个口号是"一个不能掉队"。这样一支人人平等的队伍,让队伍里的每个人都感受到了互帮互助的力量,每个人都是因为在这个队伍里才无所畏惧。今天,我们在红军战士的诸多回忆中,仍然感受到这种力量的涌动。有的人在行走几天之后,发现粮食不够了,领导便会召集大家在一起,每一个人拿出一点粮食来;有的人受伤走不了,大家便会背上他一起走;为了度过艰难的草地,领导把自己的马和驮东西的骡子都杀了。这样的故事,有很多很多,不一而足,无不充满了温暖。

今天下午,我们走过草地,沿着曲曲折折的山路继续行走,走到松潘县川主寺镇。这里有一座红军长征纪念总碑,总碑前面的院子里有一个红军长征纪念馆。讲解员在这里激动地告诉我们:长征过雪山草地的时候,自然减员很多,而牺牲最多的是三类人:物资管理员、炊事员和担架员。他说,管物资的人冻死了,管做饭的人饿死了,力气最大的人累死了,这就是红军的革命精神,也是我们党的传统:把生的希望留给别人,把死的苦难留给自己。

这个解释固然有解说中激发观众感情的成分,但这确实是一个重要的提示。红军能够走出草地,走向一个又一个胜利,与这种牺牲精神是分不开的。或者说,没有这样一种精神,我们的队伍就难以走出两万五千里那么远的征途。

夜宿松潘古城。

毛尔盖草原

(2019年7月30日 晴 四川毛尔盖 星期二)

我很长时间都没有能区分得清若尔盖和毛尔盖。毛尔盖是许多书上说到红军长征时提起的一个地名,而在它的北边,还有一个若尔盖,也是一片草原。这次来走长征路,我才弄明白,北边的是若尔盖,而松潘和包座之间的则是毛尔盖。我们今天的行程就是去毛尔盖。

汽车走了好几个小时,在一座水泥桥前面停下来。当地党史部门的老师介绍,桥叫曲定桥,是后来修建的。当年,红军从毛尔盖上来,就是通过曲定桥之后,才进入茫茫草地,开始了"过草地"的艰难行程的。站在桥头,我们甚至分不清东西,但因为有了这层意义,也便感到这桥不一般。

离开这座桥,我们继续向前。当地人介绍,毛尔盖地区现在属于松潘县,包括三个乡:草原乡、上坝乡、下坝乡,曲定桥属于草原乡,曲定桥也是红军三次过草地的出发点。1935年7月8日到8月12日,近四十天时间,红军在这里活动。当年,本来是决定要进行松潘战役,但因为张国焘迟迟按兵不动,贻误了战机,只好取消了松潘战役计划。毛主席说,"要向大自然闯出一条路来",红军选择了北上过草地。

在这里,我们听到了红军向导的故事。据说,当年红军过草地时,是由两名僧人担任向导才走出去的。1986年前后,中央有关部门指示当地寻找这两名向导,并且照顾好他们的生活。当地政府从那时便开始寻找,遗憾的是这两个向导都没有找到。

党史部门的同志介绍,他们调查了解到,当年给红军带路的两个僧人分别是扎东巴和一西能周。红军到来时,当地的老百姓都跑了,村庄里并没有人。这两个僧人在拉卜楞寺学经,正好放假回来。其中,扎东巴是本地人,一西能周是黑水县人。他们给红军担任了向导,带着红军走过三十多公里的草地,走到了红原县的色地坝。他们两个人都想参加红军,但红军没有接受,而是劝他们返回当地,向老百姓宣传红军。

两位僧人回来之后,就被敌人清查。一西能周因为是外地人,当时就被敌人杀害了;扎东巴是本地人,躲过了一劫,但因为害怕就躲到山里,最后被饿死了。

我在聂荣臻元帅的回忆录里曾经看到,给他们带路的向导好像是一个姓苏的老太太。他回忆,红军抬着这位老太太走了好远。在这四周没有人烟的草地上行走,如果没有当地人当向导,那真是走不出去的。

离开曲定桥,我们沿着土路走过一个电站水坝的工地,走进一个叫血洛沟的地方,当地人说,也叫雪落沟。沟底一个叫沙窝的村落,就是当年著名的沙窝会议所在地。沙窝会议旧址在一个院落里,是一栋土坯垒砌成的三层楼房。按照当地旧习,第一层是关牛羊的;第二层才是住户,当年的会议就是在楼上召开的;第三层则是主人的住所。这个会址也是1986年经多方查找才找到的。当时健在的一些老红军记得,当年开会的地方三面有壁画,而这个村子里只有这一座房子里三面有壁画。我们见到的是房子的主人小东巴,房子是他爷爷留下来的。从1986年被认定为沙窝会议旧址之后,政府就把房子收购了,在房子不远处给小东巴家留出一块宅基地。现在,小东巴的新居就在旁边,远比这个旧址漂亮。

位于四川省松潘县下八寨乡格丫村俄灯组的沙窝会议旧址。1935年8月,在这里召开中央政治局会议,讨论红一、四方面军会合后的形势与任务,史称"沙窝会议"。在沙窝会议文件中第一次使用"长征"一词沙窝会议是松潘战役计划被取消之后召开的一次重要会议,目的是统一思想,研究以后的战略方向。第一个是解决南下还是北上问题;第二个是解决组织问题。这次会议到今天还有一点被人称道,就是沙窝会议文件中第一次使用了"长征"一词,这是中央文件第一次使用这个词汇。

参观了沙窝会议旧址,我又到毛尔盖的一座寺庙里参观了毛尔盖会议旧址。那是在一座寺庙里召开的会议。现在这座寺庙还在使用,僧人很多。在寺庙不远处,我们采访了一位已经九十六岁的老人,他说自己曾经见过红军。

当晚回到松潘城。我们的四川之行就这样结束了。一时兴起,我为这段行程写了几句话,算作纪念:

万里征程千重关,大渡河边战尤难。
一夜风雨飞舟急,百里驱驰铁索寒。
雪山素装满坡泪,草地泥滑写志坚。
将军英名留史册,战士壮举百姓传。

甘肃日记

走过哈达铺

(2019年8月11日 晴 星期日)

今天从北京出发,继续赶路去甘肃,沿着红军长征的路线走完最后一段。重走长征路采访活动将要在会宁结束。

我到兰州的时候,已经接近中午。这些年,我来过兰州很多次,好像对这个城市已经很熟悉了。但是下了飞机直接坐高铁进入兰州城,这还是第一次。几年没有来,兰州的高铁已经通达了好几个很远的地方。从机场出来换乘高铁的时候,看到列车运行表上有到通渭、定西好几个地方的列车,那些遥远的名字突然之间变得这么近。我不能不感慨这些年国家发展的迅速,回望长征,真有一种"往事越千年"的感觉。

在机场出站口,很方便地换上了通往市区的高铁。让我感到新奇的是,这高铁不仅车厢要比其他线路上的车厢

重走长征路

高，而且通体绿色。这样一列高铁，行走在以黄土为底色的西北高原上，确实有些别致。

在兰州西站和记者站的同志汇合，我们又上了另外一列火车，目的地是哈达铺。哈达铺是甘肃宕昌县的一个镇，而这个小镇的名字要比宕昌更出名。学习历史的人都知道，中央红军到达这里才确定要到陕北去的目标。对于两万五千里长征来说，这个小小的哈达铺真是一个重要节点。

据说，毛泽东同志走出草地，到这里才看到报纸。对于我们这种天天都习惯于看报纸的人而言，似乎能想象得到红军将领经过漫漫征途，走过雪山草地，突然看到报纸的那种兴奋。当然，毛主席的兴奋还不仅仅在报纸本身，更在于报纸提供的信息。尽管是半个多月前的报纸，但他从报纸上获悉了陕北有那么一块根据地，因此，决定长征的落脚点就是陕北。

前年，我有一次去陇南采访的机会，也是坐火车走过这里。当时，列车在哈达铺站停靠，我还专门到站台上走了走，凝望"哈达铺"三个字，心里努力回忆自己看到过的长征往事，对这个小镇充满了幻想和向往。没有想到，今天又有机会踏着红军长征的足迹来认识这个西部小镇。

当然，我今天的目的地不是哈达铺。我们在这个小站下了火车，又换乘汽车，赶往更远的迭部县。那是红军走出草地，从四川进入甘肃之后的第一个县。这次的"重走长征路"甘肃段，要以那里为"起点"。哈达铺车站不大，走出车站就是一条普通的街道。在换乘汽车的当儿,我瞭望这个小镇,心中依然有一份向往和期待,两三天之后,我们还要回到这里来。容我到那个时候再仔细端详它吧!

从哈达铺出发,汽车在山间公路穿行。我们今天其实走的是"逆向"的长征之路。长征队伍从南边向北走到哈达铺,我们则从哈达铺一路向南而去。车刚刚开动,甘肃记者站的同志就告诉我,即将要经过腊子口。这个熟悉的名字又在我心中激起一阵涟漪。那该是怎样的一个"口子"啊!

我们的汽车在夕阳的映照下没有停步驰过了那狭窄的"口子"。腊子口,一个多么艰难的"口子"!既然来了,我们终将有时间来了解这个独特山口的!

傍晚时分,到达迭部县。

俄界寻访老战士

(2019年8月12日 多云 星期一)

俄界是迭部县的一个小山村。它其实不叫这个名字,当地人叫高吉。据说,当年红军到来时由于语言不通、翻译的错讹,就被记写为俄界。这个小小村落因为俄界会议而载入史册。这是1935年9月11日到12日召开的中央政治局紧急扩大会议。这个会议批判了张国焘的错误,决定继续北上抗日。

重走长征路

位于甘肃省迭部县高吉村的俄界会议旧址。1935年9月11日到12日,这里召开中央政治局紧急扩大会议,批判了张国焘的错误,决定继续北上抗日,史称"俄界会议"

重走长征路,当然要到这个村子里来。我来这里,一方面是学习俄界会议的历史,另一方面也想寻访几位红军老战士。1985年9月,我们的前辈罗开富记者重走长征路时,也来过这个藏族村落。他的日记体著作《红军长征追踪》里记载了两位红军战士。到这里来之前,我把这两位老红军战士的名字记在了笔记本上。

一位叫张连生,是红四方面军七十团七连通讯员,到了俄界改名次日扎里;另一位叫吴绍军。罗开富在他的日记中专门写道"如今两人都已白发苍苍。我采访他们时,两位老人异常激动。"

罗开富记者的书中记载,"全寨只有29户人家,不到200人,除两人外,全部是藏族"。这两人就是失落在这里的两位红军战士。今天的俄界村,共有46户人家,包括了5个自然村。我们在村里走访,见到了青青。他的次子卓马交是村里第一批开办民宿的农户。于是,我们到他家里参观。

坐下来聊天的时候,才知道他还有一个汉族名字,叫张志强,而张连生就是他父亲。父亲早在1986年就去世了,关于父亲在红军中的故事,他也很难完整地复述出来。

他给我们提供的信息是残缺的,但也让我们看到了一位老红军的人生。张连生是四川巴中县(今巴中市)榆家坪乡人,具体哪一个村庄,张志强回忆不起来。在1972年和1973年,他父亲曾经托村里的老师,给四川的家乡人写过两次信,想和家里人联系。但信都被退了回来,老人最终没有和遥远的故乡联系上。

张志强听来的故事是:1923年出生的父亲,10岁就在故乡参加了红军。随红四方面军到达迭部县时,是1935年9月,那时候他刚刚12岁。部队急行军,他在路上睡着了。等他醒来,找不到部队,自己在达拉沟的山里追了一二里,最终也没有追上。路上遇到一个骑马的藏族人。这位藏族人把他抱到马上,带回村里来,给他取了藏族名字次日扎里。从此,这位四川籍红军战士在这个藏族村寨里生活了半个多世纪。

张志强记得父亲总戴一副眼镜。我们在俄界村的纪念馆里看到了张连生的照片,戴一副简易的黑框眼镜。张志强说,父亲并不近视,他干活的时候也从来不戴眼镜。至于平时为什么要把眼镜戴上,张志强说他也不知道为啥。这个习惯给老红军战士树立了一个独特的形象。

在俄界村简洁的纪念馆里,今天还听到一个"红毛衣"的动人故事。1935年9月红一方面军在攻打腊子口前,驻扎在不远处的朱立村。傍晚,连部一位十七八岁的通讯员借了房东的瓷罐打水,不小心把瓷罐打碎了。小战士看看四周没人,就悄悄溜进住处睡下了。

第二天早晨,部队要走的时候,指导员发现了打碎的瓷罐,要求小战士赔偿百姓损失。但是,这位小战士除了一支驳壳枪只有身上的一件红毛衣。他拿不出东西抵偿。指导员就要求小战士把毛衣脱下来赔给房东老阿妈。听到这个要求,小战士竟然泪流满面。

在场的一位战士解释说,这位小战士的父母都在长征路上牺牲了。他的父亲是一位营长,四渡赤水时牺牲在路上。当时,他叮嘱妻子将这件红毛衣穿在孩子身上。这件毛衣是他远在云南的奶奶用爷爷一点一点捻出来的羊毛编织的。不幸的是,红军过草地时,小战士的妈妈也牺牲了。

这个故事让老阿妈听得眼泪涟涟,她提出不需要赔偿了。但是,部队有纪律,指导员坚持要求。老阿妈于心不忍,就拿出自家的一件羊皮袄,换了小战士这件红毛衣。指导员执意留下一块大洋,部队才离开。新中国成立后,老阿妈一直保存着这件红毛衣。她把毛衣送交了乡政府,可惜后来丢失了。

今天重走长征路,听到这样的故事都有一种似曾相识的感觉。一路征程,很多地方都流传着这样的故事。从某个角度说,红军的军纪和对群众的感情,不正是蕴含在这许许多多似曾相识的故事中吗?

为了一句嘱咐

(2019 年 8 月 13 日 阴有小雨 星期二)

今天到一个叫茨日那的村庄,也属于旺藏镇。村子紧挨公路,公路边上立着大大的宣传牌匾。这几年红色旅游发展,让这个村子也红火起来。毛泽东旧居是村里最宝贵的红色资源。我们到村里来,当然要去看看这个院子。

虽然叫作院子,其实面积很小。三面都是房子,其中两边的房子各有两层,还有一侧房子是单层结构。再一面就是大门了。进门有左右两间,据说过去是牛棚。房子都是夯土结构,厚厚的墙体用黄土夯筑,楼板则是木头的。坐北朝南的正屋过去是主人居住的,毛泽东当年就住在旁边房子的第二层。

因为来的人比较多,今天的房屋主人桑杰不停地在院子里招呼客人。上二层去的客人要限制人数,院子里的人走来走去,使整个小院子显得很拥挤。来来回回,等了好一阵子,客人稀少的时候,我们才有机会进到堂屋的主人住处,和桑杰聊了起来。

桑杰是家里第三代。红军长征路过他家时,里里外外招呼的是他爷爷和奶奶。爷爷嘎让 1969 年去世,奶奶去世的时候是 1995 年,当时 84 岁。桑杰对于红军长征路过这里的故事,都是从奶奶那里听来的。他说,毛泽东主席在这里住了三天,红军在附近筹粮,他们家贡献了七八千斤粮食,红军还打了欠条。

桑杰从奶奶那里听说,这座房子是 1911 年建造的。建筑完全是以当地的传统办法,四面的墙用黄土夯筑,屋顶是在檩条上铺一层桦树皮,然后再铺上土,这样可以保证土是干的,不会漏下来。像当地的传统民居一样,房子留下很小的窗户,而且只是一面有窗,透光不算好。

后来人们富裕了,村里人纷纷盖新房子,桑杰的家人也曾经动议把老房子翻新。但是,每次都被桑杰制止了。他说,1979年肖华将军曾经到这里来。他看到毛主席当年住的房子还在,很高兴。当时,桑杰是一个14岁的小孩子。这位老将军专门对他说:"你是下一代,你要继承好这份遗产,保护好这座房子"。

所以,村里人都盖了新房子,他们家的堂屋也进行了翻新,但唯有这座房子没有拆除,仍然保留着原样。尽管如此,毕竟是一座老房子,桑杰对房子安全的担心,从来没有消除过。最担心的就是漏水。他说,年头长了,房檐终会浸水,檩条也会被虫蛀衰朽,整个房子就会有危险。

这些年,政府对他的关心越来越多。来参观的客人一年比一年多,他很多时候就是在家里接待客人。政府给了他一些生活补助。今年,政府帮助他维修了房屋。他说,这是他记事以来最大规模的维修。房顶加上了防水布,然后才铺上土,就不怕漏雨了。房子维修中,政府部门充分尊重了这位老人的意见,让他很满意。他说,"我悬了很多年的心放下了。现在,房子安全是放心了。"

如今,桑杰的孙子也已经4岁了。儿女都在外地工作。他说,房子会一代代守下去的,守住这座房子,就是守住对老将军的一份承诺,也是守住一份信念。

失散在旺藏的红军

（2019年8月14日 晴 星期三）

旺藏一带当年有不少失散的红军战士。所以,到迭部县来,尽管已经不可能见到长征失散的红军战士了,但我们就一直想找找红军战士的后人。昨天在次日那村,见到了62岁的李全明。他父亲就是当年的失散红军,老人在1998年已经去世了。

李全明的父亲是从四川巴中参加红军的。他父亲和爷爷、伯伯三人结伴参加红军,开始长征。他们参加的是红四方面军。李全明说,爷爷是在松潘战役中牺牲的,红军过草地时,伯伯与父亲曾经见过面,伯伯告诉父亲,爷爷已经牺牲了。从此,他们兄弟一别,也再没有音信。

李全明的父亲是部队的司号员,身上两次负伤。一次是子弹打穿了肩胛骨,另一次是右脚受伤,大拇指变形。因为走不动路,他后来就失散在了达拉乡,一位当地的老爷爷收留了他,后来在当地成家。因为脚上有伤,他干不了重体力活,一遇天气变化,腿脚就疼。老人在村里艰难而勤劳地生活了一辈子。

说起这些,李全明提到了乔加,他说,乔加也是一位失散红军,而且可能还是部队的干部。因为他小时候就常听乔加去学校做报告。于是,我们记下了乔加这个名字。不料,带我们来这里的司机,竟然和乔加有亲戚关系。于是,我们立即请他联系了乔加的后人,今天便得以听到又一个感人故事。

我们见到的是赵桂兰。她说,这是她的汉族名字,藏族名字叫达吉草。我们的故事就从她的名字讲起。

父亲乔加是汉族,原来叫赵云彪。1935年失散在这里以后,被藏族老乡收留,改了一个藏族名字乔加,翻译成汉语仍然是红军的意思。父亲告诉过她,老家在云南会泽县。父亲在家乡参加了红军,然后跟随部队一路北上,走过雪山草地,后来在红军过达拉沟时,他因为受伤掉队失散在这里。赵桂兰记得,父亲说过,爬雪山过草地不难,失散流落最难。雪山草地上有部队,只要在部队里,就不怕难!

与队伍失散后,他被人从达拉乡送到曹世坝村一户人家抚养,后来长大后,他倒插门来到旺藏村。1966年,女儿出生,这位红军坚定地给女儿取了赵桂兰这个汉族名字。后来,她才知道,原来这个名字是乔加妹妹的。取了这么一个名字,是为了表达他对家乡的思念。

赵桂兰的讲述有些凌乱,但我们还是大致了解了这位老红军的"世事"和"家事"。"世事"方面,他在共和国成立之后,被安排到乡里工作,曾经担任过民事调解工作,但因为不识字,很快就回到村里来。1960年,他带着村里人修路,因为吃不饱饭,工人很困难。他带头打开仓库,把粮食取出来,让筑路工人先吃上饭。因此,后来很多人说,"是乔加救了我的命"。1962年他回到村里来,带着群众修了果园,又在附近种树。1970年,他又回到乡里工作,一直到1974年退休回家。

在工作上,我们看到的是一个认真负责的老红军形象。在"家事"上,我们看到的则是一个可亲可敬的老人。赵桂兰的记忆里,家里总是有各种人留宿。旺藏村是一个交通要道,岷县等地贩卖药材的、附近做小生意的、补鞋匠、小货郎等经常在家里吃饭和住宿。乔加经常说的一句话是，这些人不能在外边挨饿受冻，有我一口吃的，就有他们吃的。

乔加是倒插门到旺藏村来的。家里生活很艰苦，奋斗几年才盖了房子，但盖起房子，他并没有住多长时间。村里要办学校，但是，盖不起校舍，乔加就把自家的四间平房腾出来当了教室。他带着一家老小住进一个仓库，在那里一住就是几十年。

藏式民居没有窗户。为了让孩子们住得亮堂一些，乔加自己给房子重修了窗户，留出几扇大窗户。赵桂兰自己小学的一二年级就是在那里读书的。

20世纪七十年代，村里来了40多个知青。对于只有几十户人家的旺藏村来说，住宿是个大问题。村里的小学刚好搬到了新校舍，乔加又把大房子让给了知青住，依旧带着一家住在仓库里，这一住又是好几年。

1984年底，政府有关部门找到乔加，说可以照顾安排女儿出去工作，乔加拒绝了。当年已经开始土地承包，农村经济有了起色。他对女儿说，包产到户后，有吃有喝，你没有文化，不要去给党找麻烦。赵桂兰至今记得父亲对她的教育。老人说，共产党好得很，千万不要给共产党找麻烦。自己能干得了的事，千万不要找政府。

赵桂兰给我们找出了乔加的红军证，我们看到了一位老人的图片，一脸刚毅。看着这张照片，赵桂兰说，爸爸很爱干净，衣服洗得特别勤，但就是一身中山装，从来没有换过。因为赵桂兰是小女儿，乔加对她非常大方，但是，他自己十分节约，舍不得在自己身上多花一分钱。

赵桂兰记得，父亲是有退休金的，但是只要有人上门借钱，他都会借给。对于借出去的钱,他的态度是"能还就还,不能还就算了"。老人1987年去世,但是,2000年附近有重大佛事活动,赵桂兰去参加,人们听说她是乔加的女儿,还有好几个人赶来看她,说"乔加当年帮助过我们"。赵桂兰说,家里人从来不知道他都帮助过谁。

就是这样一位慷慨的老人,却没有攒出回一趟老家的路费来。赵桂兰说,晚年的时候,他非常想念老家,想回家看看,老家的姑姑也来过好几次信。但是,乔加一直拿不出回乡的路费,再也没有回过故乡。他用妹妹的名字给女儿取名,就是要让女儿永远记住远方的那个家!

"讲"出长征精神来

（2019年8月15日 晴 星期四）

长征路过甘肃的路线并不算太长,但甘肃却有好几座长征主题纪念馆。我们这一路参观了腊子口战役纪念馆、哈达铺长征纪念馆,今天又看了榜罗镇的榜罗会议纪念馆。每座纪念馆的负责人都有不同的性格,但无一例外,他们都对长征历史有着特别的感情。

榜罗会议纪念馆就在麦场的附近,当年,毛主席曾经在这个麦场上给干部讲过话。现在,麦场还在,据说那棵老核桃树也是当年就有的。纪念馆馆长姓蒲,和其他地方见到的长征史研究人员一样,他们都喜欢强调这个地方本身的重要性。

榜罗是通渭县的一个镇,这位蒲馆长概括了长征路上发生在通渭县的几个"唯一"。

他说,通渭县是毛主席唯一发表诗词的地方,按照历史记载,毛泽东主席在通渭县的操场上第一次朗诵了《七律·长征》这首诗;通渭县是长征途中唯一的一次联欢会举行的地方,红军在这里举行了长征开始之后一年多以来的一次巨大的联欢会;他还说,榜罗会议是长征路上唯一的一次连以上干部参加的全体干部动员会……

不知道他概括的是否准确,但历史事实确实是有的。这位蒲馆长对于长征精神的宣传也有一番自己的认识。他认为,保护好文物是第一位的。每一件文物的真实性都要认真考证,更重要的是,保护好不可移动文物,比如各种遗址和领导人住过的故居。纪念馆是进行教育活动的阵地,就要发挥好阵地作用。不仅用文物、展板进行宣传,更重要的是走访见证人。长征过去很久了,现在能做的事情是发挥好红军后代的作用,把他们的记忆找回来。

解说员队伍建设始终是一个大问题。这位蒲馆长说,解说员、服务员、接待员、宣传员,要"四员挂帅",其中解说员最重要。纪念馆的解说员,说多重要就有多重要,说多简单也就有多简单。最简单的就是简单了解一点事实,简单说说。但要培养一个好的解说员,培养一支解说员队伍,却不是容易的事情。

纪念馆内部也要进行红色教育,解说员首先要在感情上热爱这段历史,对这段历史有兴趣。同时,讲什么要认真思考,不能看到什么算什么。要组织不同形式的讲解材料,用好土专家,用好乡土教材。对于历史事件,要进行不同层次的研讨。研讨本身也是一种传承,是一种有效的宣传形式。

我们在榜罗镇还遇到了榜罗会议纪念馆的前任馆长,一位姓高的先生。他对于讲好长征故事的见解也很独特。他特别强调要讲出一种精神来。这种精神不是一种空洞的口号,也不是英雄主义的概念,而是要能回到历史场景中,让人自然地受到触动。他说,解说员要通过文物,讲出那些人当年在那种条件下的灵魂和那种令人震撼的精神。这样才能发挥好教育作用。

这些纪念馆"当家人"的话,让我感慨不已。一路从江西于都走来,每一个地方都有长征主题的纪念馆或者旧址,都有解说人员。他们形成了长征路上一道独特的风景,也是我们重走长征路特有的"向导"和"老师"。从另一个角度看,他们更是讲述长征故事的"第一梯队"或者"前沿梯队"。他们对于历史的理解直接决定着长征故事能不能更深地打动人、影响人,关系着长征精神能否更好地传承和发扬。重视这支队伍的建设,也是长征精神宣传的一项"基本建设"。

会宁琐思

(2019 年 8 月 16 日 晴 星期五)

我们今天从通渭县出发,先到了华家岭,那里是红军长征胜利会师前打的最后一仗。红三十四军副军长罗南辉就牺牲在那高高的华家岭上。这是一位从四川出发,跟随红四方面军征战一路的老战士。

我们拜谒了罗南辉的墓,还有一座无名战士的墓。他们都是牺牲在华家岭的烈士。站在那个高高的山岭上,已经可以看到远处会宁县城的影子,当年,也应该能听到会宁县城的嘈杂声。然而,就这么咫尺之间,罗南辉和很多战士却没有能够走下去,没有能够走到那三军会师的地方。

我又想起了中央红军出发不久牺牲的第一位师长洪超,他是红三军团四师师长。离开于都才六七天,他就在与于都相隔不远的信丰县牺牲了。不知道罗南辉是不是长征胜利前夕牺牲的最后一位高级将领?无论如何,牺牲是写满了长征路的,真是每一公里的路途上都洒满了英雄的鲜血。

长征已经过去八十多个春秋,红军艰难行进的山川大地,早已旧貌换新颜。平整的公路通达"五岭逶迤"的乡村;一条条桥梁联通着曾是天险的江河;皑皑雪山、茫茫草地,也成了旅行者避暑度假的新去处。今天,重走这样一条路,最感动我们的是什么?

历史是一部教科书,长征无疑是这部教科书中永远值得珍视和铭记的一页。走在这样一条道路上,每一天都被感动着,心潮在历史和现实之间奔涌。在夜色笼罩会宁城之后,我铺展开一叠纸,拿出那支记笔记的签字笔,随意地想着、写着,努力找出自己最感动和最触动心灵的部分,把它记录下来。

从地理意义上讲,长征所过之处都不是坦途。尽管现在交通条件已经有很大改善,但行走长征路,并不容易。可是,80多年来,慕名前来行走这条路的人络绎不绝。人们一次次在这艰辛的路途中,感受长征,追寻长征精神。

在这条血染的红飘带上,时刻触动我们心灵的是红军战胜千难万险的英雄气概。四川省松潘县川主寺镇的元宝山上,红军长征纪念碑凌空耸立。从山下到碑前,要经过长长的600多

重走长征路

级台阶,表示红军长征途中进行了600余次战役战斗。我们拾级而上,每登上一级台阶,回望山下,眼前是美丽的风景,心中却无比沉重。每个数字都意味着长征途中的一次战斗,意味着红军的牺牲。

两万五千里长征,三大主力红军跨越近百条江河,攀越40余座高山险峰,其中海拔4000米以上的雪山就有20余座。他们穿越茫茫草地,用顽强意志征服了人类的生存极限。

二万五千里征途,平均每300米就有一名红军战士牺牲。长征路上留下许多红军坟。许许多多官兵用鲜血和生命诠释了牺牲精神和英雄气概。再走长征路,我们一次次怀着崇敬的心情走向那些墓碑,向他们默哀致敬。

什么是英雄气概?那种振臂一呼,奋勇一跃,冲出战壕,舍生忘死地冲上去的,固然是英雄,而长征途中一路坚韧地行走,最后走到陕北的,也是英雄。他们坚守着一种信念,永不停歇,在恶劣的自然环境面前不低头,在凶狠的敌人面前不低头,在与自身斗争中不低头,这种坚韧和顽强更是一种值得我们学习和敬仰的英雄气概。

红军是靠什么走完长征的?八十多年来,人们不停地追问。我们也不由地去追寻答案。我们体会到路途艰辛,感受到意志顽强,但是更感动我们的还是长征路上那理想的光芒。

尽管长征过去八十多年,但总有些东西没有随时光飘散。郑金煜的故事就应该算一个。这是杨成武将军几十年后写回忆录还念念不忘的一位小红军。他是红四团的一名宣传员,年纪小却非常活跃。过草地时,杨成武两天没有看到这位小战士,原来他生病了。杨成武把自己的马让给他,但是很快他在马上都坐不住了,卫生队就把他绑在马背上行走。有一天,小红军要找政委。杨成武赶紧去看他,这位小战士说:"政委,我不行了"。过了许多年,杨成武还记得他最后说的话:"我知道革命一定会胜利,但我看不到那一天了。希望革命快胜利,如果有可能,请告诉我家里,我是为了革命的胜利而牺牲的。"就在红四团走出草地的前一天,这位小战士永远长眠在了那里。

小战士是江西石城人,他就是凭着这样一份信念,跟随红军走过几千里路,一直走到生命最后一刻。再走长征路到达草地的时候,我们曾在茫茫原野上张望,想找到一座坟茔,哪怕是一堆黄土,但是目力所及,只有绿草依依。

甘肃省宕昌县哈达铺因为中央红军在这里获悉陕北根据地的消息,而载入长征史册。中央红军走过之后,有三千多名青年组建游击队,走进了红军队伍。柳英就是其中一个。当时,他是乡村教师,家境殷实,也有妻室儿女。但是,红军过后,他坚定地追随红军而去,不久被俘牺牲。前几天,我们见到了柳英的后人。他也在问:是什么召唤着柳英走向革命的?了解很多先辈事迹和史料之后,他的后人坚定地告诉我们,是理想。红军的壮举激发起许多像柳英这样的青年心中的理想。他们义无反顾地告别家乡,告别亲人,走进了革命队伍。

长征是宣言书,长征是宣传队,长征是播种机。这是一篇以红军的英雄壮举写就的宣言书,它激发起人们心中的理想,播种下革命的种子。理想信念一经点燃,就不再熄灭。红军靠着理想信念,坚定地走过了两万五千里;红军也是靠着理想信念激发起更多青年,使我们的队伍不断壮大,我们的事业万古长青。

长征路上有艰辛和牺牲,更有"温暖的力量"。

重走长征路

爬雪山、过草地是红军征程中最艰难的一段。"没有过草地,难知长征苦",正是在这样极端的环境里,红军队伍体现出友爱的温暖。有人说,这是红军与其他军队的一个重要区别,因而红军具有其他军队没有的巨大凝聚力和战斗力。

爬雪山、过草地的艰难,难在没有粮食,没有食盐,没有宿营地。在雪山、草地的故事里,有一个重要主题就是帮和让。有人把粮食让给战友,有人把干粮分给伤员,有人为了救陷入泥潭的战友,自己献出了宝贵生命。因为宿营难,为了御寒,战士背靠背取暖,有不少人就这样再没有醒来。一位老红军说,爬雪山、过草地那么困难,红军战士先想到的都是别人,而不是自己。这种同志情、阶级爱是我们战胜困难的巨大精神力量。党史专家得出过这样的结论:爬雪山、过草地牺牲最多的是炊事员、物资管理员和担架员。"管做饭的饿死了,管衣服的冻死了,有力气的累死了,这就是红军的友爱精神。"这种精神,温暖着每一位红军战士,使这支队伍在任何艰难险阻中都充满力量。

我想起了前几天采访赵桂兰的那段往事。她父亲说,爬雪山、过草地不难,因为有部队。是啊,有了部队,就什么困难也能克服,因为部队是温暖的。温暖,是一种多么令人愉快的感受;温暖,是一种激励人心的力量。

再走长征路经过这段艰难征途,我们听到一句熟悉的话"一个不能掉队"。红军爬雪山时,响亮地提出:强帮弱,大帮小,走不动的扶着走,扶不动的抬着走,一个也不能掉队。在这段艰难行程中,发生过许多将领把马让给战士,把担架让给伤病员的故事。攻坚克难不让一个人掉队,团结互助的友爱精神是红军走出雪山草地时最温暖的力量,也成了我们的传统,并积淀成我们的制度基因。今天,在实现全面小康的征途中,在脱贫攻坚的主战场,我们又一次坚定地提出"一个都不能少"。

八十多年岁月沧桑,磨蚀了许多记忆,却让长征更加闪亮。它超越了历史事件的意义,它的精神价值已经升华为我们民族精神的重要组成部分。在历史的重要关头,我们常常想到"长征"这个鼓舞人心的词汇。新中国成立前夕,毛泽东主席在西柏坡说,夺取全国胜利,这只是万里长征走完了第一步。"长征"成为一个充满奋进力量的名词,一次次出现在我们党带领人民斗争、建设和改革的征途中。

长征已经成为坚韧意志的象征。"苦不苦,想想当年两万五"曾经是一代人自我激励的口号。今天,我们依然能从长征中获得奋进的力量。一代一代年轻人正是以长征作为精神坐标,获取前行的力量,校正奋进的目标。

为什么红军能有创造人类壮举的力量?因为长征路上,每一个战士都是英雄。他们把初心当成理想,把使命扛在肩上,英勇地赢得了一个又一个战役的胜利。一代人有一代人的使命,一代人有一代人的责任。再走长征路,我们被先辈用生命和鲜血铸就的伟大长征精神所感动,更体会到历史的责任感和使命感。长征没有旁观者,人人都要当主角。

会宁城已经很安静了,纸张在我的笔下也被凌乱地写完一页又一页,桌子上已经放下一沓了。收拾纸张,一页一页标注页码,但思绪还在流淌,竟不知东方之既白。

高原上的又一个早晨,悄然到来了!

参考书目

1.罗开富.红军长征追踪(上、下)[M].北京:经济日报出版社,2005.

2.经济日报社.见证征程[M].北京:经济日报出版社,2006.

3.徐向前.徐向前回忆录[M].北京:解放军出版社,2008.

3.陈锡联.陈锡联回忆录[M].北京:解放军出版社,2007.

4.聂荣臻.聂荣臻回忆录[M].北京:解放军出版社,2007.

5.成仿吾.长征回忆录[M].北京:人民出版社,2006.

6.杨成武.忆长征[M].北京:中国出版集团现代教育出版社,2005.

7.丁玲.红军长征记(上、下)[M].桂林:广西师范大学出版社,2017.

8.中共中央党史研究室第一研究部.红军长征史[M].北京:中共党史出版社,2006.

9.石仲泉.长征行(增订本)[M].上海:上海人民出版社,2016.

10.[美]哈里森·索尔兹伯里.长征:前所未闻的故事[M].北京:北京联合出版公司,2015.

11.星火燎原(3,4,13,14)[M].北京:解放军出版社,2009.

12.聂力.山高水长——回忆父亲聂荣臻[M].上海:上海文

艺出版社,2006.

13.汤华明.千里征战人未还——长征,散落的红星[M].武汉:武汉出版社,2019.

14.王树增.长征(上、下)[M].北京:人民文学出版社,2016.

15.狄赫丹.红飘带之旅[M].北京:中国文联出版社,2006.

16.中共四川省委党史研究室.红军长征在四川(修订版)[M].成都:四川人民出版社,2017.

17.红色记忆——红军长征在四土[M].成都:四川出版集团巴蜀书社,2008.

18.罗永赋,费侃如.四渡赤水亲历记[M].北京:中央文献出版社,2010.

19.吴晓军,冉小平.长征路上加油站 落脚陕甘决策地[M].兰州:读者出版传媒公司甘肃民族出版社,2016.

20.通渭县政协文史办公室.红军长征在通渭(内部资料),2006.

21.中共宕昌县委党史办.哈达铺诗选——纪念红军长征胜利八十周年(内部资料),2016.